Hinrich von Haaren
Blaues Reich. Winterstadt

Hinrich von Haaren

Blaues Reich. Winterstadt

Roman

Residenz Verlag

MIX
Papier aus verantwortungsvollen Quellen
FSC® C014496
www.fsc.org

Bibliografische Information der Deutschen Nationalbibliothek
Die Deutsche Nationalbibliothek verzeichnet diese Publikation in der Deutschen Nationalbibliografie; detaillierte bibliografische Daten sind im Internet über http://dnb.dnb.de abrufbar.

www.residenzverlag.at

Umschlaggestaltung: Thomas Kussin / buero 8
Typografische Gestaltung, Satz: Lanz, Wien
Coverfoto: Alper Çuğun, »Kvartira«
Lektorat: Jessica Beer
Gesamtherstellung: GGP Media GmbH, Pößneck

ISBN 978 3 7017 1711 8

Inhalt

Die Weltfremden

Der Kutter, mit Kurs von Hongkong 香港 nach Rongqi 容奇 in der Provinz Guangdong 廣東, legt gegen Mittag an. Ich habe den Kapitän, einen ausgemergelten Kantonesen, im Hafen von Hongkong, weit hinter dem Container-Kai aufgespürt (versuch es bei dem Tintenfischer … der braucht immer Geld …) und ihn nach kurzer Verhandlung dazu überredet, mich für 15 Hongkong-Dollar mitzunehmen auf seine Tour, die drei Tage dauert. Der Kutter fährt zunächst ins südchinesische Meer hinaus, zum Tintenfisch- und Rotbarschfang. Wir haben den dritten Tag hinter uns, die harte Arbeit ist getan und nun herrscht Ruhe an Bord. Die Fischer, ausgemergelt wie ihr Kapitän, in feuchter, viel zu dünner Kleidung für die Jahreszeit (Sommerhosen, zerfetzte Pullover), dösen in der blassen Wintersonne. Nur der Steuermann ist wach und lenkt den Kutter ins seichte Wasser des Hafens von Rongqi.

Ich blicke über die Reling in eine blaue Welt. Vor mir liegt die kleine Stadt. Es ist Markttag und der Kai voller Menschen. Händler, meist alte Frauen und Kinder mit Kisten und Körben, in denen es wimmelt, hocken auf dem matschigen Boden, kauern neben ihren Waren, die Alten mit einer Zigarette in der Hand, und alles ist blau – die Mao-Anzüge, die Mützen, die Kinderkappen, der Dezemberhimmel, in den der blaue Rauch der Fabriken und Kohleöfen von Rongqi steigt, ja die Luft selbst scheint blau, und auch die Menschen, denn aus den Pfützen fällt das blaue Licht des Dezemberhimmels zurück auf die Gesichter. Das Getümmel in den Körben ist blau. Wer hineinlangt, kann kleine Schildkröten ersteigern, Tintenfische, Aale, Schlangen, andere Körbe sind voller Hühnerfüße, Kohl, lila Auberginen, die Bottiche gefüllt mit Seetang, Wasserkastanien, Tofu. Daneben, auf dem nassen Boden, Schachteln mit Gewürzen, geschützt von blauen Plastiktüten, um die die Einkäufer vorsichtig herumgehen, so wertvoll sind sie. Blaue Hände in blauen Körben, abgezehrte Arbeitshände, mit spitz zulaufenden Nägeln. Die Hände verkaufen und verpacken, sie zählen Geld ab, sie winken die Kunden herbei, und nun zeigen sie mit nackten Fingern auf den Hong Mao Gui 紅毛鬼, den rothaarigen Teufel, der sich hier auf ihrem Markt unter die Menge gemischt hat, sie zeigen auf die sommersprossige Gestalt, sie starren und entblößen mit schierem Lachen ihre blaugerauchten Zähne, sie können ihre Erheiterung über den erstaunlichen Auftritt dieses Fremdlings nicht verhehlen. Jetzt strömen auch die Arbeiter der gerade zu Ende gegangenen Frühschicht auf den Markt, sodass sich das Getümmel noch vervielfacht, das Gedränge und Ge-

schiebe in den engen Zeilen noch dichter, das Geschrei und die Verhandlungen aus den blauen Mündern noch lauter werden.

Das chinesische Blau ist wie kein anderes, das ich je zuvor gesehen habe. Es ist ein kühles, klares Winterblau, das Blau der großen Distanzen, das Blau eines Reiches, das Kaiser und Kapitalisten und Kommunisten überlebt hat, ein Blau, das nach harter Arbeit riecht, nach Kohlenrauch, das Blau der armen Leute, das Blau der Klassenlosigkeit, das Arbeiterblau, das durch die Adern dieser Menschen fließt. Blaues Blut. Ein Blau, das bald der Vergangenheit angehören wird.

Es ist Ende Dezember 1988, und ich bin seit vier Tagen in China, seit meiner Flucht aus Berlin. Einer Flucht vor den tiefen Hinterhöfen, dem eisigen Winter, der ungnädigen Stadt, aber besonders ist es eine Flucht vor den letzten zwei Jahren. Ich muss mit dem Berliner Leben brechen. Darum bin ich hier, in Rongqi, wo das alte Jahr noch nicht zu Ende ist, wo es noch gut drei Monate dauert, bis die Schlange 蛇 den Drachen 龍 ablöst.

Ich weiß sofort: in dieser Welt kann jeder Schritt in tausend Richtungen führen, hier gibt es kein Wiedererkennen, keine Geborgenheit, keine Selbstzufriedenheit. Hier kann mein Leben ohne feste Route weitergehen, ohne feste Zeiten, 7000 Kilometer weit von Berlin, der halben Stadt, wo meine lebendigen und meine toten Freunde zurückgeblieben sind.

In den letzten zwei Jahren hatten wir das Schlimmste durchgemacht – Angst, die Angst vor dem Tod, den Tod selbst. Dann: die langen Nächte, in denen wir mit den immer gleichen Gedanken wach lagen. Lebensmüde Ge-

danken im Kreis. Dann meine Entscheidung: ich räumte meine Wohnung aus, schmiss alles weg, außer ein paar Sachen, die ich in einen kleinen Rucksack packte, stieg eines Abends in den Nachtzug vom Bahnhof Zoo nach Frankfurt, für den Nachmittagsflug nach Hongkong. Durch das heruntergeschobene Fenster lehnte ich mich nach draußen, wo Daisy, Yukio und Monika Schneeweiß mit Sekt auf dem Bahnsteig standen, mir Illustrierte und Schokolade und Butterbrote ins Abteil reichten, fragten, ob mir noch etwas fehle (Bonbons? Chips? Aspirin?), die Hände ins Abteil streckten und mich festhielten, und selbst noch, als der Zug sich schon in Bewegung setzte, wie im Film nebenherliefen, mit vom Abschied besorgten Gesichtern, wenn die Besorgnis doch eigentlich hätte ihnen gelten sollen. Denn ich hatte mich mit dem ersten Rucken des Zuges frei gemacht von Berlin und den letzten Jahren, eine Freiheit, die ich gleich bei meinem ersten Schritt ins blaue Reich spüre, gleich, als mein Fuß vom Krakenkutter auf den Kai in Rongqi hinübertritt, auf das glitschige nasse Land, mit Märkten und Pfützen, mit Greisen und Kindern, gleich beim ersten Auftreten, bei der allerersten Berührung mit dieser für meine ungeschulten Augen gänzlich chaotischen Welt, wird mir klar, dass dieses Land die Macht hat, jede Vergangenheit aus dem Weg zu räumen.

Hier herrscht ein Tumult aus tausend Stimmen, Verkehr, Hupen, Klingeln, ein mittelalterlich-modernes Stadtbrausen, von dem jeder, der hier ankommt, mitgerissen wird. Ich lasse mich vorwärtstreiben, noch weiß ich nicht wohin, Ziehen, Schieben, Schubsen von allen Seiten, in alle Richtungen. Welche Vergangenheit käme

schon gegen diese Macht an! Wer seinen Fuß nach China setzt, dem bleibt nur die unaufhaltsame Gegenwart.

Und die alten, die vergangenen Farben? Das kaiserliche Gelb? Es ist lediglich in den Gardinen und Sesselbezügen im Hotel der *Freunde der Arbeiterklasse* 工人階級之友飯店 anzutreffen, ein armseliger Verwandter des wahren Gelbs, hergestellt aus drittklassigen synthetischen Farben. Das *Freunde der Arbeiterklasse* ist der einzige Ort in Rongqi, wo Ausländer absteigen dürfen. Strenge Zeigefinger haben mich hierher gewiesen, und panische Abwehrhände hinter den Rezeptionen anderer Hotels und Pensionen, bei denen ich auf dem Weg vom Hafen wegen eines Zimmers nachfrage, machen mir unmissverständlich klar, dass aufgrund irgendwelcher Regeln aus Peking 北京市 nur das *Freunde der Arbeiterklasse* für rothaarige Teufel infrage kommt. Im *Roten Soldaten* 紅戰士飯店, vor der Revolution der *Rote Hahn* 紅公雞飯店, wie mich mein Reiseführer belehrt, meiner ersten Station auf der Suche nach Obdach, öffne ich zum ersten Mal meinen Mund in der fremden Sprache (nur drei Worte Englisch auf dem Boot), die ich im Ostasiatischen Seminar in Berlin-Dahlem, in Räumen, die nach feuchtem Parkett und alten Gardinen rochen, so mühevoll und, wie sich jetzt herausstellt, nur ausgesprochen rudimentär erlernt habe, denn allein die Zimmernachfrage im *Roten Soldaten* stellt mich, den Studenten der Sinologie, vor schier unüberwindbare Ton- und Vokabelprobleme und ruft bei dem Mädchen hinter der Rezeption einen derartigen Lachkrampf hervor, dass sie nur mit den Händen wedeln kann, sonst aber jede weitere Kommunikation mit mir verweigert, nicht etwa, weil sie um irgendwelche Parteiregeln besorgt ist, die jeden noch

so unschuldigen Kontakt mit Ausländern hier bestimmen, sondern weil sie sonst Gefahr liefe, von der Belustigung über das Fremde vollends überwältigt zu werden. Auch im *Großen Gelben Fluss* 大黃河 und im *Einheitshotel* 統一飯店 löse ich mit meinem Anliegen nur Gelächter aus. Zwar ist die Erheiterung über meinen Auftritt im *Freunde der Arbeiterklasse* die gleiche, doch nimmt hier das Mädchen an der Rezeption, nachdem es sich wieder gefangen hat, meine Bitte endlich ernst, auch weil die Direktive aus Peking lautet, beim Auftreten eines Ausländers angemessene Gastfreundschaft zu zeigen, um so das internationale Ansehen der Volksrepublik zu stärken. Mich aber verwirren gar nicht das Kichern oder der Mangel an Fremdenzimmern für Fremde, sondern mein eigener Mund, der plötzlich in dieser anderen Sprache funktionieren soll. Ich bin weit gereist, um hier im blauen Reich verloren zu gehen, stattdessen aber verirre ich mich, noch bevor ich überhaupt angekommen bin, in der Sprache. Ich mache den Mund auf und heraus kommen die im Seminar in der Podbielskiallee geübten Laute, die Nis und Ges und Fengs, die ich korrekt zu intonieren versuche, die aber aus der von mir beabsichtigten Tonlage eine Terz abrutschen und gleich derart perfide ihre Bedeutung ändern, dass auf dem Gesicht des Rezeptionsmädchens, das gerade den ersten Schock über diese Ansprache verdaut hat, nun ein krauses Unverständnis sichtbar wird über meinen Wortsalat, von dem sie offensichtlich nichts versteht, und der sie in ihrer allerersten Vermutung bestätigt, dass aus meinem roten Teufelsmund also doch nicht Mandarin, sondern nur Kauderwelsch kommen kann. Meine Zunge dreht und wendet sich, versucht die fremden Worte so getreu wie möglich

nachzuahmen, bis mir schließlich doch eine ganz passable Frage gelingt, in der die Worte »Bett« und »zwei Tage« und »Preis« wie Rettungsbojen aufleuchten. Und tatsächlich flackert nun das Verstehen in den Augen des Mädchens auf, wenn auch ihr Unglaube gleich wieder wächst, denn dieser Fremdling fragt nicht nach dem besten Zimmer des Hauses, sondern nach einem Bett im Schlafsaal. Sie muss mehrere Male nachhaken, um sicherzugehen, dass sie mein Anliegen auch richtig verstanden hat, dass ich trotz meines westlichen Wohlstands (Anorak und Turnschuhe) nicht das Freundschaftszimmer mit anliegendem Bad und Blick auf den Freundschaftsplatz möchte. Nein, Schlafsaal. Unter weiterem Prusten schiebt sie mir ein langes Formular hin, auf dem ich nur drei oder vier der hundert Zeichen verstehe, doch muss jeder Gast das lange Blatt ausfüllen, egal ob Freundschaftszimmer oder Schlafsaal. Ich arbeite mich vorwärts, von Zeile zu Zeile, und das Mädchen, das nun ganz in ihrer Rolle als Botschafterin der internationalen Freundschaft aufgeht und das diese Berührung mit dem Exotischen reizt – die roten Haare, die Blauäugigkeit, das vergnügliche Mandarin –, das Mädchen leitet mich an, ach Blödsinn, es mischt sich einfach ein, nimmt mir kurzerhand den Stift weg und füllt das Formular selbst aus, ohne auch nur einen einzigen Blick auf meinen Pass zu werfen, den sie nur flüchtig und misstrauisch durchblättert. Formular fertig, Bett schon bezogen. Ich kann mich endlich hinlegen und ein paar Stunden schlafen, bevor meine Chinareise richtig beginnt. Aber da hat das Mädchen ganz andere Pläne, hat bereits im Hotel und, wie es scheint, in der ganzen Stadt Nachricht gegeben, wer hier gerade eingecheckt hat. Denn nun laufen in der Halle, wo

über einer Sitzgruppe mit hellblauen Schonbezügen Mao Zedong 毛澤東 von einem grellen Poster auf uns herabblickt, die Hotelangestellten zusammen, und mit ihnen eine ganze Schar Unbekannter, die das Mädchen, ohne dass ich es bemerkt hätte, zur Fremdenschau eingeladen hat. In China – aber davon weiß ich noch nichts – verbreitet sich jede Nachricht wie ein Lauffeuer, und jederzeit kann überall von nirgendwoher und in Nullkommanichts eine Menschenmenge zusammenlaufen. Ich stelle mir überfüllte Stuben, Schlafzimmer, Wartezimmer, Sterbezimmer vor, das Drängen und Schubsen, das Halsrecken (wer schläft? wer ist krank? wer stirbt?), die Schaulustigkeit, das flatternde Stimmengewirr, das auch jetzt hier Krach macht und in zwei Dutzend Tonlagen Verwunderung von sich gibt. Ein Krakeelen ist das, ein Klappern, ein Juchzen, ein Jammern, ein Klacken mit tausend Zungen, und dann ein rasendes Rascheln, bevor die Menge wieder auseinanderfliegt. Die Lobby ist leer, das Mädchen döst hinter der Rezeption, weder im Speisesaal, noch in der Küche, noch im Schlafsaal regt sich etwas.

Die Fenster des Schlafsaals sind mit Bettlaken verhängt und lassen nur ein diffuses gelbes Licht durch. Endlich kann ich mich hinlegen. Mein erster chinesischer Schlaf. So sehe ich von oben betrachtet aus: einer, der sich unruhig hin und her wälzt, krumm auf dem schmalen Bett, ein Knie angezogen, ein Fuß über der Bettkante hängend, Beine und Torso verheddert in die Laken, die gleichen, die vor den Fenstern hängen. Dahinter geht die Sonne unter in dem Land, wo seit 23 Jahren eine Lücke für mich offensteht. Das ist die Pflicht des Reisenden. Man hat mir hier einen Platz frei gemacht. Ich muss die mir angebotene Lücke füllen.

Als ich aufwache, blicke ich in das Gesicht eines Fremden. Er lehnt sich dicht über mich, als wolle er meinen Schlaf studieren. Es ist ein junger Mann in einer seltsamen Aufmachung. Es scheint, als sei er bei dem Versuch, die Mao-Uniform modisch aufzulockern, in einer Strandszene von 1970 gelandet. Unter der blauen Jacke trägt er ein geblümtes Hemd mit weitem Kragen, der schlagerstarartig offen steht. Die zu weite Hose wird kraus von einem eng geschnallten Gürtel um seine schmalen Hüften gehalten (er kann nicht älter sein als zwanzig). Die blauen Hosenbeine sind bis unters Knie hochgerollt und geben so ein Paar bleiche, unbehaarte Beine frei, die in schwarzen Nylonsocken stecken und in einem Paar androgyner Sandalen mit reichlich hohen Absätzen. Der junge Mann lacht. Er ist erfreut, mich wach zu sehen, und bläst mir beim Lachen den Rauch seiner Zigarette ins Gesicht. Die Haare stehen ihm ungekämmt zu Berge, und mir kommt es vor, als drücke diese Frisur seine Freude über den unerwarteten Schlafsaalgesellen aus.

Mein freundlicher Mitschläfer ist Fang Lo, Metallarbeiter, der hier in Rongqi aus zentralpolitischen Gründen fern seiner Heimat Qinghai stationiert ist. Ich verstehe nur einen Bruchteil seines über mich hereinbrechenden Wortschwarms (Klappern und Klacken), aber mein Lächeln vom Kopfkissen her vermittelt wohl den Eindruck, dass ich alles begreife, ja mehr noch, dass ich sogar eine Meinung habe zu den Fragen, die er in seine Rede einstreut und die ich an seinem aufmunternden Kopfnicken erkenne, wenn er offenbar eine Antwort erwartet, dann aber zu ungeduldig ist für meinen schläfrigen Mund. Eine dieser Fragen ist, wo wir heute zu Abend essen sollen, denn Fang Lo will unter keinen Umständen, dass ich mutterseelenallein in

ein unbekanntes Restaurant wandere, um dort, von aller Welt verlassen, eine Schale Nudelsuppe leer zu löffeln. Denn so – von aller Welt verlassen – sieht er mich auf meinem Bett liegen. In China reist niemand allein, und daher bin ich in seinen Augen ein ganz armer Teufel, ohne Freunde, ohne anhängliche Gruppe. Er sagt daher all seine Pläne für die nächsten zwölf Stunden ab, um mit mir im Restaurant *Grüne Jade* 綠玉餐廳 zu essen, wo ich weder bestellen noch bezahlen darf, im *Grüne Jade* also, wo sich die versammelten Gäste am Hunger des roten Teufels freuen, der ein Gericht nach dem anderen verputzt, wo die blauen Vorhänge aus Uniformstoff sind und die Tischdecken ein verwaschenes kaiserliches Gelb, das Gelb von Ninas Bettwäsche, an dem Tag, als sie das erste Mal Alexandra liebte.

Eine andere Flucht: Am Ernst-Reuter-Platz stieg Alexandra an einem Oktoberabend 1986 aus einem fremden Auto. Nahm ihre Tasche, lief in Richtung Zoo. Hatte alles über den Haufen geworfen.

Zur selben Stunde kam ich mit Daisy Oberon aus dem Delphi-Filmpalast in der Kantstraße; saß Yukio mit steifen Fingern an der Orgel in der Sankt-Matthäus-Kirche an der Philharmonie; lagen Tina Tina und Jack nach zehn Minuten kühlem Sex im Bett in der Potsdamer Straße; verließ Monika Schneeweiß den Frisörsalon Walter in der Kavalierstraße in Pankow.

Zur selben Stunde ändern sich die Farben in Berlin. Das Licht wird durchlässig und scheint gelb durch die adrigen Blätter der Hinterhofbäume. Die kriegszerschosse-

nen Fassaden säumen grau und blaugrau und graubraun die Straßen. Die Berliner Farben machen keine Komplimente. Das Licht ist hier unbarmherzig.

Zu einer anderen Stunde, an einem anderen Ort saß ich mit Daisy im Ostasiatischen Seminar an einem Tischhufeisen und zählte meine Kommilitonen ab, um auszurechnen, mit welchem Satz in der chinesischen Übersetzung ich an die Reihe kommen würde. Es war die Klasse von Frau Dr. Brandes, und ich hatte schon nach sechs Wochen Chinesischunterricht den Faden verloren, obwohl sich die Übersetzung noch auf dem allereinfachsten Niveau bewegte: Herr Li arbeitet in der Fabrik 李先生在工廠工作, Kleine Schwester Ming trinkt Tee 明妹妹喝茶, Frau Wang ist eine Heldin der Revolution 王太太是位革命英雄. Aber ich hatte meinen Satz vorbereitet: Um 8 Uhr beginnt die Schule 學校八點開始. Da überspringt die Brandes ohne Vorwarnung meinen Nebenmann, der noch unvorbereiteter ist als ich, und nun ist die Reihe an mir. Vor meinen Augen tanzen die Schriftzeichen auf dem Papier, fallen hin, bleiben liegen, ein Mikado-Haufen, ein undurchdringliches Gestrüpp. Ich stottere etwas von Autobus und Haltestelle, ernte aber nur einen missbilligenden Blick, dann ein ungeduldiges Räuspern, dann eine scharfe Handbewegung, mit der die Brandes auch mich überspringt. Kurze Scham, dann enorme Erleichterung. Was zum Teufel mache ich hier?

Universitätslicht: trüber Schein aus Kriegsglühbirnen. Universitätsfarben: verblasste Gardinen, rote Wörterbücher, grüne Parkas.

Ich hatte Daisy gleich am ersten Studientag kennengelernt, in der *Einführung in die chinesische Sprache, Grundkurs 1* und dann wieder getroffen im *Basiskurs Ming-Dynastie*. Beide hatten wir uns aus Fernweh für das Sinologiestudium eingeschrieben. Daisy kam aus der rheinländischen Provinz, ich aus Brandhagen. Von Berlin aus wollten wir weiter nach Osten – Hongkong, Shanghai, Kunming, Tibet. Große Welt und große Freiheit. So hatten wir uns das vorgestellt. Doch die Lehrer am Ostasiatischen Seminar sahen die Sache anders. Vom ersten Tag an erklärten sie bieder und überheblich, dass die Eroberung des blauen Reichs nicht einfach, ja, für die meisten von uns unerreichbar sein würde. Dr. Hubert Kind, Akademischer Rat, stand im Mao-Anzug (das chinesische Blau im Kriegsschein der Glühbirnen) vor den Seminarteilnehmern des *Grundkurses 1* und deklamierte die vier chinesischen Töne, »die täglich zu tausend Missverständnissen führen«: mā, má, mǎ, mà, gē, gé, gě, gè, shī, shí, shǐ, shì. Seine phonetischen Unterweisungen unterbrach Dr. Kind mit Anekdoten aus seiner 25jährigen orientalischen Karriere: Hubert besticht die Fahrkartenverkäuferin am Bahnhof von Kunming, Hubertus wird während der Kulturrevolution als westliches Imperialistenschwein des Landes verwiesen, Hubert-Hubert soll in einem Dorf in Ostturkestan eine fünfzehnjährige Uigurin heiraten, der er angeblich schöne Augen gemacht hat. Wir bewunderten Dr. Kind, wie er sich auf einheimische Weise im Allerinnersten des blauen Reichs bewegte, bewunderten sein im gleitenden Parlando gesprochenes Chinesisch. Das wollten wir auch. Wollten unsere Lücke in China finden und füllen.

Alexandra hatte ihre Lücke nicht gefüllt, war nicht nach Brandhagen zurückgekehrt, um pflichtbewusst in das Geschäft meiner Eltern einzutreten. So hatte die Familie es für sie vorbestimmt, so hatte unsere Großmutter es in Sütterlin in ihrem Testament festgelegt und beim Notar Dorn in C. hinterlegt: Nicht ich, der Junge und eigentliche Erbe, sondern meine Cousine sollte das Geschäft übernehmen. Wegen ausgezeichneter kaufmännischer Fähigkeiten usw. Bei mir war in der Beziehung nichts zu erwarten. Da hatten sie mich sogar Chinesisch studieren lassen, solange nur Alexandra nach Brandhagen und in die Kleine Straße zurückkehrte. Aber so war es nicht gekommen. Und mein Onkel Olaf, ihr Vater, hatte den Zug aus Hamburg am Bahnhof in C. ein- und ausfahren sehen und war allein geblieben auf dem Bahnsteig. Keine Alexandra stieg aus. Er konnte es gar nicht fassen, der gütige Großkotz, konnte nicht glauben, dass seine eigene Tochter, von der hier alles abhing, ihn so im Stich ließ. Hatte vorher nicht einmal in Hamburg angerufen, um herauszufinden, mit welchem Zug sie wohl ankommen würde. Am Freitag war ihre Lehre bei der Import-Exportfirma Geest & Geest zu Ende gewesen, am Samstag gab es nur eine direkte Verbindung, sodass sie in keinem anderen Zug sitzen konnte. Saß da aber nicht drin. Trampte stattdessen nach Berlin. A24, Transitstrecke, Passkontrolle, Heerstraße, Ernst-Reuter-Platz. Stieg aus, atmete durch. Östliche Herbstluft. Dann zu Fuß in die Stadt rein, Hardenbergstraße, Zoo, Kurfürstenstraße, noch ein bisschen tiefer, Eisenacher, Barbarossaplatz, vorbei am Café Altar, wohin ich nachmittags mit Daisy aus den sterbenslangweiligen Kursen des Professor vom Kahn über das Thronbesteigungszeremo-

niell der späten Ming-Dynastie floh. Stundenlang saßen wir hier in der plüschigen Ausstattung herum, schlugen eine Ewigkeit nach der anderen tot, über uns die wackligen Wandleuchter, vor uns auf dem marmorierten Tisch ein Kaffee und ein Stück Kardinalstorte. Das Altar hatte seit seiner Eröffnung 1921 alles überlebt: Inflation und Armut, die Nazis, die Bombennächte, die Ruinen, die Abrisssucht der Sechziger, die Anonymitätssucht der Siebziger. Jetzt überlebten wir hier. Die Kellner waren berühmt für ihre Ruppigkeit, und an unserem Stammtisch im hinteren Teil bediente mit steifer Herablassung Herr Ludwig aus Spandau.

An den langen Nachmittagen hier – »noch 'n Kaffee?«, »'n Stück Himmelstorte dazu?«, »eigentlich schon Zeit für ein Glas Wein« – kam es mir vor, als würde etwas in mir befreit. Wir sprachen über alles, reimten uns eine neue Weltanschauung zusammen, oder eine, von der wir glaubten, sie sei neu, und ich pellte mich nach und nach aus den alten Brandhagener Lebensregeln (Tütelkram, stell dich nicht so an, reiß dich zusammen), die bis dahin so absolut gewesen waren, nun aber, mit der geografischen Entfernung, eine nach der anderen in sich zerfielen. Plötzlich hatte ich Gedankenfreiheit, denn mit Daisy waren alle Gedanken erlaubt. Sogar über den bis dahin immer verschwiegenen Sex wollten wir frei reden, waren entschlossen, die verkniffene Scham abzuschütteln, die uns zu Hause eingetrichtert worden war. Wir waren Anfang zwanzig, lebten in der konservativen Republik von 1986, und Daisy fand, wir sollten uns befreien von der Prüderie unserer Kindheit. Doch die neuen sexbehafteten Worte blieben noch klobig und linkisch und waren uns

nach alter Gewohnheit peinlich. Es fehlten die feineren Schattierungen. Daisy neigte ohnehin zu maßlosen Übertreibungen, manipulierte Fakten, um einen Effekt zu erzielen, oder sie erfand einfach Sachen. Allein in der Übertreibung schien die Welt für sie Gültigkeit zu haben. Alle Empfindungen waren um zweihundert Grad nach oben geschraubt, eine Temperatur, die nicht zur Feinfühligkeit unserer neuen intimen Gespräche passte, ja eine Temperatur, hinter deren rotem Drama wir uns allzu leicht verbergen konnten.

Licht: rostgelbes Licht aus den klapprigen Wandleuchtern im Altar. Zungenlösendes Licht. Licht der langen Nachmittage und zeitfüllende Worte.

Und ein anderes Licht: das Neonlicht der Schokoladenfabrik am Bukower Damm im Süden Neuköllns, wo Daisy und ich in diesem ersten Winter von acht bis fünf in der Nachtschicht abgezählte Süßigkeiten verpackten. Mit uns am Fließband stand im kränklich grünen Licht Yukio, der die Packregeln nicht verstand und immer wieder die Geschmäcker vertauschte. Dann hielt Otto Prumpf, Vorarbeiter und Schinder, die falsch gepackte Schachtel hoch und schrie: »So packen se vielleicht in Tsching-Tschong Land, aber doch nicht hier!«

Am Fließband erzählte uns Yukio Nacht für Nacht seine Geschichte: seit zwanzig Jahren Musikstudent, in Salzburg Oboe, in Saarbrücken Flöte, in Malmö Violine, in München Cello, in Bordeaux Klavier. Jetzt nahm er bei Professor Irene Dublai Orgelunterricht. Eminente Lehrerin, sagte Yukio, und diesmal schaffe ich es bis zum Ab-

schluss. Mit der blinden Dublai saß Yukio in der eiskalten Matthäus Kirche an der Philharmonie vor den Manualen und spielte sich durch Bach und Buxtehude. Die Dublai war streng und ungeduldig, hielt stets einen Bleistift in der Hand, mit dem sie erbarmungslos zuschlug, wenn ihm ein Fehler unterlief. Keine Ahnung, warum ich das mitmache, sagte Yukio, aber aufhören geht auch nicht. Das wäre jetzt Scheiße nach all den Jahren. Statt Scheiße sagte er Schweiße. Wir betrachteten die vorbeifahrende Schokolade auf dem Fließband und waren uns einig: Er hatte recht, aufgeben wäre jetzt Schweiße.

Ich hatte eine kleine Wohnung, Zimmer, Küche, Außenklo, in der Balbecer Straße in Schöneberg gemietet. Geheizt wurde mit einem Kachelofen, der die allerschönste Wärme abgab und dessen Kohlengeruch sich in allem festsetzte – Bettwäsche, Pullover, Haare. Meine Fenster gingen auf einen braunen Berliner Hinterhof, in dem bei den Mülltonnen ein Kastanienbaum um Licht kämpfte. Das Klo lag eine halbe Treppe tiefer und war nachts schon im Herbst eine eisige Angelegenheit. In der Küche stammte das Waschbecken noch aus den Dreißigerjahren und wurde irgendwann mit einem kleinen Boiler nachgebessert, der zwei Liter hielt, gerade genug zum Rasieren oder für den Abwasch, aber längst nicht für eine gründliche Körperreinigung. Zum Duschen ging ich also dreimal die Woche ins Schwimmbad am Sachsendamm.

Schwimmbadfarben: das blaue Becken, die blauen Schwimmer, die silbernen Duschen, die nassschimmernde Haut.

In der Sammelumkleidekabine verkrampfte und verkrümmte ich meinen endomorphen Körper, zog wie eine lange Schleppe die Brandhagener Prüderie hinter mir her und verwickelte mich während des Aus- und Anziehens in das eng um die Hüften geschlungene Handtuch. Schlimmer noch war es unter der Dusche, wo ich neben den Stahlschwimmern stand, die zu Hause komplett ausgestattete Badezimmer hatten und nur aus athletischen Gründen zum Sachsendamm kamen. Die trugen ihre Blöße hier muskulös zur Schau, bewegten sich mit lapidar baumelnden Schwänzen zwischen Dusche und Kabine, als sei das überhaupt nichts, während ich zu einem linkischen Geflecht aus Scham und Krampf wurde.

Nach dem Schwimmen wartete ich am Damm im Novemberwind auf den Bus. Manchmal fuhr ich ins Altar und belohnte mich mit Kaffee und Kuchen für die sportliche Stunde. Alleine, ohne Daisy, wurde ich hier wieder zum früheren Beobachter aus Brandhagen, der mit der Erbsen schälenden Großmutter unter dem Holunderbusch im Garten gesessen und stundenlang dem Klock-Klock zugehört hatte, mit dem die grünen Perlen in den Plastikeimer fielen. Die gleiche voyeuristische Wohligkeit empfand ich jetzt im Altar. Ich brauchte weder Buch noch Zeitung, sondern konnte einfach nur auf meiner Bank an der rückwärtigen Wand sitzen und den durchziehenden Gesellschaftsreigen genießen. Hier saßen alte Damen mit pilzfarbenen Hüten, Damen, die, laut Daisy, zu Hause vergilbte Ausgaben des *Völkischen Beobachters* horteten und die Pensionen ihrer mörderischen Gatten kassierten. Hier saßen die Zwillingsschwestern Zacharias, dünn und blond und hochgeschminkt, die, so hieß es, 1934 ihre

Revuekarriere von Berlin nach Paris verlegt hatten und von dort vor den einfallenden deutschen Horden über Bordeaux nach Carcassonne geflüchtet waren. Es gab andere Stammgäste: ein Herr mit Glatze, der nichts anderes las als den *Stechlin*, ein schüchternes Mädchen, das laut Herrn Ludwig Groschenromane schrieb, eine asiatische Schönheit mit aufgestecktem Haar und aparten Schuhen, ein älteres Ehepaar, das sich immer stritt.

Die Luft im Altar war dick vom Rauch, und manchmal, wenn die Kriegswitwen gekünstelt hüstelten, rissen die Kellner die im Winter mit einem dicken, burgunderfarbenen Vorhang verhängte Tür auf, um frische Luft hereinzulassen, was wiederum dem Herrn mit dem *Stechlin* nicht passte, da er auf keinen Fall eine Erkältung riskieren wollte. Es kam zu Klagen und Gegenklagen, und die Kellner sahen dem Zirkus unbeeindruckt und tatenlos zu. Sie waren solche Szenen gewohnt. Im Altar wurde generell viel gemeckert. Irgendjemand litt immer an irgendeiner Beschwerlichkeit oder hatte etwas auszusetzen. Die nazistischen Damen, der Herr mit dem *Stechlin*, das Groschenroman-Mädchen, sie alle gehörten zu einer jaulenden Bande, die in einem fort Klage führte über das, was längst hinter ihnen lag, was ihnen noch bevorstehen mochte und besonders über das, was sie gerade vor der Nase hatten: mal war es zu rauchig, mal zu zugig, mal war der Kaffee zu heiß, mal zu lau, mal konnten sie ihren Stammtisch nicht haben, mal wollten sie zur Abwechslung woanders sitzen. Gerade die Beschwerden, die Ruppigkeit und die schlechte Laune aber hielten diese Truppe zusammen und waren mein Theater. Und eines Tages – ich saß an einem der hinteren Tische und war gerade mit dem Früh-

stück Messdiener fertig – entdeckte ich in dieser launigen Menge Alexandra.

Der Schlafsaal hat sich über Nacht gefüllt, ohne dass ich das Geringste davon gemerkt hätte. Nachdem ich mit Fang Lo aus der *Grünen Jade* zurückgekommen war, dauerte es keine zehn Minuten, bis ich einschlief. Ich war erschöpft, und während meines Tiefschlafs haben sich auf Zehenspitzen die anderen Schlafsaalschläfer hereingeschlichen, haben sich in die anderen Betten gelegt und sind in den gleichen Tiefschlaf gefallen, aus dem sie am frühen Morgen wieder aufwachen werden, einem Morgen, der blau durch die verhängten Fenster scheint und in meinem Kopf Verwirrung stiftet. Wo bin ich? Wer sind diese Leute? Was ist dies für eine Sprache? Der Schlafsaal hat sich komplett verwandelt. Ich bin in einem fast leeren, in seiner Ordnung somnambulen Raum eingeschlafen und wache jetzt umgeben von teils noch schlafenden, teils halb angezogenen, teils mit Handtüchern, Kleidung und Gepäckstücken hantierenden Männern auf. Es herrscht ein ständiges Kommen und Gehen, ein Hin und Her zwischen den Betten, das an den Markt vom Vortag erinnert. Neben mir schnarcht Fang Lo vollkommen ungestört. Ich kann mir beim besten Willen nicht erklären, wie jemand bei diesem Krach schlafen kann, aber ihm und den anderen Übermüdeten in den benachbarten Betten scheint das alles nichts auszumachen.

Die Männer kümmern sich nicht weiter um mich. Sie müssen sich fertig machen, müssen los, müssen zum Schichtbeginn um sechs in die Metallverarbeitungsfabrik *Volksbewegung* 人民運動 am anderen Ende der Stadt. Sie

sind Fremdarbeiter aus Xinjiang 新疆, die man per Befehl aus Peking hierherverfrachtet hat, während Männer und Frauen aus Rongqi wiederum in andere Ecken des Reichs geschickt werden, um dort in Metallverarbeitungsfabriken ihren Beitrag für das Wohl des Volkes zu leisten. So ist ganz China ständig im Aufbruch, der Osten nach Westen, der Süden nach Norden und so fort. Menschenmassen wälzen sich unaufhaltsam durchs Land und von irgendwoher, vielleicht von einem Bürokratenschreibtisch in Peking aus, wird dieser lange Volksmarsch, dieses tausendfache Reisen dirigiert.

Im Bahnhof von Rongqi, wo ich an diesem Morgen meine Fahrkarte nach Wuzhou 梧州市 kaufen will, herrscht ein verrücktes Gedränge. Solche Massen habe ich in meinem Leben noch nie gesehen. Als wäre die ganze Stadt hier versammelt. Als wäre der Bahnhof eine eigene Stadt. Eine blaue Stadt. Eine Stadt der blauen Menschenschlangen. Das ist alles, was ich beim Eintritt in die Halle sehe. Hunderte Menschen in Mao-Anzügen, die um Fahrkarten anstehen. Die verschiedenen Schalter sind jeweils nur mit einer Nummer gekennzeichnet (1–23), sodass mir vollständig unklar ist, warum manche Schlangen doppelt so lang sind wie andere. Offensichtlich haben die blauen Kartenkäufer einen Informationsvorsprung mir gegenüber, denn auch neu Hinzustoßende stellen sich mit der allergrößten Selbstverständlichkeit bei bestimmten Schlangen an. Die Blauen mustern mich aus sicherer Distanz. Niemand nimmt den dummen Fremden bei der Hand und reiht ihn ein. Hier kämpft jeder für sich allein. Einige der Schlangen sind jetzt so lang, dass sie sich ineinander verwickeln, sodass nicht mehr zu erkennen ist, welche

Schlange zu welchem Schalter gelangt. Ich wähle Schalter 14, an dem die wenigsten Leute anstehen. Von der Frau vor mir versuche ich herauszufinden, ob dies die Schlange für Züge nach Wuzhou oder generell nach Nord-Westen ist, ernte aber nur ein perplexes Schweigen. In den nächsten Stunden nimmt das Gedränge noch zu. Ich verliere vollends den Überblick und stehe plötzlich in der Schlange für Schalter 17. Ich habe ein ungutes Gefühl. Die Schalter, bei denen es sich um kleine, gelb erleuchtete Fenster handelt, scheinen ferner als je zuvor. Dahinter sitzen strenge Frauen mit altmodischen Schmetterlingsbrillen und schrillen Stimmen. Laute langatmige Verhandlungen mit jedem Käufer. Was gibt's hier zu verhandeln? Viele der Wartenden haben dicke Bündel mit Bargeld in der Hand. Nach mehreren Stunden der Beobachtung komme ich zu dem Schluss, dass nicht Preise oder Daten zur Debatte stehen, sondern etwas viel Grundsätzlicheres, nämlich die Frage, ob jemand überhaupt die Reise antreten darf. Hat er alle notwendigen und offiziell abgestempelten Papiere? Die korrekte Erlaubnis, den ihm staatlich zugewiesenen Wohnort zu verlassen? Eine Vielzahl von Bescheinigungen sind notwendig, Formulare müssen ausgefüllt, dann wieder neu ausgefüllt werden. Und wenn man endlich die Schalterdamen überzeugt hat, dass alles mit rechten Dingen zugeht, stellt sich die noch wichtigere Frage, ob überhaupt eine Fahrkarte erhältlich ist. Manchmal ja, manchmal eben nicht. Ganz nach Gutdünken der Schalterdamen, wie es scheint. Auch je nachdem, wie viel Renminbi Bestechungsgeld durchs Fenster geschoben wird. Jede dieser Transaktionen kommentieren meine Mitwartenden ausgiebig und lautstark. Der ganze Bahnhof hallt

wider von dem Schlangengeschrei. In diesem Tumult ist es nicht einfach, meinen Platz zu halten. Von allen Seiten ernte ich bohrende Blicke, aber meine Größe, die roten Haare und die Sommersprossen verschaffen mir eine Art Respektabstand. Ich bin in die riesige chinesische Reiseschlacht verwickelt, die Tag für Tag landauf, landab ausgefochten wird. Eine Schlacht, die selbst den erfahrensten Kämpfer auf eine harte Probe stellt und in der ich wohl nicht die besten Chancen habe. Ich werde nervös, bin aber zum Kampf entschlossen, verteidige meinen Platz und bewege mich im Schneckentempo auf Schalter 17 zu, aus dessen gelbem Inneren die Kartenverkäuferin mich bereits über mehrere Meter misstrauisch anblickt. Vor sich hat sie in akkuraten Häufchen die begehrten Fahrkarten aufgereiht. An der Wand hinter ihr hängt ein knitteriges Poster, das den Parteivorsitzenden Deng Xiao Ping 鄧小平 darstellt. Daran, wie die Fahrkartenverkäuferin mich ins Auge fasst, meine ich zu erkennen, dass meine Chancen hier nicht die besten sind. Sie scheint sich unsicher, ob es mir überhaupt erlaubt ist, den Bahnhof, ja Rongqi selbst, zu betreten. Sie ist daher auch im Zweifel, ob der direkte Kundenkontakt mit mir gegen irgendwelche Vorschriften verstößt. Als ich endlich nach sieben Stunden zu ihr an den Schalter vordringe, ist es für sie wohl am sichersten, Unverständnis vorzuschützen über mein gestottertes »Morgen nach Wuzhou« 明天去梧州市 (die fremden Worte wie Insekten in meinem Mund), und als ich nicht sofort klein beigeben und wieder verschwinden will, so zu tun, als sei ich gar nicht da. Ich bin vor den Kopf gestoßen über diese Behandlung, stocke einen Augenblick, wiederhole mein Anliegen, warte auf eine Antwort, doch

ohne Erfolg. Obwohl ich direkt vor ihr stehe, tut diese Beamtin des Volkes, als sei ich einfach nicht anwesend, als sei ich Luft oder irgendein anderes atmosphärisches Gas. Mit verkniffenem Mund – ich sehe genau, ihr behagt die Situation gar nicht – blickt sie schräg an mir vorbei in die Bahnhofshalle. Und nun geschieht etwas ganz Überraschendes: Eine alte, wohlbekannte, aber seit Jahren, seit meiner Berliner Zeit, schlummernde Wut, eine Brandhagener Wut, eine Kinderwut, schießt plötzlich heiß in mir hoch. Mit verschränkten Armen baue ich mich vor dem Fahrkartenfenster auf und verharre in dieser lächerlich-kriegerischen Position. Dabei wiederhole ich in einem fort wie ein Mantra meine Forderung: *morgen nach Wuzhou, morgen nach Wuzhou, morgen nach Wuzhou.* Die Beamtin starrt bewegungslos durch mich hindurch. Hinter mir wird die Schlange unruhig. Noch lauteres Geschrei. Was jetzt? Ich weiß, dass ich meine Position nicht lange werde halten können, doch sind wir hier in einen Machtkampf verwickelt. Ich klopfe an das Fenster und verlange Satisfaktion. Die Beamtin bleibt reglos. Ihr Gesicht, das sie unter keinen Umständen verlieren darf, ist eine offizielle Maske im Schummerlicht des Kabuffs. Ich starre sie an, und beim Anblick dieser Maske wird mir schlagartig bewusst, dass ich all meine Chancen verspielt, ihr keinen Ausweg gelassen habe. Jedes Nachgeben, auch nur die kleinste Einwilligung in meine Forderungen, würde sie jetzt bloßstellen. Die Aussicht auf eine Fahrkarte ist nie ferner gewesen, als jetzt hier direkt vor dem Schalter. Hinter mir beginnt die Schlange wegen der vom roten Teufel verursachten Verzögerung nach vorn zu pressen, sodass meine obstinate Spitzenposition unhaltbar wird und ich

ohne Fahrkarte, ohne moralischen Triumph das Feld räumen muss.

Im Schlafsaal lachen sie über mich, als ich mit leeren Händen zurückkomme, lachen noch mehr, als ich erzähle, dass ich eine Fahrkarte für den nächsten Tag wollte. Wie wär's mit für nächstes Jahr, schreit einer und wälzt sich johlend auf dem Bett. Diese Männer sind jetzt meine Kumpels. Fang Lo hat mich hier eingeführt. Die Metallarbeiter, die Arbeiter der T-Shirt- und der Styroporcontainerfabrik, sie alle kennen jetzt meine Geschichte. Jemand hat eine Flasche Reiswein, und ich muss ein Glas nach dem anderen trinken, dazu Zigaretten rauchen. Ich frage, ob sie nicht arbeiten müssen, aber sie winken ab, rufen etwas, das ich nicht verstehe, malen Zeichen in ihre Handflächen, bis ich schließlich mein Wörterbuch hervorkrame und sie mir unter Gelächter die Zeichen für Schichtarbeit 輪班工作 hinhalten. Sie sitzen auf den schmalen Betten unter den verhängten Fenstern und rauchen und trinken Reiswein, bis ihre Kumpels von der Frühschicht wiederkommen. Sie trinken und rauchen, um das Heimweh nach ihren Familien zu betäuben. Sie hassen die Parteibonzen, die sie hierhergeschickt haben, die ganze Volksverschieberei ist in ihren Augen Unfug, und allein aus Angst sind sie gegangen. Sie sind verlassene junge Männer, und sie hassen dieses Leben, diese Stadt, die Fabriken, diesen Schlafsaal. Sie hassen auch die Einheimischen, die sie zurückhassen, und sie schuften allein auf den Tag hin, an dem sie wieder zurück nach Hause dürfen. In zwei Jahren, sagen einige. Drei Jahre, sagen andere. Ich frage, ob das sicher ist, und sie zucken mit den Schultern.

Nichts, was aus Peking kommt, ist sicher. Nur eines steht fest: Sie schuften für nichts.

Plötzlich schäme ich mich für meine Flucht. Ich hatte gar nicht abwarten können, aus Berlin wegzukommen, während diese jungen Männer nur an die Rückkehr nach Hause denken können. Meine Scham wird noch vergrößert vom Reiswein und Nikotin. Ich bin benebelt und plötzlich todmüde. Bevor ich weiß, was mir passiert, falle ich nach hinten aufs Bett. Vielleicht mein Bett, vielleicht irgendein fremdes Bett. Eine kurze Weile höre ich noch die Stimmen meiner neuen Kumpels, dann auch Hundebellen, obwohl ich keine Ahnung habe, was ein Hund im Schlafsaal macht, dann andere Tierlaute – Kuhlaute, Huhu – und ich sitze bei meiner Großmutter in ihrer Kammer, sie will irgendetwas, aber ich kann beim besten Willen nicht herausfinden, wonach sie verlangt. Lauter und lauter schreit sie, ihre Hand presst meinen Arm, huhu huhu, hat sie Hunger? Durst? tun ihr die Füße weh? huhu, sie zieht an mir, zieht mich zu sich herunter, warmer, milchiger Atem schlägt mir ins Gesicht, meine Großmutter flüstert mir ins Ohr »Kein Zug bis nächstes Jahr«, und ihr ganzer Körper wird von einem heiseren Lachen geschüttelt, unter dem das Bett bebt. Da schrecke ich hoch von dem schmalen Schlafsaalbett und blicke direkt in Fang Los lachendes, immer noch lachendes? über mein Fahrkartenschicksal lachendes? aber nein, nicht schadenfroh lachendes, sondern triumphierend und stolz lachendes Gesicht, denn in der Hand hält er zwei Fahrkarten, die erste von Rongqi nach Zhaoqing 肇慶市, die zweite von Zhaoqing nach Wuzhou, zwei Fahrkarten, die er für mich mit viel diplomatischem Geschick ergattert hat und mir

nun mit der großzügigen Geste des Gastgebers hinhält (siehst du, in China ist alles möglich), und zu meiner Beschämung nicht einmal Geld dafür annehmen will, denn China ist das Land der Freundschaft. Ich beginne diese Behauptung zu glauben, als ich zwei Tage später, in denen Fang Lo und seine Schlafsaalkameraden mich keine Minute aus den Augen gelassen, mein Essen bezahlt, meinen Tee gemacht haben, den Zug besteige. Es scheint ihnen die Ausgeburt der Verrücktheit, dass ich diese Reise allein machen, mehr noch, dass ich ein ganzes Jahr lang allein durch China reisen will. Sie wollen wissen, wo meine Gruppe ist, welche Gruppe? frage ich, und sie wiederholen immer wieder, deine Gruppe, deine Gang, deine Kumpels. Vom Bahnsteig her blicken sie mich traurig an. Ich sitze auf meiner Holzbank und nicke nachdrücklich. Alles in Ordnung. Ihr braucht euch keine Sorgen zu machen. Ich komme allein gut klar. Am liebsten würden sie einsteigen und mich ein Jahr lang begleiten. Nur damit ich nicht allein bin. Was ich ihnen nicht erzähle: dass ich meine Gruppe, meine Gang, auf einem Berliner Bahnsteig zurückgelassen habe. Meinen erschöpften kleinen Kreis, der mir fatalistisch und endgültig nachwinkte, als würde er mich nie wieder sehen, jedenfalls nicht diesen Freund, von dem er sich jetzt verabschiedete, und in diesem Moment, bei diesem ersten Anrücken des Zuges, wusste ich, dass wir keine Gruppe, keine Gang, kein kleiner Kreis mehr waren, sondern nur noch verstreute Freunde, denn der Kern, das Herz unserer Gemeinschaft, war von Anfang an Nina gewesen.

Gleich beim ersten Mal, als ich sie mit Alexandra im Café Altar sitzen sah, hatte ich gespürt, dass etwas Beson-

deres an Nina war, etwas Beunruhigendes und Gefährliches. Zunächst aber sah ich nur Alexandra, entdeckte sie mit dem allergrößten Erstaunen, denn zu dieser Zeit galt sie zu Hause als verschollen, entdeckte sie an einem Seitentisch zwischen den Schwestern Zacharias und dem Groschenroman-Mädchen sitzen, eine Flüchtige, von der niemand in Brandhagen wusste, was aus ihr geworden war, eine Flüchtige, der die Erleichterung und das Glück ins Gesicht geschrieben standen. Ich wusste, dass ich gegen dieses Glück handeln und die Nachricht nach Brandhagen durchgeben musste, wo sie schon glaubten, Alexandra sei tot. Heimlich beobachtete ich meine Cousine aus den Tiefen des Altars. Die junge Frau, die ich hier sah, war nicht das frühere linkische Mädchen. Diese hier lehnte sich gelassen auf der rotsamtenen Bank zurück, drehte den Kopf zur Seite, plauderte und lachte mit der asiatischen Schönheit, die dicht neben ihr saß und die immer wieder Alexandras Hand in die ihre nahm und küsste. Die beiden waren so ineinander verzahnt, die sahen mich gar nicht.

Liebesbeweise: Hand im Nest der Hand, Lachen im Lachen des anderen, schweigendes Trinken und Essen, der Blick nah an der Haut entlang.

In dieses Glück konnte ich nicht einfach hineinplatzen, wollte es auch nicht, wollte nicht zum Liebestisch rübermarschieren, um die Brandhagener Schulden einzutreiben. Du hast nicht mit ihr gesprochen? fragte meine Mutter eine Woche später am Telefon. Wir kommen hier um vor Sorge und du hast nicht mit ihr gesprochen? Dann kam gleich ein Anruf von Tante Alma, Alexandras Mut-

ter, mit Weinkrampf und einer Flut von Fragen, dann riss Onkel Olaf ihr den Hörer weg und wollte wissen, was Alexandra, »das undankbare Gör«, gesagt habe. Aber ich hatte keine Nachricht, keine Grüße, keine Telefonnummer, war eine Woche lang hin und her gerissen gewesen, ob ich überhaupt jemandem von meiner Entdeckung erzählen sollte. Das Einzige, was ich hatte, war eine Adresse: Winterfeldtstraße 32, keine zehn Minuten vom Altar entfernt. Die Adresse hatte ich ausspioniert. Als Alexandra und Nina aufbrachen, war ich ihnen gefolgt, mit hochgeschlagenem Kragen, in sicherem Abstand, schleichenden Schrittes, ein Liebesenthüller, ein Glücksdieb, von der Münchener in die Barbarossa-, in die Gleditschstraße, über die Pallasstraße, noch 400, 300, 200, 100 Meter, dann noch einmal rechts, in die Winterfeldtstraße, wo im Haus Nummer 32 die Liebe wohnte, wo im dritten Stock rechts in der einbrechenden Dunkelheit die Lichter angingen und die glücklichen Schatten sich durch die Zimmer bewegten, wo Alexandra mit Nina ein neues Leben angefangen hatte.

Doch wurde mein Verrat schnell enthüllt. Nach drei Tagen traf ein Brief aus Brandhagen bei meiner Cousine ein, ein Brief von Olaf, der sofortige Kontaktaufnahme forderte, der voller Anschuldigungen eine Erklärung verlangte für das monatelange Schweigen, für das Wegbleiben, für die verhunzte Zukunft, ein Brief, der mich als Verräter des geheimen Liebesnests enthüllte, sodass Nina beim nächsten Mal im Altar an meinen Tisch kam und mich hinüberbat zu Alexandra. Die hatte den Brief sofort nach dem ersten Überfliegen in den Müll geworfen. Brandhagen war weit weg, von der Familie wollte sie

nichts wissen. Und jetzt stand ich wie eine Mahnung, wie die popelige Verkörperung des schlechten Gewissens vor ihr. Sie sah mich feindselig an. Wir haben dich schon seit Wochen beobachtet, da hinten an deinem Tisch, immer allein, aber dass du so was ..., dass du alles hinter meinem Rücken ..., die Adresse, der Brief ..., wo ich sie endlich alle losgeworden war ... Nina saß mit schön gekreuzten Beinen auf der roten Bank und hörte ohne ein Wort Alexandras Anschuldigungen zu: wie ich mich hier hereingedrängelt hatte in ihr neues Leben, wie ich eine Tür wieder aufgerissen zu ihrem alten Leben, ohne Erlaubnis ... ohne das geringste Recht ... diese Verletzung ... dieser Übergriff ... diese Kriegserklärung ...

du bist noch genauso wie früher

und du auch

du denkst immer nur an dich

und du hast kein einziges Mal an mich gedacht, hast dich nicht bei mir gemeldet, bist einfach verschwunden, das nennst du Freundschaft

wir sind Familie, da gibt's keine Freundschaft

schäbig nenne ich das

So ging es hin und her und immer weiter, bis Nina einschritt. Genug mit alten Streitereien. Jetzt habt ihr doch mich. Jetzt stoßen wir erst mal darauf an, dass wir hier alle zusammen sind. Hast du ihm denn überhaupt schon die Geschichte erzählt, wie du hier nach Berlin gekommen bist?

Am Anfang waren immer die Geschichten: wie Alexandra bei ihrem letzten Besuch in Brandhagen auf ein Zeichen von der Großmutter gewartet hatte, das sie befreien würde

von ihrer Erbpflicht. Sie hatte am Bett in der Kammer über dem Laden gesessen und auf den himmlischen Hinweis gewartet. Hatte gehofft, das vom Schlaganfall lahmgelegte Hirn würde ein Signal abgeben – eine Träne vielleicht, ein Flüstern oder Nicken. Aber nichts kam. Stattdessen kam das Zeichen zehn Tage später überraschend von einem Angestellten der Stadtbücherei Altona, wo Alexandra sich die *Buchhaltung für Profis* hatte zurücklegen lassen, wo ihr der Bibliothekar stattdessen jedoch *Mein Berlin* von Justus Mellbrook, *Berliner Geheimnisse* von Alma Kram und *Ein Jahr in der Fasanenstraße* von Dorothy Twist hinlegte, drei Bände, nach denen sie instinktiv langte, ohne die Verwechslung aufzuklären, drei Bände, die sie nach Hause trug und förmlich verschlang, drei Zufallsbände, die in ihren Augen für die Zustimmung der Großmutter standen, ja, das ersehnte Signal zum Aufbruch gaben. So erzählte sie das, mit überraschendem Drama und glühenden Augen, erzählte nicht für mich, sondern nur für Nina.

Ja, die Geschichten: wie Alexandra Nina acht Tage nach ihrer Ankunft in Berlin in einem Schuhladen in der Fasanenstraße begegnet war. Wie irgendetwas sie beim Vorbeilaufen an den glänzenden Auslagen veranlasst hatte, hineinzublicken in das Geschäft selbst, wo, von einem Meer aus Schuhen und Kartons umgeben, Nina auf einem schwarzledernen Sofa saß. Vor ihr auf dem Boden kniete eine Verkäuferin und hielt Nina ein Paar Kuhfellstiefeletten hin, die diese eingehend betrachtete und lange in Erwägung zog, bevor sie der Verkäuferin zur Anprobe den Fuß hinstreckte. Irgendetwas habe sie angelockt an diesem feudalen Bild, sagte Alexandra, und ohne weiter

nachzudenken, hatte sie die Tür zum erleuchteten Laden geöffnet, eine helle Schelle schellte, die Verkäuferin drehte sich um, Alexandra trat ein und kam sich, sobald sie die Klinke losließ, fehl am Platz vor mit ihren Turnschuhen auf dem cremefarbenen Teppich, mit ihrem Anorak zwischen den Mahagoniregalen, an denen sie nun, um ihre Verlegenheit zu überspielen, unter den misstrauischen Blicken der Verkäuferin entlangspazierte, als suche sie nach neuen Hackenschuhen. Dabei habe ich natürlich überhaupt nicht die Auslage angeguckt, sondern nur Nina angesehen, und als erstes ist mir aufgefallen, dass ihr Haar hinten mit zwei lackierten Essstäbchen hochgesteckt war. Auch: ein langer Nacken, ein geschwungenes Kreuz, ein aufrechter Rücken. Alexandra konnte sich gar nicht losreißen von dieser Erscheinung, den hochmütigen europäischen Zügen, den asiatischen Augen, den hohen Wangenknochen, der Schminke, die diese Extreme in eine Malerei verwandelte, von den schmalen Fingern, mit denen Nina die Verkäuferin hin und her dirigierte. Immer wieder streckte sie dabei den bestrumpften rechten Fuß aus, ließ sich ein Modell nach dem anderen anziehen, schüttelte jedes Mal irritiert den Kopf, als könne sie gar nicht verstehen, warum die Verkäuferin ihr derart hässliche Ware an den Fuß steckte, warf das lästige Schuhwerk wieder ab, um dann sofort auf den nächsten Karton zu zeigen. Trotz dieses fürstlichen Benehmens und obwohl sie die Verkäuferin bei den Anproben keines Blickes würdigte, sei aber nichts Herablassendes an Ninas Verhalten gewesen, sagte Alexandra. Vielmehr schien dies ihre natürliche Art, ganz so, als sei sie eigentlich mit ihren Gedanken nicht beim Schuhkauf, sondern weit weg, ganz woanders,

als sei dieses endlose Anprobieren, das Hinhalten des Fußes, das Abschütteln der Schuhe nur ein Zeitvertreib. Schließlich sei die Verkäuferin aufgestanden und habe erschöpft die Hände sinken lassen, zum Zeichen, dass sie mit ihrer Kunst am Ende sei und Nina alle Modelle im Geschäft vorgeführt habe. Nur die Kuhfelle standen noch neben dem Sofa. Und Nina streichelte sie und sagte »die sind schön«. Und gerade als ein Hoffnungsschimmer die müden Augen der Verkäuferin wieder belebte, gerade als es galt, Farbe zu bekennen, eine Entscheidung zu treffen und Mode in Geld zu verwandeln, stand Nina einfach von der schwarzledernen Couch auf, drehte sich noch einmal zu den Stiefeletten um und ließ dann die Verkäuferin mit den Worten »ich kann sie mir ja sowieso nicht leisten« im Kartonmeer besiegt sitzen, begab sich mit schönen Schritten (den Kopf ganz leicht, ganz spielerisch zur Seite geneigt) und, wie Alexandra bemerkte, in noch brandneuen, so gut wie ungetragenen Schuhen – schwarz glänzenden Foxtrott-Schuhen, Charakterschuhen der völlig unpraktischen Art – über den hellen Teppich hinweg, auf dem noch Alexandras Fußabdrücke zu sehen waren, zum Ausgang. Schon streckte sie die Hand nach der Klinke aus, als Alexandra mit einem Schlag wusste, was hier zu tun war, »ja, ich wusste, dass ich jetzt einschreiten, dieses Wesen auf keinen Fall entkommen, dass ich sie auf alle Fälle irgendwie aufhalten musste. Ein gewaltiges Drängen tönte ganz laut in meinem Kopf, eine Forderung, und dann habe ich gemerkt, wie sich mein Mund öffnete und ich plötzlich Halt! rief. Ein autoritäres Halt! war das, in einem mir ganz fremden Ton, ein militärisches und ziemlich unhöfliches Halt!« Die Verkäuferin blickte Alexandra an, als habe diese

den Verstand verloren, Nina drehte sich nach dem unbeholfenen, groben Ausruf um, »denn sie war ja gespannt, was da jetzt kommen würde«. Da erwachte Alexandra mit einem Mal wieder aus ihrem seltsam hypnotisierten Zustand, »ich kam mir vor wie eine Schlafwandlerin ... wie auf verlorenem Posten zwischen den blanken Regalen und all den Kartons mit den ausgemusterten Schuhen, und ich wusste gar nicht mehr genau, wie ich mich in diese prekäre Position gebracht hatte«. Doch nun schlug Alexandras Stunde der Entscheidung, eine Entscheidung, die wie eine rote Billardkugel von einer Ecke ihres Kopfs zur anderen rollte, hier und da anstieß, ein paar Worte loslöste, die einen Sekundenbruchteil später aus ihrem Mund, »wie aus einem fremden Mund« kamen, über eine fremde Zunge rollten, von fremden Lippen geformt wurden, »und ich mich sagen hörte, dass ich, Alexandra Vink aus Brandhagen, arbeitslose Einzelhandelskauffrau, mir die Schuhe leisten könne und, mehr noch, sie in Größe 38 für Nina kaufen wolle, genau diese Kuhfellstiefeletten, die dort vor dem Sofa auf dem viel zu hellen Teppich standen«. Und so bekannte Alexandra, entgegen der sichtlichen Zweifel der Verkäuferin an ihrer Zahlungsfähigkeit, am Tresen Hundertmarkscheinfarbe, legte die drei blauen Scheine und einen braunen Fünfziger hin und acht silberne Markstücke, und das Geld, das sie für eine Zimmerkaution erst eine Stunde vorher bei der Volksbank am Wittenbergplatz abgehoben hatte, lag wie ein Liebesbeweis vor ihr, bis die Verkäuferin, bevor die unwahrscheinliche Kundin wieder zur Besinnung kommen konnte, es hastig einstrich, die Schuhe für Nina verpackte, die diese mit einem kurzen Dank und ohne jede gekünstelte Weigerung in Empfang

nahm, um dann, diesmal endgültig, den Laden zu verlassen und durch die Fasanenstraße in Richtung Lietzenburger zu verschwinden. Schön blöd, sagte die Verkäuferin und zuckte mit den Schultern, als sei Alexandra nicht zu helfen.

Es dauerte sechs Wochen, bis sie Nina durch Zufall im Altar wiedertraf. Trat ein, sondierte die Tische, stieß auf Nina, verlor diesmal keine Zeit, trat an den Tisch, öffnete den Mund, um die Worte zu sagen, die sie sich hundert Mal für diesen Moment zurechtgelegt hatte, fühlte alle vorbereiteten Sätze aus ihrem Kopf verschwinden, fühlte nur eine papierweiße Lähmung aller Gedanken und fragte stattdessen, zum zweiten Mal von fremden Stimmen diktiert, ob Nina die Stiefeletten schon eingelaufen habe. Nina sah von der Speisekarte hoch, verwirrt, wer die Fremde war, bis bei der Erwähnung der Stiefeletten nach und nach ein Wiedererkennen auf ihrem Gesicht erschien und sie schließlich in ein ungehindertes Lachen ausbrach. Alexandra musste sich setzen, Nina bestellte Kardinalstorte und Sekt und sie redeten den ganzen Nachmittag. Oder vielmehr Alexandra redete, während Nina sie nach Hamburg und Brandhagen befragte und alles über die norddeutsche Tiefebene wissen wollte, ungewohnte Fragen waren das für Alexandra, die aber gern antwortete, denn noch nie hatte jemand ein solches Interesse an ihr gezeigt, schon gar nicht jemand, der viel internationaler zwischen Hongkong und Frankfurt groß geworden war. Hinterher wusste Alexandra nicht mehr, worüber sie den ganzen Nachmittag im Altar und dann die ganze Nacht lang in irgendeiner Bar gesprochen hatten, doch waren sie irgendwann gegen Morgen in der Winterfeldtstraße ge-

landet, in Ninas Schlafzimmer, und dort hatte Alexandra die Kuhfellstiefeletten inmitten eines Meers anderer ungetragener Schuhe wieder getroffen.

Nachher: an einem bronze-beleuchteten Nachmittag das Frühstück Messdiener im Altar.

Und jetzt: Sekt, denn das müssen wir doch feiern, dass wir hier alle zusammen sind.

Und als die Gläser und die nachgefüllten und wieder nachgefüllten Gläser leer waren, gingen wir in die Winterfeldtstraße. Ich kannte den Weg ja schon: Münchener, Barbarossa, Gleditsch, Pallas, dann endlich die Winterfeldtstraße, die jetzt dämmrig im Berliner Abend lag, hoch in den dritten Stock, in die Küche, wo Nina ganz hinten aus dem Eisfach eine Flasche russischen Wodka holte. Den habe ich noch aus dem Osten. Sie guckte in den Kühlschrank. Was kann ich euch sonst noch anbieten? Ein hart gekochtes Ei. Ein Glas fermentierten Tofu. Sie lachte schallend. Also eigentlich nur Ost-Wodka.

Die Zimmer waren groß und kahl, kaum Möbel, im Wohnzimmer ein Klappstuhl, ein leeres Regal, ein kleiner buddhistischer Altar mit Weihrauchkerzen. Als sei sie gerade erst eingezogen. Nur das Bad voller Kosmetik, ganze Körbe mit Lippenstift, Parfums, Lidschatten. Und im Schlafzimmer um das große Bett herum, das dort wie ein Thron mitten im Raum stand, die Schuhkollektion. Ich schätze mal 200 Paar. Darunter auch die Kuhfelle.

Von Alexandras Sachen keine Spur.

Farben: gekalkte Wände, das kaiserliche Gelb der Bettwäsche, das Orange der Vorhänge, das Gold des Buddhas, das Schwarz-Weiß der Stiefeletten.

Eine Achtlosigkeit lag in diesen Räumen. Wo sind deine Sachen? fragte ich Alexandra. Sie zeigte auf einen Koffer im Schlafzimmer. Sonst nichts? Sie zuckte mit den Schultern. Alles in Hamburg weggeschmissen.

Wir tranken Wodka und Long Island Iced Tea und redeten. Meistens redete Nina. Über Frankfurt und Hongkong, und warf beim Reden immer wieder vor Lachen den Kopf in den Nacken. Alexandra lachte auch und machte diese Bewegung nach. Klang und Rhythmus von Ninas Worten füllten das Zimmer und meinen ganzen Kopf. Wenn sie mich etwas fragt, will ich eine Antwort geben, die sie beeindrucken soll. Alles, was sie erzählt, ist anders als die Geschichten, die ich gewohnt bin. Die Mutter aus Hongkong, der wohlhabende Frankfurter Vater, die Internate, von denen sie fliegt, bevor sie mit fünfzehn nach London ausreißt, ihre kurze und wahrscheinlich illegale Ehe mit einem Schotten, drei Abtreibungen, kein Schulabschluss, kein Job, Scheckbuch des Vaters ... Irgendwo tritt auch ein Bruder auf. Irgendwer stirbt. Ich muss vom Wodka benebelt dreimal nachfragen, wer. Meine Mutter. Schon seit Jahren tot. Mir bleibt die Spucke weg. Das sagt sie so einfach. Im Nebensatz.

Von Anfang an bewunderte ich Nina. Von Anfang an wollte ich in ihrer Nähe sein. Von Anfang an spürte ich die Gefahr, die von ihr ausging.

Im Vergleich zu Ninas hellen, sparsamen Räumen kam mir meine Wohnung in der Balbecer Straße jetzt grau und rußig vor. Der große Raum mit dem Fenster in den Hinterhof war nun nicht mehr minimal, sondern deprimierend.

Unten stritt der besoffene Hausmeister Kasper mit seiner Frau. Aus dem Vorderhaus kamen die Gebete der Moschee.

Manchmal, nach einer unserer Wodka-durchfluteten Nächte bei Nina, stand ich den ganzen Tag lang nicht auf, verpasste meine Kurse in der Podbielskiallee oder die Schichten in der Schokoladenfabrik. Draußen ging das popelige Leben weiter. Kasper schleppte Bier vom Penny-Markt nach Hause und hatte irgendein Problem mit den Männern von der Moschee, die ihre Schuhe im Haupteingang abstellten. Wenn es kalt wurde in der Wohnung, ging ich nach unten in den Kohlenkeller, wo unter einer baumelnden Funzel meine Briketts lagen. An die Wand hatte jemand »Ich ficke keine Nazis« gesprüht. Ich packte die Briketts in meinen Eimer und schlich vorsichtig, um nicht in eine Unterhaltung verwickelt zu werden, an der Kasper'schen Wohnung vorbei wieder nach oben. Zitternd und bibbernd fegte ich die tote Asche aus der Röhre, baute aus Zeitungspapier und Anfeuerungsholz ein Nest, auf das ich die Briketts legte. Der Haufen brach zusammen. Ich baute ihn wieder auf. Dann Streichholz, dann pusten und hoffen und wieder pusten und der Rauch und das Husten und wieder pusten. Stundenlang, bis ich aufgab und mich ins Bett legte, um warm zu werden. Ich liege da, starre an die Decke und habe Angst.

Farben der Kälte: der opalene Atem, der kristallene Himmel, die Höllenkohle.

Dies ist eine neue, unberechenbare Angst. Ich weiß nicht, woher sie kommt, aber sie hält mich im kalten Zimmer gefangen. Nach drei, vier Tagen raffte ich mich endlich

wieder auf, ging während der toten Stunden am frühen Nachmittag ins Schwimmbad, stand ewig unter der Dusche, ließ das Wasser auf meinen Kopf prasseln, fühlte die Härte der Tropfen, hörte ihre hohlen Töne. Ich ging um das blaue Becken, dessen ungestörtes Wasser diese leere Welt widerspiegelte. Saß am Rand auf einer Bank, starrte auf die blanke Oberfläche. Misstrauisch beobachtete der Bademeister mein Herumsitzen, bis es ihm schließlich zu bunt wurde. Sie können hier nicht nur einfach sitzen, entweder Sie gehen ins Wasser oder machen die Mücke.

Hinterher stand ich im scharfen Ostwind am Damm. Für einen Moment war alles anders – neu und klar und kraftvoll: der dichte Berliner Himmel, der harte Dezembertag, mein vor Kälte steifes Gesicht.

Am nächsten Tag wachte ich fiebernd und mit trommelnden Kopfschmerzen auf. Mein ganzes rechtes Ohr war rot und heiß und hart, ein eitriger Herd, den ich ständig befummelte. Ich konnte vor Schmerzen nicht schlafen, fand aber nach Brandhagener Art, ich müsse mich zusammenreißen, und ging daher nicht zum Doktor. Nach zwei Tagen fiel ich in eine Art Delirium.

Träume: ich rauche Zigarre unter der Dusche im Schwimmbad, meine Großmutter ruft in der Balbecer Straße an und sagt, ich solle mich nicht so anstellen, der Bademeister leckt mein kaltes, steifes Gesicht im Kohlenkeller ab. Hinter uns stehen die Kaspers und sagen, wir seien schwule Nazis.

Zwischendurch wache ich auf und fühle, wie mir die Kälte durch Boden und Matratze in die Knochen steigt. Nach vier Tagen klopft Alexandra bei mir an. Du nimmst das Te-

lefon nicht ab, ruft sie durch den Briefkasten. Dann höre ich Daisy: Sie wollen dich in der Fabrik rausschmeißen. Dann wird alles unklar. Ich höre sie draußen vor der Tür verhandeln. Der macht das absichtlich, sagt Daisy. Das ist so eine Masche vom ihm, sagt Alexandra. Daisy bietet Alexandra eine Zigarre an. Sie rauchen und verhandeln und kämmen sich gegenseitig die Haare. Worauf wartet ihr, rufe ich von drinnen, tretet gefälligst die Tür ein. Sie blasen Zigarrenrauch durch den Briefkasten. Meine Wohnung füllt sich nach und nach mit den dicken grauen Wolken. Dann wache ich wieder auf, weil draußen jemand ans Türholz hämmert. In meinem Kopf donnert der Schmerz, ich komme nicht hoch, kann mich nicht von der Matratze wegbewegen. Ich höre Alexandras scharfe Kommandostimme, wie sie Herrn Kasper befiehlt, unverzüglich die Tür mit dem Generalschlüssel zu öffnen, dann Kaspers Lallen, dann ist es einen Moment lang still, dann das metallene Geräusch des Schlüssels im Schloss, Kasper wird aus dem Weg geschubst und die Mädchen laufen ins Zimmer, wo ich mit glasigen Augen und verschwitzten Haaren liege, bis ein Krankenwagen mich mit Tatütata ins Kreuzberger Urban-Krankenhaus verfrachtet, wo Lungen- und Mittelohrentzündung festgestellt werden und ich nach einer Woche mit reichlich Penizillin sowie mit der strikten Verordnung der Oberschwester, zwei Wochen das Bett zu hüten und fortan »die Mätzchen ohne Mütze« sein zu lassen, zurück nach Schöneberg entlassen werde.

Alexandra und Daisy hatten sich während meiner Krankenhauswoche angefreundet und planten jetzt, bei mir Krankenschwester zu spielen. Wollte ich aber nicht.

Ich werde gut allein fertig.

Das hast du ja schön bewiesen.

So dramatisch ist die Sache nun auch wieder nicht.

Du tust, was wir dir sagen.

Ich will aber ...

Schluss mit der Jammerei, du tust, was wir dir ...

Sie kauften ein, kochten Essen, machten Tee, heizten ein, versorgten mein Ohr, zählten meine Pillen ab, bevormundeten mich, machten sich lustig über meine Sturheit, meine Schwächlichkeit, und ich sah, wie sie sich manchmal heimlich Blicke zuwarfen, wenn ich irgendetwas nicht essen oder sie wegschicken wollte. Insgeheim aber war ich froh über ihre Freundschaft.

Dann hatte Daisy eine Woche Extraschichten in der Schokoladenfabrik (»ich brauche das Geld, meine Mutter hat mir den Hahn abgedreht, weil ich nicht Zahnmedizin studieren will«) und Alexandra einen Kurzzeitjob bei der Messe. Nina kommt und versorgt dich, sagte sie.

Nina? Im Ernst?

Ja, sie hat es angeboten.

Ich war zugleich entzückt und entsetzt.

Am nächsten Tag stand tatsächlich Nina vor der Tür, allerdings mit Publikum, mit ihren Freunden Tina Tina und Jack im Schlepptau. Ich nickte in Richtung der zwei grell gekleideten Gestalten, sie ein dicker Junge, er ein dünnes Mädchen, beide an die zehn Jahre älter als wir. Voller Ekel sahen sie zu, wie Nina überraschend geschickt meinen Ohrverband wechselte und die Vereiterung mit heilender Salbe betupfte. Während dieser Behandlung gingen sie im Zimmer umher, betrachteten alles genau – den fleckigen Teppich, den Schrank vom Sperrmüll, die an die Wand

über dem Schreibtisch geklebten Fotos aus Brandhagen – und begleiteten dieses Betrachten mit einem Flüstern, das ihnen wohl für ein Krankenzimmer angebracht schien. Erst nachdem Nina den neuen Verband angelegt hatte, traten sie ans Bett, beugten sich musternd zu mir herunter, fast so, als gehörte ich selbst mit zur Ausstattung der Wohnung. Wahnsinnig schön hier, sagte Tina Tina. Total originell, sagte Jack. Sperrmüllmöbel, Fleckenteppich und die eilig gekalkten Wände erinnerten sie an ihre erste Zeit in Berlin, na, das sei vielleicht eine Zeit gewesen, ach du meine Güte, wie wir hier mit nichts als zwei Rucksäcken angekommen sind, auf Jacks Motorrad, über die Transitstrecke aus Franken, keinen Pfennig Geld, keine Bude, nichts, heute unvorstellbar, aber das ist ja alles schon lange her, über zehn Jahre. Sie redeten mit warmen Stimmen und einer theatralischen Begeisterung, wie ich sie bis dahin nur aus Filmen kannte. Deine Wohnung, die könnte ich malen, sagte Tina Tina, und dich auch. Ich kam mir sehr geschmeichelt vor und beneidete Nina um solche Freunde. An diesem Nachmittag redete Tina Tina noch lang und ausführlich von ihren Bildern, die sie mit einem schier grenzenlosen Fleiß herzustellen schien. Sie redete laut und aufgekratzt. Als Nina aber für einen Augenblick das Zimmer verließ, um in der Küche Klarschiff zu machen, wurde Tina Tinas Ton sogleich vertraulicher. Ich müsse mich darauf gefasst machen, sagte sie, dass Ninas fürsorgliche Pflege hier kaum lange dauern würde, da sich unsere Freundin – die schöne Schießbudenfigur – nach zehn Tagen gewöhnlich zu langweilen beginne und nach einer neuen Ablenkung Ausschau halte. Das ist so mit Bars und Liebhabern, und ich nehme an, mit Kran-

ken wird es auch nicht anders sein, flüsterte sie. Ich protestierte gegen die Andeutung, Nina könnte von meiner Pflege und damit auch von mir selbst irgendwann genug haben, gute Freunde täten so etwas nicht, sagte ich, schon gar nicht gute Freunde, die jetzt so gut wie gute Verwandtschaft waren. Und tatsächlich stattete Nina mir die ganze Woche lang pünktlich jeden Nachmittag ihre Krankenbesuche ab. Mir kam meine Lungenentzündung jetzt fast wie ein Geschenk vor. So viel Aufmerksamkeit hatte ich nicht einmal in Brandhagen bekommen. Ich schien über Tina Tina und ihre hässlichen Anspielungen zu triumphieren, ließ mich einlullen von Ninas schöner Fürsorge, von ihren asiatischen Geschichten und ihren Geschichten über vergangene Liebhaber (Spanier sind gut, Polen besser), und gerade, als ich mich in der allergrößten Sicherheit wog, hörten Ninas Besuche ohne jede Vorwarnung auf. Es war, wie von Tina Tina prophezeit, die schmerzliche Zehn-Tage-Grenze. Ein Missverständnis, dachte ich zuerst, aber auch am folgenden und am darauffolgenden Tag kam Nina nicht. Ich rief in der Winterfeldtstraße an, Alexandra hob ab, sagte Nina behaupte ich sei wieder gesund, ich schrie, mir geht es ganz dreckig, sie solle sofort herkommen, das Ohr sei wieder angeschwollen, alle Glieder schmerzten, du klingst aber eigentlich ganz gut, sagte Alexandra, was heißt hier gut? ich klinge überhaupt nicht gut, wie kannst du behaupten, ich klinge gut?? wenn ich am Rande meiner Kräfte bin??, aber Alexandra lachte nur, sagte Nina habe jetzt andere Pläne, was für Pläne?, sie liest gerade viel, sie liest?, ja, Zeitung, sie liest Zeitung und ich liege hier allein auf der eiskalten Matratze?, ja, genauso ist es, sie will Zeitung lesen, ich kann nichts daran ändern,

wenn sie die bekloppte Zeitung lesen will, und überhaupt klingst du etwas übergeschnappt, sagte Alexandra und legte auf. Es war, als hätte ich aufgehört zu existieren.

Und Nina saß im Altar und las im *Tagesspiegel* eine Kurzmeldung über den deutsch-deutschen Fluchtfall der Frisöse Monika Schneeweiß aus Pankow, die beim Überqueren oder genauer gesagt beim Durchrobben des Niemandslandes zwischen Blankenfelde und Lübars geschnappt, im Flutlicht bloßgestellt, von Hunden beschnüffelt, abgeführt und – der Fall war ja klar – nach kurzem Prozess ins Gefängnis Rummelsburg gesperrt worden war.

Tischmanieren. Überfälle.

Ich stehe vor der grün angestrichenen Polizeistation in Wuzhou, wohin man mich vom Hotel *Siegreiches Volk* 獲勝人民飯店 geschickt hat. Hier soll ich mir einen örtlichen Aufenthaltsgenehmigungsschein beschaffen, ein Dokument, das mein Recht, in Wuzhou zu bleiben, amtlich bestätigt, da dem Personal im Hotel weder mein Pass noch mein chinesisches Visum geheuer sind. Nun blättert ein junger Polizist ratlos durch meinen Pass und versucht zu ermitteln, ob er den Schein wohl ausstellen darf. Er hat mir bereits eine ganze Reihe Fragen über den Grund meines Besuchs gestellt, wird aber immer wieder abgelenkt von meiner Kleidung, besonders meiner Windjacke – Nylon? wie teuer? und die Turnschuhe? wie viele Tage muss man für so was arbeiten? Darüber hinaus wer-

den wir ständig von einem Mädchen unterbrochen, einer Polizeiangestellten, die mit verschiedenen Papieren ins Zimmer kommt und sie mit größter Wichtigkeit dem Polizisten vorlegt, wobei offensichtlich ist, dass hier nichts Offizielles, sondern lediglich ein amtliches Techtelmechtel vor sich geht. Jedes Mal verwickelt sie den Polizisten in ein kleines Gespräch, das mit viel Kichern ihrerseits und verlegenen Blicken seinerseits in meine Richtung endet. Ich lächle verständnisvoll, weil ich mir einbilde, so am besten mein Anliegen hier weiterzubringen. Doch die Zeit vergeht. Aus zwanzig Minuten wird eine Stunde, dann sind es schon vier, und ich habe die verdammte Genehmigung immer noch nicht. Schließlich rückt die Uhr auf sechs zu, es ist Zeit, Dienstschluss zu machen, und plötzlich geht alles ganz schnell. Aus seiner Schublade zieht der Polizist das passende Formular, füllt es zügig aus, legt es mir zur Unterschrift hin, versieht es mit mehreren roten Stempeln und händigt mir alles mitsamt Pass wieder aus. Keine fünf Minuten hat das gedauert. Doch bin ich damit keinesfalls entlassen, denn nun stellt der Beamte mich seinem Mädchen vor und wiederholt mehrere Male das Wort Wei Guo Ren 外國人 – Ausländer –, als fürchtete er, sie habe den Unterschied zwischen ihr und mir noch nicht bemerkt. Das Mädchen sieht mich an und kichert. Der Polizist schüttelt meine Hand und sagt, ich müsse mit ihm und seiner Freundin zum Essen kommen, erstens, weil es sechs Uhr ist und wir Hunger hätten, und zweitens, weil ich als rotteuflischer Ausländer keine Ahnung haben kann, wo man in Wuzhou gut, aber billig isst. Das Mädchen kichert nun haltlos. Ich fühle mich von dieser plötzlichen Wendung der Ereignisse etwas überrumpelt,

verstehe nicht genau, wieso ich mit dem Polizisten essen gehen soll. Dann aber, als er errötet, geht mir ein Licht auf: Sie nehmen mich nicht aus internationaler Freundschaft mit, nicht einmal wegen meiner Nylonjacke, sondern weil sie eine Anstandsperson brauchen, denn ein junges Paar kann in China nicht einfach mir nichts, dir nichts zusammen ausgehen. Und wer wäre da besser geeignet, als ein Ausländer, dem man die Stadt zeigt? Ich willige also ein, folge den Gurrenden ins Dongfeng Fandian 東風飯店 – ins Restaurant Ostwind –, eine große, gekachelte Halle, in der von Boden und Wänden ein unglaublicher Krach aus Stimmen, Besteckklirren und Tellerschlagen widerhallt. Der Polizist zieht beim Bestellen eine große Schau ab, fragt den Kellner und das Mädchen, was der fremde Gast wohl mag, woraufhin mich alle drei forschend ansehen. Nach einer Viertelstunde treffen die Köstlichkeiten ein: scharfe Fischbällchen, eingelegter Tofu, gegrillte Rindfleischstreifen, Suppe mit klaren Nudeln und Klößen, bitterscharfes Gemüse, Hühnchen im Tonmantel, Sichuaner Schweinelendchen, Goldbarsch mit Ingwer. Wir bedienen uns von dem Vorgelegten, essen gierig, trinken Qingdao 青島-Bier und nehmen immer wieder nach. In meinem Mund bersten die Geschmäcker, das fauchende Grün des Saphirgemüses, das tropfende Gelb des Ingwers, die krustig-braune Wärme der gegrillten Schweinelendchen. Doch je mehr ich esse, desto mehr bestellt der Polizist, sodass die Zahl der Speisen auf dem Tisch nie abnimmt und mein Zeit- und Völlegefühl komplett durcheinandergeraten. Der Polizist raucht beim Essen Kette und fragt mich etwas. Im Krach des Restaurants kann ich kaum ein Wort verstehen, muss nachfragen, bis ich endlich eine halbe

Frage ausmachen kann: Warum bist du hier? Ich werde plötzlich nervös, mir bricht der Schweiß aus, die Stäbchen fallen mir aus den Händen. Ich kann mir selbst diese Reaktion gar nicht erklären, doch weiß ich keine Antwort auf die Frage des Polizisten. Ich kann doch schlecht sagen, ich sei auf der Flucht. Auf der Flucht wovor? würde der Polizist vermutlich als Nächstes fragen. Auf der Flucht vor meinen Freunden? Auf der Flucht vor den letzten zwei Jahren? China hat solche Antworten für nichtig erklärt, es setzt mir jetzt in Form eines jungen Polizisten die Pistole auf die Brust und verlangt eine echte Antwort. Warum bist du verdammt noch mal hier? Ich öffne den Mund, will etwas sagen, will dem Polizisten Rede und Antwort stehen, aber bevor ich die richtigen Worte finden kann, explodiert plötzlich der Krach um uns herum. Das neue Toben kommt jetzt aber nicht von den umstehenden Tischen, sondern von oben. Um mich herum blicken die Gäste hoch zum Wellblechdach und verstummen einer nach dem anderen. Auch der Polizist und seine Freundin werden still. Ich sehe ihn fragend an. Auf dem Dach ein Trommelfeuer. Er antwortet ohne zu sprechen, malt stattdessen ein Zeichen in seine Hand: 雨 – Regen.

Der Regen in Wuzhou beginnt mit einem Tröpfeln, dann ein Tropfen, dann ein Rinnen, ein Gießen, dann ein Strömen, ein Prasseln mit Donnern und Blitzen. Ein Beschuss ist das, was da innerhalb weniger Minuten auf das Wellblechdach des *Ostwinds* heruntergeht, eine Belagerung der Elemente. Wir alle sitzen still und lauschen. Niemand spricht ein Wort. Vollständige Lähmung. Dann plötzlich ein Stimmungsumschlag: Evakuierung, alle raus, Panik, wir drängeln zum Ausgang, auf die strömende

Straße, der Polizist zieht das Mädchen hinter sich her, das Mädchen wiederum mich, hinten wedeln die Kellner mit nassen Rechnungen. Wir waten durch knöchelhohe Fluten. Rasant steigt das Wasser an, steigt mir an den Waden hoch. Irgendwie gelange ich zurück zum Hotel *Siegreiches Volk*. Die Rezeptionsdame und das Küchenpersonal stehen am Fenster und blicken nach draußen auf den Untergang. Was zur Hölle ist hier los? frage ich. Der lange Winterregen von Wuzhou, sagt der Koch, der kommt jedes Jahr zwischen Dezember und Februar. Jetzt sitzen wir hier erst mal fest. Was meinst du, wir sitzen fest? Er zeigt nach draußen. Das kann eine Weile so weitergehen. Ich würde raten, mach's dir hier drinnen gemütlich.

Mit mir im Hotel gefangen sind ein Kanadier und ein Italiener sowie zwei chinesische Beamte aus Peking, die jedes Gespräch mit uns Westlern meiden. Tagsüber sitzen wir jetzt in den tiefen Fauteuils der Empfangshalle, schleppen uns mittags in den Speisesaal, dann zurück zur Sitzgruppe, dann wieder auf die Zimmer. Dies ist unser Regenrundgang. Draußen kommt nach und nach die Stadt zum Erliegen. Es regnet pausenlos von morgens bis abends und dann die Nacht durch. Nach ein paar Tagen wird das Essen im Hotel rationiert, die Speisekarten verschwinden von den Tischen. Dann trifft eine Französin mit beschlagener Brille und Samsonite-Koffer ein. Niemand kann sich erklären, wie sie den Weg nach Wuzhou und ins *Siegreiche Volk* geschafft hat, aber sie ist hier, trotz Unwetter. Nass sitzt sie in der Empfangshalle und berichtet von ihrer Reise. Dabei flüstert sie, wirft immer wieder misstrauische Blicke auf die beiden Beamten. Die Französin kommt direkt aus Peking und erzählt, dass sich etwas

zusammenbraue in der Hauptstadt, dass etwas los sei mit den Studenten, dass es vielleicht Demonstrationen geben könne. Sie habe Gerüchte gehört, und die Stimmung sei zum Zerreißen gespannt. Sie selbst ist auf dem Weg nach Kunming 昆明. Da soll ich Kosmetik verkaufen. Und jetzt sitze ich hier fest. Das hat mir gerade noch gefehlt. Erst das Durcheinander in Peking und jetzt der Regen. So ein Mist. Ich bin doch nicht nach China gekommen, um mich mit Politik und dem Wetter abzugeben. Ich bin Geschäftsfrau. Niedergeschlagen blickt sie auf ihren Koffer mit den Kosmetikproben. Die sind wahrscheinlich alle aufgeweicht. Ich wage kaum hineinzusehen.

Die Luft im Hotel hat sich vollgesogen mit Feuchtigkeit. Auf unseren Zimmern beginnt die Kleidung in den Schränken zu schimmeln, die Schuhe zerfallen. Selbst die Kakerlaken kommen nicht mehr aus ihren Löchern. Die Nässe dringt uns bis ins Mark. Wenn wir aus dem Fenster blicken, sehen wir nur einen dichten, grauen Tropfenschleier. Drei Tage später beginnt die Französin mit dem Küchenpersonal zu streiten, da sie unter keinen Umständen noch einmal Klebreis und fermentierten Kohl zum Abendessen vorgesetzt bekommen will. Der Koch zuckt mit den Schultern und zeigt nach draußen. Was soll er machen? Er kocht hier mit den letzten Vorräten. Aber trotzdem! So ein jämmerlicher Fraß? Er betrachtet die Französin kühl, macht dann auf dem Absatz kehrt und geht zurück zu seinen klebrigen Töpfen.

Ich verbringe während dieser Regentage viele Stunden damit, alles, was passiert, in meinem Notizbuch festzuhalten. Die Seiten kleben wegen der Feuchtigkeit zusammen. Ich schreibe vom Regen, von der Französin,

vom Koch, von den Pekinger Beamten. Manchmal driften meine Sätze ab und landen in Berlin. Bei Nina. Bei Alexandra oder Monika Schneeweiß. Dann streiche ich alles wieder durch.

Ein feines, ledergebundenes Notizbuch war Monika Schneeweiß kurz nach der Geschichte im *Tagesspiegel* per Post zugegangen. Ausm Westn, hatte die Wärterin Hildi Wurm gesagt, als sie ihr das geöffnete Päckchen aushändigte. Die Wurm, erzählte Monika später, die war mir ..., also ich will es mal so ausdrücken ..., die war mir zugetan. Nur darum bekam ich überhaupt das Päckchen. Sonst haben die doch alles einkassiert, was geschickt wurde.

Außer dem Notizbuch befand sich noch ein Kugelschreiber der besseren Sorte in dem Päckchen. Sonst nichts. Keine Karte, kein Gruß, kein Hinweis auf den Absender. Doch Monika Schneeweiß wusste, woher das Geschenk kam. Sie nahm Buch und Stift von der vertraulich zwinkernden Hildi entgegen – »wie ich dieses widerliche Zwinkern gehasst habe« – und machte sich an die Arbeit. In den nächsten zehn Monaten schrieb sie alles auf: Wie sie Nina ein Jahr zuvor im Frisörsalon Walter in der Kavalierstraße in Pankow getroffen hatte. Wie Nina, auf Tagesbesuch in Ostberlin, zufällig am Salon vorbeigekommen war (»na, wer an *zufällig* glaubt, wird selig«). Wie sie eingetreten war, sich zum Drehstuhl hatte führen lassen, Nylonumhang, Handdusche, Shampoo, wie sie ihren Kopf ganz den Händen der Frisöse übergeben hatte. Ich weiß nicht mehr, worüber wir damals geredet haben, schrieb Monika ins Notizbuch, aber ich weiß noch gut, dass sie mich im Spiegel keine Sekunde aus den Augen ließ. So eine war

das. So eine Gierige. Jedes Scherenklappern, jedes Zupfen an den schwarzen Haarspitzen hatte Nina genau verfolgt. Kam dann nach Ladenschluss wieder, lud Monika zum Essen ein und kurz vor Ende des Abends, kurz, bevor die Grenze zumachte, küssten die beiden sich flüchtig auf Wiedersehen. Ganz wuselig war mir nach dem Kuss zumute, schrieb Monika, tagelang war ich noch völlig aufgekratzt. Nach zwei Wochen kam Nina wieder. Sie hatte sich per Brief angemeldet, ein Brief, der Monika Schneeweiß ein ganz klein wenig überspannt vorkam. Aber gleichzeitig wusste sie auch, dass sie Nina nach dem Kuss an der Grenze wiedersehen musste. Na, und dann kam sie ja auch, an einem Sonntag, und da haben wir uns gleich umarmt und geküsst, mit Zunge und allem ... keine zehn Minuten hat es gedauert, bis wir dann im Bett lagen, den ganzen Tag, bis nach Mitternacht, sodass sie die Grenzsperre verpasste und erst nach einer deftigen Geldstrafe zurückdurfte in den Westen.

Und von da an kam Nina jeden Sonntag.

Monika Schneeweiß fragte sich, ob das Liebe war. So wie die aussah, hätte sie doch jede kriegen können. Warum mich? Und dann gleich mit solcher Gewalt. Feuer und Flamme, Rand und Band usw. Die machte doch, was sie wollte. So eine war das. Aber ich konnte nicht. Hatte das nicht in mir. Das war nicht meine Art, das Theatralische, all die versponnene Hingabe. Ich bin mehr fürs Praktische. Hand anlegen. Hätte Krankenschwester werden sollen. Und trotzdem ... das war wie ein Sog, gleich von Anfang an. Die Gefahr. Das Tempo. Wollte so sein wie sie, alles so machen wie sie. Die saß in mir drin, wie ein Gliederschmerz.

Und nach sechs oder sieben Monaten wurden aus den geheimen Bettsonntagen - im Zellenbuch sind diese, wenn auch gesäubert, für jeden nachzulesen - öffentliche Sonntage, an denen Nina aus dem Westen Tina Tina, Jack und andere Freunde mit herüberbrachte, um ihnen ihre Eroberung vorzustellen. Monika aber empfand diese Besuche als Zumutung. Fühlte sich zur Schau gestellt, bloßgestellt, sah in den Westfreunden nur politisch einfühlsame Pappkameraden, die sich im geschichtlichen Licht dieser deutsch-deutschen Liebe sonnen wollten. Sie selbst stellte Nina keinem ihrer Freunde vor, ja, verbat der Geliebten sogar alle weiteren Besuche im Laden, ein Verbot, das Nina aufreizend missachtete. Und trotzdem machte Monika Schneeweiß weiter in Sachen Liebe, konnte sich nicht losreißen, machte aber auch aus einem anderen Grund weiter: aus der Hoffnung auf Befreiung. Raus aus der Einöde des Ostens wollte ich. Von dieser Befreiung hing mein Leben ab, von dieser Befreiung hatte ich mein Leben lang geträumt. Nie für möglich gehalten ..., aber jetzt ...

Hoffnung: ach, mein Ninalein, wo wir uns jetzt küssen und's so schön haben, da könnste doch, oder nich?, da könnste mich doch glücklich machen, dein machen, dein ist die Macht und der Westen und die Herrlichkeit, da könnste mich dann doch mal so richtig in die Arme nehmen, meine Ninotschka, da könnten wir doch mal janz unjehemmt, janz unbeobachtet ..., ohne dass es gleich in irgendeener Akte steht, willste denn nich oder kannste nich?, natürlich kannste, du hast se doch, die Macht und die Knete, mich glücklich zu machen, und die Herrlich-

keit, uns beide glücklich zu machen, in Ewigkeit, Mensch Nina, wer hätte det jedacht, dass icke mal Ewigkeit sagen würde, Mensch, wer hätte det jedacht, dass icke mal glücklich sagen würde.

Doch Monika sagte nichts. Erwartete stattdessen, dass Nina ihr die Hoffnung vor lauter Liebe von den Lippen ablesen würde. Und Monat um Monat verging, ohne dass etwas passierte. Stattdessen das immer stille und uralte Aber-du-hast-mir-doch-versprochen!

Versprechungen: immer alles, immer wieder, immer nix, immer Enttäuschung, immer Macht, immer Schuld, immer leidige Liebe und gebrochenes Glück.

Und als die Kluft zwischen Versprochenem und Uneingelöstem zu groß wurde, und Monika Schneeweiß sah, dass stilles Abwarten sie nicht weiterbrachte, schon gar nicht aus der Ostzone rausbrachte, dass Nina ihr nichts von den Lippen ablesen würde und nicht die Verantwortung einer deutsch-deutschen Liebe begriff, und weil Monika vom Gewicht ihrer Hoffnung erdrückt wurde und nichts anderes mehr sehen konnte (keine wahre Liebe, keine brünstige Leidenschaft), setzte sie, die Verfangene, die zukünftige Staatsgefangene, Nina eines Sonntagnachmittags die Pistole auf die Brust, um echte Fluchthilfe zu fordern, nicht nur eskapistische Küsse auf Mund und Bauch und Brüste. Nina hörte sich alles an, warf den Kopf in den Nacken, lachte, blickte zur Decke hoch, streichelte Monikas Schenkel, lachte wieder und sagte, ja, sie habe auch schon von einem gemeinsamen Leben in der Winterfeldtstraße

geträumt. Und dann nichts. Nacken, Decke, Lachen. Und Haare. Schwarze, anrührende Haare auf dem weißen Laken. Hinterher erinnerte sich Monika Schneeweiß immer besonders lebhaft an diese Haare. Aber sonst war da nichts, auf das ich hätte zählen können, schrieb sie ins Zellenbuch. Ich wusste, dass ich es allein rüber schaffen musste. Das war wie ein Liebesbeweis, den ich bringen musste. Erst dann würde sie sich um mich kümmern.

In der Silvesternacht 1987 unternahm Monika Schneeweiß aus Liebe den Fluchtversuch: kroch zwischen Blankenfelde und Lübars unter dem Hochspannungszaun hindurch, an einer von einem Dachsbau aufgelockerten Stelle, war schon bis zur Hüfte im Westen, als die Flucht zuerst von vier Grenzhunden, dann von zwei Grenzpolizisten vereitelt wurde, dergestalt, dass Letztere Monika stahlweiß anstrahlten, an den bestrumpften Füßen (sie hatte ihre Schuhe zurücklassen müssen) zurück in den Osten zogen und sie prügelnd mit sich schleppten zu einem für solche Fälle bereitstehenden Wagen, durch dessen vergittertes Rückfenster sie das sandige Niemandsland, diese Todeszone, die sie von ihrer Hoffnung und von Nina trennte, entschwinden sah. In Rummelsburg musste sie nun die Strafe absitzen, und hier füllte sie ihr Notizbuch. Auf diesen Seiten legte Monika Schneeweiß der Freundin auch allerlei Versprechungen in den Mund, einerseits wohl, um sich selbst zu trösten, andererseits aber auch, weil sie wirklich an solche Versprechen zu glauben begann, ja glauben musste, an einem Ort, wo sonst an nichts zu glauben war. Aber nicht nur in der Vergangenheit schwelgte Monika Schneeweiß. Woche für Woche schrieb sie ebenfalls lange Briefe an Nina, oft, wenn Hildi Wurm ihr noch

ein bisschen mehr Papier gab, vier bis fünf Bögen lang, auf denen sie in eckiger Schrift eine gemeinsame Zukunft ausmalte. Liebesbriefe, Bettelbriefe, Hungerbriefe. Alle von Hildi Wurm aus dem Gefängnis geschmuggelt und in den Westen geschickt, denn die Wärterin hatte Mitleid mit dem armen Häftling Schneeweiß.

Wir gingen aus. Jede Nacht und alle zusammen – Nina, Alexandra, Daisy und ich. Wir gingen, wohin Nina wollte: ins Risiko, Potsdamer Abkommen, Lipstick, Turbine Rosenheim, Fischlabor, Hamlish. Wir saßen in den dunklen Buchten der Bars, tanzten in den schwarzen Clubs, und Nina redete vom Scheißleben. Sie war immer der unumstrittene Mittelpunkt unseres kleinen Kreises, scharte uns Nacht für Nacht um sich, residierte im Lipstick oder im Hamlish, ihrer bevorzugten Bar, wo John aus Baltimore Martinis mixte, an der Theke und gab ihre Weltanschauungen zum Besten, Anschauungen, die mir alle gediegen und bewundernswert vorkamen. Ich wollte denken wie Nina, wollte furchtlos sein wie sie, meine eigene neue Person, nicht das Produkt einer provinziellen Kindheit. Tina Tina und Jack kamen manchmal auch, setzten sich aber ab, wenn wir vom Hamlish in die Wu-Wu-Bar weiterzogen. Dort spendierte uns ein Trupp alter Tunten Sekt und Salzstangen, und eine schrie, während sie Daisy über die leere Tanzfläche wirbelte: »Kinder, heute wird's noch lustig!« Von der Wu-Wu-Bar gingen wir mit den Tunten ins Belcanto, wo eine vom Heroin ausgemergelte Sängerin aus Moskau – Bierflasche in der einen Hand, Mikrofon in der anderen – *Miss Otis Regrets* verhunzte. Die Wu-Wu-Tunten buhten lautstark, die kranke Sängerin warf

ihre Flasche nach uns, es kam zu einer Prügelei, und wir flohen zwischen umgestoßenen Tischen und Stühlen auf die Straße hinaus, wo bereits der erste graue Schein des Wintermorgens am Himmel stand. Wir lehnten an einer Hauswand und lachten und lachten, und ich hielt mich lachend an Nina fest, legte ihr meinen Kopf auf die Schulter. Ich hatte mich in das Lachen verliebt und die Bars und die Tunten und die langen Nächte, aber nur, weil ich mich in Ninas Nähe verliebt hatte. Als könnte ich in dieser Nähe Teil ihrer Gefahr werden, Mut schöpfen, als könnte ich hier mein neues Leben beginnen.

Bevor wir ausgingen, saßen wir bei Nina und sahen zu, wie sie sich zurechtmachte. Wir saßen auf dem großen Bett im Schlafzimmer und beobachteten unsere Freundin. Das war besser als Kino. Nina stand in Unterwäsche vor dem Spiegel, hielt ein Kleidungsstück nach dem anderen am ausgestreckten Arm von sich, begutachtete es mit schmalen Augen, ließ die Hosen, Kleider, Pullover, Mäntel auf den Boden fallen, zog das nächste Stück von der Kleiderstange oder aus irgendeinem unübersehbaren Haufen, bis sie, manchmal erst nach drei Stunden, das richtige Ensemble gefunden hatte. Ich verstand die Regeln ihrer Auswahl nie, das Ergebnis aber war immer eine Verwandlung. Sie legte die Kleidungsstücke an, Schicht für Schicht, kombinierte Teile, die, wenn sie noch auf dem Bett lagen, wie ein wüstes Sammelsurium aussahen, an Nina aber plötzlich zu einem Klimt-Gemälde wurden, einer Commedia dell'Arte Aufführung, einer Szene aus einem chinesischen Pasolini-Film. Und dann kam das Make-up, das die Illusion komplett machte, das Nina, die

Person, ganz verschwinden ließ. Das Make-up war wie der Rahmen, der alles zusammenhielt. Ganz dicht ging sie an den Spiegel heran, berührte ihre Haut, als müsse sie deren Konsistenz prüfen, öffnete die Lippen einen Spalt breit, warf uns einen kurzen Blick zu, lächelte, hatte uns dann gleich wieder vergessen, und malte sich neue Charakterzüge. Sie wusste genau, was sie aus ihrem Gesicht machen konnte, wusste, welche Linien welchen Effekt erzielen würden. Und wenn sie sich entschieden hatte, ging alles ganz schnell. Sie pinselte und wischte und mischte die Farben so geschickt, dass sie auf dem Gesicht verschwanden und neue Züge hervorbrachten. Hinterher sah es immer so aus, als scheine ein besonderes Licht auf ihre Haut. Dies war keine Maske, sondern ein zweites Gesicht.

Manchmal aber hielt Nina mitten im Schminken inne, betrachtete ihr Gesicht und sagte, »wie meine Mutter«. Oder sie befühlte den Stoff einer Jacke und sagte »die hat meine Mutter in Frankfurt gekauft, vor über 15 Jahren«.

Jetzt, wo wir uns alle ein bisschen besser kannten, sprach sie oft von ihrer Mutter – beim nächtlichen Ankleiden, im Potsdamer Abkommen, im Hamlish. Oder wir saßen am frühen Morgen nach einer langen Nacht in ihrer Küche, tranken den von Alexandra aufgebrühten schwarzen Kaffee und hörten Ninas Geschichten zu. Als sie zehn war, hatte ihre Mutter sich das Leben genommen, zwölf Jahre, nachdem Herr Gewandt sie aus Hongkong nach Frankfurt gebracht hatte, Anfang der Sechziger, im tiefsten Winter, sodass sie wegen der unglaublichen deutschen Kälte fünf Monate das Haus nicht verließ und stattdessen nur vom warmen Zimmer aus die kahlen Bäume im Garten hinter der Vorstadtvilla betrachtete.

Der Schnee lag hoch, und der Gärtner schüppte Wege frei, auf denen die neue Frau Gewandt nie spazieren ging. Die Haushälterin brachte ihr Schinken- und Käsehäppchen, die sie nicht anrührte. So saß sie Tag für Tag und blickte ins Weiße. In den Tod. Kein Tempelrot. Kein Kaisergelb. Nur diese sterile Verfärbung. Sie fühlte sich verlassen von den Göttern. Hatte immer einen Draht gehabt zum Jadekaiser. Jadegrün. Jetzt aber gar nichts mehr. Jetzt völlig verlassen. Wartete auf das Ende des Winters, wartete auf den Frühling, den der Gärtner ihr in leuchtenden Farben beschrieben hatte. Aber der Frühling kam viel zu langsam und nur mit halbherzigen Farben. Die Schneeglöckchen sprossen weiß, die Krokusse blühten blass, die Bäume schlugen zögernd aus. Frau Gewandt war wie betäubt vom Unglück. Betete zum Jadekaiser. Betete mit festen Händen vor einem kleinen Altar im Wohnzimmer. Zeigte auf die kleine grüne Statue. Ich will Ihnen das jetzt erzählen, die Geschichte vom Jadekaiser, sagte sie zur Haushälterin. Die aber runzelte die Stirn. Jadekaiser? Von solchem Heidenkram wollte sie nichts wissen. Die Dame des Hauses brachte ohnehin schon alles durcheinander. Verstellte die Möbel, hängte die Bilder um. Was für ein Blödsinn. Wen hatte Herr Gewandt sich hier bloß an Land gezogen? Der fehlte mal richtig frische Luft. Schlitzäugige Stubenhockerin. Sagten auch die Nachbarn. Und die ewigen Geschichten aus Hongkong. Wie es da gewesen war, wie warm und duftig. Ein Haus mit Wasserlilien und Pavillons. Was die sich alles ausdachte! Pavillons! Verrückte Konkubine!

Herr Gewandt, der den ganzen Tag im Büro arbeitete, wusste nicht, was sich in seiner Abwesenheit zu Hause abspielte. Was seine Frau dem Personal erzählte. Fragte

auch nie danach. Nicht, ob sie neue Freunde hatte (nein), nicht, ob sie Feinde hatte in der rechtschaffenen Vorstadt (viele), ob sie gemieden wurde von den bigotten Nachbarn (immer). Überhaupt stellte er sich seine Frau nur selten ohne sich selbst vor. Dabei dachte er ja ständig an sie, war geradezu besessen von ihr. Jeden Tag sah er sie im Geiste Dutzende Male vor sich – immer an seiner Seite. Er war überwältigt von seinem besitzergreifenden Glück und überzeugt, dass sie genauso empfand. Hatte sie sogar porträtieren lassen von dem Frankfurter Gesellschaftsmaler Wieland Stück, einem fernen Nachfahren Winterhalters. Auf dem Porträt, das in seinem Büro hing, sah Frau Gewandt wie besiegt aus.

Und dann kamen irgendwann wir Kinder, sagte Nina, aber da war es schon viel zu spät. Für sie und auch für uns. Da sah sie schon überall Zeichen und Schlüssel, ein ganzes Netz von Feinden umgab sie. Alle waren hinter ihr her. Jeden Tag war irgendwas los. Depression, Schizophrenie, die ganze Psycho-Palette.

So erzählte Nina. Was ich hörte: das Andere, das Fremde, ich hörte Exotik und Abenteuer. Ich hörte nicht: Tod und Krankheit und schreckliche Winter, lange Winter waren das, in denen Ninas Mutter mit dem Jadekaiser Yu Di 玉帝 sprach. Ahnengespräche führte sie. Hatte direkten Kontakt zum Himmel. Hörte ihn reden, verstand jedes Wort, hörte die Erde reden, hörte das Herz der Erde. Und wenn sie sich etwas in den Kopf gesetzt hatte, sagte Nina, dann kam es immer von dem verdammten Jadekaiser, dann musste das durchgezogen werden, egal wie. Dann schleppte sie uns mit auf ihre Einkaufstouren durch Frankfurt, durch

die teuersten Boutiquen, wo sie uns abfertigten, als wären wir das Allerletzte, wo meine Mutter manchmal zwanzig, dreißig Kleider für den Tag der Apotheose anprobierte und dann doch nichts kaufte. Wir waren stadtbekannt. Zu Hause versteckten wir uns, um nicht mitzumüssen auf diese Wahnsinnsfahrten, aber sie hat uns immer gefunden – unterm Bett, im Keller, in der Wäschekammer – und dann ging es los, sommers wie winters, egal, wie kalt es war, ohne Mantel oder Mütze. Schlotternd vor Kälte hat sie uns durch ganz Frankfurt geschleppt, im Eiltempo. Sie dachte immer, jemand ist hinter uns her, die Feinde des Jadekaisers, die wollten uns an den Kragen. Mord und Totschlag spielten sich in ihrem Kopf ab. Manchmal saßen wir stundenlang im Auto auf einem Autobahnparkplatz, um irgendwelche Verfolger vorbeifahren zu lassen. Meine arme Mutter. Sie hat uns ja nur beschützen wollen. Konnte sich aber nicht einmal selbst helfen.

Ich lege den Stift hin. Ich bin mit dem Aufschreiben fertig. Mehr habe ich über die Geschichte mit Nina nicht zu sagen. Ich sitze im Scooter Café, zehn Minuten von Waterloo in London. Trisha, die hier bedient, kommt an meinen Tisch und fragt, ob ich noch etwas möchte. Nein, danke. Oder vielleicht doch? Du kannst dich heute wieder nicht entscheiden. Ich bringe dir ein Stück Carrot Cake. Was schreibst du da eigentlich jeden Tag? will sie dann wissen und setzt sich an meinen Tisch. Trisha ist hochschwanger und ständig müde. Statt eine Antwort abzuwarten, fängt sie gleich davon an, dass sie die letzten sechs Nächte kaum geschlafen hat. Zwei Stunden habe ich mich rumgewälzt und mir mein zukünftiges Mutterleben ausgemalt.

Dann bin ich aufgestanden, um Carrot Cake zu backen. Willst du ein Stück? Gerne. Was sagst du, schreibst du hier jeden Tag? Also, wenn dieses Baby nicht bald kommt, dann drehe ich hier durch. Carrot Cake oder lieber Lemon Drizzle? Nach wie vor Carrot, danke. Trisha blickt nachdenklich auf das kleine zerfledderte Notizbuch, das neben mir auf dem Tisch liegt. Das hat auch schon bessere Zeiten erlebt, sagt sie. Ist mal nass geworden. Nass? Ja, im Regen in China. Davon schreibst du hier, vom Regen in China? So 'ne Art Wetterreportage?

In Wuzhou hat der Regen nach siebzehn Tagen aufgehört. Die Stadt ist vollgesogen mit Wasser – der Boden, das Mauerwerk der Häuser, das Mobiliar, die Kleidung in den Schränken und alles, was aus Papier ist. Das Hotel selbst ist vollgesogen wie ein tropfender Schwamm. Wir wringen unsere Hemden, Hosen und Pullover über den Waschbecken aus. Wir hängen die Kleidung in der Küche am Ofen zum Trocknen auf. Wir alle fühlen uns erleichtert – der Kanadier, der Italiener, die Französin, die Beamten aus Peking, das Hotelpersonal und ich selbst. Wir kommen uns wie befreit vor, unsere Gefühle schlagen über die Stränge, wir lachen unkontrolliert, fallen uns in die Arme. Der junge Polizist kommt, um nachzusehen, ob alles in Ordnung ist mit den ausländischen Gästen. Am übernächsten Tag öffnet der Bahnhof wieder und wir können aufbrechen. Habe ich hier tatsächlich siebzehn Regentage verbracht? Mein Zeitgefühl ist seltsam verschoben. Meine innere Uhr geht langsamer, eine Woche ist wie ein Tag, ein Monat wie eine Woche. Die Hast des Reisenden ist abgefallen von mir, ist ein umständliches,

fremdes Gefühl geworden. Ich habe keine Angst mehr vor dem Verweilen. Nichts treibt mich weiter. Ich habe, ohne es zu merken, während des Regens, während der siebzehn Frühstücke, siebzehn Mittag- und Abendessen mein Tempo verlangsamt, vom Schritt- zum Schneckentempo, ich habe die Ruhe weg, bewege mich wie eine Unterwasserkreatur langsam durch schwere Elemente. Ich sitze im Zentrum einer immensen Ruhe.

Die beiden chinesischen Beamten reisen in aller Eile ab. Sie haben schon zu viel Zeit hier mit vermeintlichen Staatsfeinden verbracht und müssen auf dem schnellsten Weg zurück in die Hauptstadt. Sie müssen in Zeiten der Krise ihre Loyalität beweisen. Was da genau los sei in Peking, fragen wir, als sie mit ihren braunen Koffern in der Halle auf ein Taxi warten. Ängstlich und ärgerlich winken sie ab. Was belästigt ihr uns? Ihr hört doch sowieso nur, was ihr hören wollt! Fliegende Hände verscheuchen unsere Fragen. Wir kehren auf unsere Zimmer zurück und packen feuchte Sachen in feuchte Koffer. Wir tun das im Zeitlupentempo. Dann reist einer nach dem anderen ab. Erst der Kanadier, dann der Italiener, dann die Französin, die mit einem Reiseföhn ihre Kosmetikproben getrocknet hat. Ich höre am frühen Morgen ihre Absätze unten auf der Straße. Ich selbst ergattere auf dem Bahnhof nach den Wirren der letzten beiden Wochen ohne größere Schwierigkeiten eine Fahrkarte nach Kunming 昆明市 in der Provinz Yunnan 雲南省. Die Fahrt, auf der wir 500 Kilometer zurücklegen, dauert vierzehn Stunden.

Kunming: lichtes, leichtfüßiges Kunming, Frühlingsstadt auf 1900 Metern, Kunming mit luftigen Farben, wo ich

einen blauen poste restante geschickten Brief von Daisy erhalte, in dem sie mir auf vier eng beschriebenen Bögen von ihrer Arbeit in der Bücherstube erzählt und von Sentas Bierbar, wo sie manchmal noch Monika Schneeweiß trifft. Es ist das erste Mal seit Beginn meiner Reise, dass ich Nachrichten aus Berlin erhalte. Aber die Berliner Orte und Personen scheinen fremdartig in meiner neuen Umgebung. Sie sind entrückt, haben neuen Orten Platz gemacht. Der Brief bleibt seltsam konturlos, ja fast unbegreiflich. Später im Teehaus versuche ich diesen ersten Eindruck zu überwinden und lese die Seiten noch einmal. Bei diesem zweiten Anlauf aber ist die Vernebelung noch dichter, die Ferne noch größer. Ich will nichts von dem wissen, was Daisy mir berichtet, ja empfinde es als Zumutung, derart belästigt zu werden von den Einzelheiten ihres Berliner Lebens. Ich will nur im Hier und Jetzt leben, bin außerstande, eine vergangene Gegenwart mitzuschleppen. Ich werfe den Brief weg, verdränge jeden Gedanken daran, schwinge mich auf mein schwarzes Mietfahrrad und rase die langen Boulevards von Kunming hinunter. Die breiten Straßen werden flankiert von importierten Platanen und Qing-Fassaden, diesen Resten einer feudalen Vergangenheit. Aber es ist nicht nur dieser Pomp, mit dem die Vergangenheit hier überall durchscheint. Es ist auch eine hinter den Fassaden aufbewahrte Stimmung. Sie hat die Zeit und den Fortschritt überlebt, hält die Stadt in einem längst vergangenen Augenblick fest. Ich lese eine zerfledderte Ausgabe des Buchs *Blaues Plateau* von 1905, die ich an einem Bücherstand entdeckt habe. Darin schreibt die Forschungsreisende Renate von Breest: *Die Straßen von Kunming verharren in einer grau-blauen Stille,*

die unangetastet seit Jahrhunderten hier fortlebt. Das Herz dieser Stadt schlägt allein für die Vergangenheit. Hier rührt etwas an meiner Seele, das ich seit der Kindheit nicht mehr verspürt habe. Es ist wohl die Sehnsucht.

Sehnsüchte: Reisesucht, Fahrradsucht, Fluchtsucht, Höhensucht, Atemsucht, Lungensucht, Glückssucht, Herzsucht, Liebessucht, Todessucht, Trauersucht, Seelensucht, Heimatsucht.

Auf dem Klappentext steht, dass von Breest auf ihrer letzten Reise nach Kunming 1928 an der Ruhr verstarb. Ein Foto von ihr gibt es nicht.

Auf meinem Mietfahrrad mische ich mich unter die arbeitsblauen Genossen, radle mit ihnen durch die Alleen. So erlebe ich Kunming inmitten der radfahrenden Massen. Ich bin ein Massenmensch geworden, ein Massenaußenseiter, der zurückwinkt und zurücklacht, wenn man ihn hundertfach grüßt und ihm im Vorbeirollen, im Vorbeiklingeln, Mei Guo Ren 美國人 – Amerikaner – zuruft, mit Begeisterung und mit einer entwaffnenden Weltfremdheit.

Meine Sucht ist die Höhensucht. Von der Höhenluft, die mir ein freies Atmen ermöglicht, kann ich gar nicht genug bekommen. Das ist Musik für meine Lungen, ich bin berauscht vom Kunminger Sauerstoff, atme ihn tief ein und atme meine alten Gedanken und gelebten Jahre wieder aus, während ich weiterrolle in der Zweiradarmee, die sich mit überwältigender Waghalsigkeit zwischen den elektrischen Bussen durchfädelt, den einzigen anderen Verkehrs-

teilnehmern auf der Ren Min Zhong Lu 人民中路, dem Volksboulevard, der doch für einen ganz anderen, längst vergangenen Verkehr gebaut wurde.

Ich bin jetzt seit vier Wochen in Kunming und seit gut zwei Monaten in China. Meine Flucht ist zu Ende, ich bin ein Reisender geworden. Und das Reisen erfordert tägliche Organisation. Die hält mich ab vom Nachdenken über die Vergangenheit. Ich entdecke die heilende Wirkung des Praktischen. Jeden Tag stelle ich mir eine Aufgabe: ich bestelle die Backwaren am Frühstücksstand vor dem Bahnhof; finde heraus, welcher Bus zum Museum für Volksgeschichte fährt; erfrage den Weg zu der nicht ausgeschilderten Straße mit dem kleinen Restaurant, das jemand im Hotel empfohlen hat und das auch nach zweistündigem Herumirren unauffindbar bleibt; beschreibe dem Frisör im weißen Kittel meinen gewünschten Haarschnitt (geht total schief); gebe auf der Post einen Brief nach Brandhagen auf; kaufe Busfahrkarten; wechsle Geld; knüpfe ein Gespräch mit dem Zugnachbarn an, bringe ihn aber wegen Wortmangels gleich politisch in Verlegenheit; finde frühmorgens, wenn der Zug in einer verlassenen Stadt ankommt, einen Schlafplatz. Das Praktische rettet mich auch vor der Einsamkeit des Reisenden. Die verzehrten Mahlzeiten retten mich, die erledigten Bus- und Bahnfahrten, die aufgespürten und die nie gefundenen Restaurants, die geöffneten Briefe und das gewechselte Geld, die richtig gestellten Fragen und die menschenleeren sozialistischen Boulevards am Morgen. All das ist meine Rettung.

Tina Tina war es nicht ...

Manchmal saßen wir bei ihr im Atelier in der Potsdamer Straße und sahen zu, wie sie an einem der großen,

grellen Gemälde arbeitete, die ihre Kunden »irgendwie östlich«, »irgendwie anders« fanden. Ihre Bilder, so Tina Tina, seien vom »staubigen Leuchten der tibetischen Klöster« inspiriert, Klöster, die sie nie mit eigenen Augen gesehen hatte. Doch die Tibet-Geschichte zog, und über die Jahre hatte sich Tina Tina eine treue Gefolgschaft in den Galerien zwischen Fasanen- und Bleibtreustraße geschaffen. Nina dagegen war nicht im Geringsten an Tina Tinas Kunst oder ihrem Szene-Image interessiert. Sie hatte die Malerin aus einem ganz anderen Grund in den kleinen Kreis aufgenommen: Wie Nina selbst, war auch Tina Tina mutterlos, hatte vielleicht den allerschwersten Muttertod von allen erlitten, der nicht blitzend mit einem Selbstmord aufgetreten war, sondern langsam und tragisch über Monate hin, in denen ihre Mutter an Krebs starb. Ein Dahinsiechen war das gewesen, ein Absterben, und Tina Tina kannte jeden Gesichtsausdruck, den der Schmerz hervorbringen konnte, jede Verzerrung der Züge, auch jedes Geschrei des Mundes. Diese Monate, die sie mit acht am Bett ihrer Mutter verbracht hatte, während der Vater sich, von Angst überwältigt, in sein Arbeitszimmer schloss, diese Monate waren es, die Nina interessierten. Immer wieder fragte sie Tina Tina nach dem Muttertod, fragte offen, neugierig, ja schamlos, wollte alles erfahren. Nicht aus Blutrünstigkeit, sondern aus Wissensdurst. Das war Tina Tina nicht gewohnt. So hatte wohl noch nie jemand gefragt. Sie fühlte sich traktiert, wich den Fragen aus, wollte stattdessen über ihre Bilder sprechen, ein sicheres Thema, auf dem sie nicht ausrutschen konnte wie auf dem Tod, dem Tod ihrer Kindheit, von dem sie nichts wissen, den sie nicht wiederbeleben wollte, ganz anders

als Nina, die täglich damit lebte und den Tod auch immer als Möglichkeit in Erwägung zog. Braucht man zum Sterben Mut? fragte Nina und antwortete sich dann gleich selbst: glaube ich eigentlich nicht. Eine besondere Art von Feigheit ist das, eine heroische Feigheit. Die habe ich von meiner Mutter geerbt. Wenn es um den Tod geht, schlage ich ganz nach ihr.

Wir glotzten sie an. Was sollten wir dazu sagen? Na, was man eben so sagt, wenn einer die Grenzen des ... des ... des Angemessenen? Erträglichen? Wahrhaftigen? überschreitet ... Was man eben so sagt:

Ach Mensch.

Lass man gut sein.

Red' doch kein dummes Zeug.

Sag doch so was nicht.

Das wird schon wieder.

Und wir?

Reg dich ab.

Und wir?

Lass den Scheiß.

Dir geht's doch gut.

Du kannst voll auf uns zählen.

Am Ende aber sprach Nina immer von ihrer Mutter. Sie wiederholte die Boutiquengeschichten, erzählte von den verrückten Aufmachungen, mit denen ihre Mutter durch Frankfurt gezogen war (Hut, seidener Pyjama, Socken als Handschuhe, Pelzmantel), oder einem »Ausflug« in den Frankfurter Zoo, wo sie ins Elefantengehege geklettert war und *Der Osten ist rot* gesungen hatte. Und dann die letzte dieser Exkursionen in die Praxis des Rechtsanwalts Dr. Vorwähler, wo, wie sich herausstellte, unsere Mutter

die Scheidung von unserem Vater einreichen und ihm das Sorgerecht entziehen wollte. Ich habe da hinter ihr gestanden, vor dem Schreibtisch des Anwalts, sie saß auf einem Stuhl und gab irgendwelche wilden Erklärungen ab, was sich bei uns zu Hause abspielte. Der Anwalt stellte Fragen und meine Mutter gab immer wildere Antworten und so ging es eine Weile hin und her, aber ich konnte gar nicht richtig zuhören, weil ich immer nur auf ihre schwarzen Haare hinunterblicken musste, in denen es überall kahle Stellen gab, nämlich da, wo sie sich ganze Büschel selbst mit der Hand ausgerissen hatte. Der Anwalt versuchte, sie zu beruhigen, so wie man ein Kind beruhigt, versuchte herauszufinden, was da wirklich bei uns vor sich ging, ob mein Vater sie tatsächlich schlug und einsperrte usw., und ich glaube, einen Augenblick lang hat er sich auch einlullen lassen von ihren Reden und ihrer beschwörenden Stimme. Meine Mutter hatte immer diese beschwörende Stimme, wenn sie etwas wollte, die täuschte auch über ihr holpriges Deutsch hinweg, aber als Vorwähler dann nachhakte, auch uns, mir und meinem Bruder, Fragen stellte, da brach die ganze Geschichte natürlich in sich zusammen. Eine abstruse Fantasie. Und dann hat er ganz beruhigend gelächelt und gesagt, er würde alles gutmachen und wir möchten ihn bitte einen Moment entschuldigen, und ist aus dem Zimmer, keine Ahnung, wohin, aber sobald er weg war, veränderte sich das Verhalten meiner Mutter komplett. Kopflos lief sie im Zimmer auf und ab, zog sich an den Haaren, schob uns zur Seite, als hätte sie uns mit einem Mal völlig vergessen, sachte zwar, aber ganz und gar geistesabwesend, und dann ist sie auf das Fenster zu, und dann weiß ich nicht mehr genau …

dann erinnere ich mich nur noch an Fetzen ... das Öffnen der Fensterflügel, das Blinken des Glases, die hohe Fensterbank, ein Knie, ein Fuß, zwei Füße, der Schrei meines Bruders ... wie ein Tier ... und wegen dieses seltsamen Schreis sehe ich meinen Bruder an und nicht zum Fenster ... und dann stürzt der Anwalt zu uns ins Zimmer, wo war der so lange gewesen? hat er unseren Vater angerufen? und die offenen Fensterflügel schwingen hin und her ... dann eine Pause ... dann stößt irgendjemand uns ins Vorzimmer, wo eine Sekretärin weint und sich ständig, als sei ihr kalt, die Strickjacke um die Schultern zieht, wohl weil das Fenster noch offen stand, das wollte noch niemand schließen ... vielleicht aus Pietät ... und darum gingen die Flügel immer klack-klack-klack ... denn draußen war es windig und es regnete, und der Regen kam ins Zimmer, und die ganze Zeit dachte ich nur, warum macht niemand das Fenster zu.

Kunming, Stadt der Zeichen. Bilderstadt im Land der Bilder. Ich gehe verloren in dieser Bildersprache, Zeichensprache, im Fremdsein. Hier stehen die Zeichen nicht wie in Berlin in einem Buch. Hier stehen sie auf Straßen- und Ladenschildern überall um mich herum. Der Himmel ist voller Zeichen. An den Mauern der Häuser kleben alte Plakate mit verwitterten Zeichen. Das Essen wird mit gezeichneten Zutaten gekocht. Dieses Land ist ein Zeichen, das ich deuten muss. Unerbittlich und auf seine Weise ungnädig. Ich taste mich voran. Ein Fremder im Fremden. Ich bin wieder Kind, brabbelndes Sprachkind. Sehe auf, sehe hoch und kapiere nichts von dem, was da vor mir steht an Mauern, Fenstern, auf Titelseiten und Im-

bisstafeln. Meine Pflicht ist durchzuhalten. Meine Lücke zu füllen.

Niemand von uns fielen die ersten winzigen Veränderungen an Nina auf. Am wenigsten Alexandra. Sie war zu sehr damit beschäftigt, es Nina den lieben langen Tag lang recht zu machen. Mit Essen und Ausgehen und Küssen und Sex, und natürlich hörte sie sich immer wieder die Frankfurter Muttergeschichten an. Später: Dabei habe ich überhaupt nicht gemerkt, dass sie ihre Schuhe jeden Abend im Schlafzimmer neu aufstellte, immer in einer ganz besonderen Konstellation. So hat sie das genannt: Konstellation. Damals habe ich mir aber nichts dabei gedacht. Oder sie hat sich plötzlich geweigert, bestimmte Hosen und Blusen anzuziehen, die früher angeblich ihrer Mutter gehört hatten. Stattdessen hat sie die in einem Koffer unterm Bett versteckt. Und ich wollte nicht nachhaken. Nicht bei Themen wie der Mutter. Wenn ich mal fragte, ganz vorsichtig über Frankfurt, wenn ich sozusagen am Lack ihrer Kindheit kratzte, dann wich sie nur aus oder lachte laut. Immer das Lachen. Damit hat sie sich aus allem herausgezogen.

Alexandra bemerkte vor allem nicht, dass sie nicht mehr die einzige Stimme im Hause war, die auf Nina einredete, dass sich da noch jemand anders zu Wort meldete, einmischte, Aufmerksamkeit, ja Gehorsam forderte, eine alte Bassstimme, mit einem fernen Bergton. Eines Nachts hatte der Jadekaiser plötzlich zu Nina gesprochen. Im Tiefschlaf, aber klar und deutlich. Von seinem Thron her. Davor stand im Traum Nina. Hörte seine Anweisungen. Irgendetwas von Feinden. Irgendetwas von Zerstörung

und Gefahr und Wiederaufbau. Dick aufgetragenes Zeug. Unförmige Traumworte. Aber eindeutig der Jadekaiser. Wenn sie ihn auch nicht hatte sehen können. Nur ein Gefühl mit Stimme. Sie konnte es gar nicht in Worte fassen. Und überhaupt: wenn man so etwas sagte, würde man sofort für verrückt erklärt: der Jadekaiser spricht zu mir im Traum, der Jadekaiser gibt mir Befehle. Total übergeschnappt. Durfte man nicht sagen. Aber da war noch etwas anderes: es wäre auch Verrat gewesen. Das wusste sie sofort. Stillschweigen war die allererste Regel. Das war Pflicht. Sie war ja auserwählt. Und überall hörten sie ab, lauschten mit. Im Traum (oder war es jetzt schon im halben Wachen?) stieg sie aus dem Bett und ging zum offenen Fenster. Stand dort im kalten Wind, bis Alexandra sie plötzlich von hinten wegzog. Was machst du hier mitten in der Nacht? Du holst dir ja den Tod. Nina nickte, lächelte. Kein Wort. Jedes Wort war ein Verrat. Auch zu Alexandra kein Wort. Liebe Alexandra! Die weckte sie auf, brachte sie zurück ins Bett. Was hatte sie da für verrücktes Zeug geträumt? ›Größenwahnsinnig‹ war das Wort, an das sie zuerst dachte. Größenwahnsinnig war eine, die dachte, ein uralter chinesischer Kaiser spricht im Traum zu ihr.

Alexandra fiel nur auf, dass Nina jetzt oft, wenn sie von ihrer Mutter sprach, mitten im Satz abbrach und das Thema wechselte. Das war Alexandra recht. Das war gut so. Es hatte keinen Sinn, ständig die alten Geschichten wieder aufzuwärmen.

Und dann eines Morgens – Nina war im Altar und las Zeitung – kam die Post, und Alexandra öffnete versehentlich einen Brief mit Ostberliner Marken, einen Brief auf schlechtem Papier, einen Brief aus dem Gefängnis Rum-

melsburg. Gleich bei der Anrede »Meine geliebte Schöne« hatte sie die Verwechslung bemerkt, dann aber mit züngelnder Neugier weitergelesen, wenn auch mit Gewissensbissen, die sie jedoch bereits nach dem ersten Absatz überwand, nach der ersten Seite ganz vergessen hatte und nach dem Lesen der folgenden fünf Seiten – was schrieben die Leute im Gefängnis für lange Briefe! – als vollkommen unnötig erkannte. Hier schüttete eine fremde Knastschwester, die mit Monika Schneeweiß zeichnete, über Dutzende von Zeilen Nina ihr Herz aus, auf eine Art, die Alexandra anwiderte, dieses sentimentale Schnattern, mit dem sie versuchte, die Westgeliebte in ihre sträflichen Gefühle zu verwickeln, in ihre offensichtlich niederträchtige Welt, in der es gang und gäbe zu sein schien, die Hand aufzuhalten und frech Rettung zu verlangen. Den Namen Monika Schneeweiß hatte Nina nie erwähnt, doch war für Alexandra gleich vom ersten Wort an klar, dass es sich hier nicht um irgendeine Lappalie, nicht um eine saisonale Affäre handelte, und dass diese Blutsaugerin von ihrer Zelle aus versuchte, sich Nina an den Hals zu setzen. Der Brief enthielt die Bitte – nein, die Forderung! – nach einem Besuch im Gefängnis Rummelsburg. Viele triefende Worte benutzte diese Monika Schneeweiß, um Nina nach Osten zu locken, schämte sich auch nicht, ganz derb auf alten, angeblichen Versprechungen herumzupochen. Dass da mal was gewesen war zwischen den beiden, stand für Alexandra nach der Brieflektüre außer Frage. Aber da waren doch wohl Jahre vergangen ... Und jetzt schrieb dieses Luder hier frech aus dem Gefängnis. Wollte sich einmischen ins Schöneberger Leben. Wollte da aus ihrer Zelle raus, auf Ninas Kosten. Alexandra zögerte keine

Sekunde. Solche Versuche, mit Nina neu anzubändeln, mussten sofort im Keim erstickt werden. Da konnte Monika Schneeweiß so viel fordern, wie sie wollte. Da konnte sie jahrelang in Rummelsburg sitzen und Schuld anhäufen. Und mit verbrecherischer Genauigkeit sowie einem fehlgeleiteten Sinn fürs Archivieren versiegelte Alexandra den Brief in einer Gefriertüte und ließ ihn im Eisfach hinter alten Brötchen und einer längst vergessenen Flasche Smirnoff Wodka verschwinden. Dann eine Woche später den nächsten Brief und dann den nächsten und nächsten, und so ging es weiter. Alexandra hatte das Muster bald heraus. Die Briefe kamen immer am Dienstag, sodass es ab nun immer sie war, die dienstags den Briefkasten kontrollierte. Und eine nach der anderen von Monika Schneeweiß' Intimitäten wurde eingetütet und verschwand im Gefrierfach. Das war richtig so, fand Alexandra. Das ging gar nicht anders. Gegen gewisse Leute musste man sich schonungslos zur Wehr setzen. Aber trotzdem nagte die Schuld der Betrügerin an ihr. Besonders nachts im Bett. Oder morgens beim Frühstück, wenn sie Ninas Blicken nicht ausweichen konnte. Darum dachte sie sich eine Ablenkung aus, etwas, worauf Nina scharf war, und mit dem sie, Alexandra, ein schuldreinigendes Opfer bringen würde, eine wahre Liebesgeste, die echte Überwindung kostete: ein Besuch in Brandhagen.

Monika Schneeweiß ahnte nichts von dem eiskalten Schicksal, das ihre Briefe in der Winterfeldtstraße ereilte. Mit der einsamen Dringlichkeit der Eingesperrten schrieb sie weiter Bogen um Bogen voll. Ihre ganze Hoffnung setzte sie auf Nina, von der, so glaubte sie steif und fest,

nun Rettung kommen musste. Was für eine Rettung das genau sein sollte, wusste sie nicht, machte sich aber wilde Vorstellungen von Ninas Finanzen, ihrem Einfluss auf das Justizsystem der Deutschen Demokratischen Republik und vor allem von Ninas Willen, Geld und Verbindungen für die Befreiung der Ex-Geliebten spielen zu lassen. Aber die Antwort aus Schöneberg blieb aus. Wochen vergingen, ohne dass eine positive Rückmeldung kam. Der Wärterin Hildi Wurm war das ganz recht. Ihr wäre es lieber gewesen, wenn die Gefangene Schneeweiß das ganze Westtheater aufgegeben und vergessen hätte, wenn sie stattdessen die Augen geöffnet und gesehen hätte, wer hier direkt vor ihrer Nase stand, denn gleich am ersten Tag hatte Hildi sich in Monika Schneeweiß verliebt. Auf den ersten Blick, Hals über Kopf, mit Haut und Haaren. Kriegte die Freiheitsfrisöse gar nicht mehr aus dem Kopf. Aus Liebe wollte sie also die Idee vom schönen Westen untergraben. Da war es ihr ganz recht, dass keine Antwort kam aus der Winterfeldtstraße.

Abends saß Hildi Wurm in ihrer Einraumwohnung, die Wärterinnenuniform auf dem Bügel am Schrank, die Füße in Perlonstrümpfen auf dem Stubentisch, in der Hand ein Bier, und träumte von einer gemeinsamen Zukunft mit Monika Schneeweiß, einer puppenhaften Zukunft in der Drachenstraße in Friedrichshain, einer gemütlichen Zukunft, die nichts wusste von Grenzüberschreitungen, die sich stattdessen warm und wohlig um die ungeliebte Wärterin legte, um die von den Jahren Vergessene, um die vom Unglück erschöpfte Hildi.

Für Monika dagegen war Hildi nichts weiter als die Brücke zu Nina, die Botin, die ihre Briefe vorbei an der

Gefängniszensur schmuggelte und sie in den Westen schickte zur willig wartenden Nina, deren Antworten, das wusste Monika, von der Stasi abgefangen wurden, zu Nina mit den schwarz glänzenden Haaren, den für Küsse bemalten Lippen, den liebesleuchtenden Augen, zu einer Traum-Nina, einer Monika-Nina, die wenig oder nichts mehr gemein hatte mit jener Nina, die in diesem Augenblick auf der Suche nach Eiswürfeln für einen Long Island Iced Tea in ihrem Eisfach auf etwas ganz anderes stößt, nämlich auf einen per Gummiband zusammengehaltenen Packen gefrorener Briefe: Hier steht ihr Name, hier die Straße und Hausnummer, hier die Postleitzahl, hier klebten die Clara-Zetkin-Briefmarken und hier ist trotz der Eiskristalle noch ganz deutlich der Poststempel zu sehen. Nina liest die Adresse noch einmal, dreht den harten Packen hin und her, weiß nicht so recht, was sie davon halten soll, holt den Föhn aus dem Bad und entfrostet die Briefe, hat einen Moment lang Spaß an dieser detektivischen Arbeit, fragt sich dann aber wieder, auf was sie hier gestoßen ist, faltet ungeduldig die vom Frost noch knisternden Bögen auseinander und liest, nun mit einem wachsenden Entsetzen, die Briefe von Monika Schneeweiß aus Rummelsburg. An die hatte sie seit der Notiz im *Tagesspiegel* nicht mehr gedacht. Und jetzt steht hier etwas von einer gemeinsamen Zukunft, für die Monika sich hat ins Gefängnis sperren lassen. Nina lässt die Seiten sinken, zählt zwei und zwei zusammen, die Dienstage, den immer leeren Briefkasten und Alexandra, die so still und heimlich ... und sie immer mit einem Lächeln ... Wäre da nicht Alexandras plumper Betrug gewesen, hätte Nina nicht einmal den ersten Brief zu Ende

gelesen. Das war doch abstrus, was da stand. Die Forderung, nach Rummelsburg zu kommen, einen Anwalt anzuheuern, echte Liebe und Leidenschaft zu beweisen. Doch die Lüge und das Für-dumm-Verkaufen, der Umstand, hier Woche für Woche von Alexandra hintergangen worden zu sein, und der andere Umstand, dass der Jadekaiser sie im Schlaf vor solchen Feinden, vor solchen Angriffen gewarnt hatte, verursachten einen kompletten Kurswechsel ihrer Gefühle. Das Erstaunen über die bizarren Briefe, über die falsche Auslegung einer längst vergangenen Affäre schlug nun um in Mitleid, ja, in ein vages Gefühl von wiederbelebter Liebe und Verantwortung, vor allem aber in die Überzeugung, dass Monika nicht zu den Feinden gehörte, vor denen der Jadekaiser so eindringlich gewarnt hatte.

Und so holt Nina Papier und Stift, setzt sich an den Küchentisch, schreibt »Liebe Monika«, streicht die Anrede wieder durch und schreibt »Geliebte Monika«, schreibt einen Brief voller Versprechungen, steckt ihn in einen Umschlag, lässt ihren Iced Tea stehen, geht zur Post und schickt den Brief nach Rummelsburg. Vorher aber faltet sie die gelesenen Bögen wieder zusammen, steckt sie in die Tüte, legt den Packen zurück ins Eisfach. Tut alles, damit Alexandra keinen Verdacht schöpft. Denn mit solchen Feinden, das wusste Nina jetzt, musste man vorsichtig umgehen. Und während Alexandra sich in Sicherheit wiegte, ja sich eigentlich im Stillen wunderte, wie gut ihr kleiner Plan funktionierte, war der Brief auf dem Weg ins Gefängnis, wo er am frühen Morgen überstellt, geöffnet, gelesen, zensiert und schließlich gegen Mittag dem Sträfling Schneeweiß ausgehändigt wurde, die ihn mit dem

Siegesruf »ich hab's gewusst« hoch hielt in das bisschen Zellenluft, das man ihr hier gönnte.

Chongqing 重慶市: braune Hügelstadt, vom Kohlenstaub beschmierte Arbeiterkönigin der Provinz Sichuan 四川省, Herrscherin am oberen Yangzi 揚子江. Von hier stürzt der Strom fünfzehnhundert Kilometer hinab bis nach Shanghai 上海市, gespeist von den Strömen Jialing 嘉陵江, Qu 曲江 und Fu 富江.

Chongqing: schmutzige Königin des Roten Beckens. Die schwere, braune Luft schmiert Leim auf meine Lungen. Hier fällt alles schwer, das Atmen, das Laufen, das Schlafen. Der Mund ist trocken, die Nase verkrustet. Für die Menschen von Chongqing ist das Leben hart. Aber wenigstens gibt es Arbeit in den Waffen- und Motorradfabriken, und die Arbeit ist gut bezahlt, besser als anderswo, und anderswo ist das Leben auch hart, härter sogar, überlebenshart. Doch trotz der gut bezahlten Schinderei am Tag ist Chongqing, wenn es dunkel wird, keine Stadt des Feierabends. Die Arbeiter gehen nicht aus, belohnen sich nicht mit gutem Essen und Bier. Chongqing ist eine Trauerstadt, die nichts mit sich anzufangen weiß, sobald die Maschinen stillstehen. Wie ein totes Geschwader sitzt sie auf den Hügeln oberhalb des Flusses, sodass die Boote mit den Lebenden und Atmenden, die hier von auswärts durchkommen, so schnell wie möglich weiterziehen. Wer sich in Chongqing abends nicht in seinem gegen den Staub mit Laken verhängten Haus verschanzt, der begegnet einem faulen Sterben. Wer sich nachts hinauswagt, um in einem der wenigen und immer verlassenen Restaurants ein lieblos zubereitetes Mahl zu sich zu nehmen, der

wird diesem Sterben ins Gesicht sehen, wird es auch noch fühlen, wenn er Chongqing schon längst wieder verlassen hat – ein nun vom Unglück berührter Reisender.

Viel später, Monate nach Ninas Entdeckung, würde Alexandra von einem panischen Impuls ergriffen werden, die Briefe aus dem Eisfach holen, zusammenrollen, in die Tasche ihres Mantels stecken, zu Fuß zum Tiergarten laufen und den Packen dort in einer feuchten Mülltonne verbrennen. Sie würde so lange dabei stehen bleiben, Wache schieben, bis alle Briefe zu grauen Aschebriefen geworden waren. Aber bis dahin blieben die Schneeweißen Schreiben im Eisfach verschlossen.

Ihren Plan, mit Nina nach Brandhagen zu fahren, diesen Liebesangriff gegen die Schneeweiß, enthüllte Alexandra eines Sonntagnachmittags im Altar. Da saßen wir, von Ludwig schlecht gelaunt bedient, an unserem Tisch im hinteren Eck, mit Daisy, Yukio und Tina Tina und Jack. Nina im Kreise ihrer Lieben, doch irgendwie anders, irgendwie nervös, mit flatternden Augen und einem spielenden Mund. Vielleicht übermüdet, dachte ich, vielleicht erschöpft von der ganzen Liebelei mit Alexandra, vielleicht zu viele Wodkas und Long Island Iced Teas. Ich saß neben Nina und fühlte förmlich in allen Gliedern ihre Unruhe und Anspannung, als übertrage diese sich auch auf mich. Und doch konnte ich nichts sagen, nichts fragen, denn gleichzeitig lag jetzt eine Art Schützengraben zwischen uns, über den hinweg ich sie zwar spüren konnte, der aber zu breit war für meine ängstlichen Worte, meine übermäßige Sorge, meine heiklen Gefühle, mit denen ich Nina nur bloßgestellt hätte.

Tina Tina erzählte irgendetwas über einen Gemäldeauftrag, mit dem sie in Verzug war, bis Alexandra sich plötzlich und etwas zu schnell, als habe sie den rechten Moment eigentlich schon verpasst, von der gepolsterten Bank erhob und mit tönender Stimme, mit einer etwas voreiligen Triumphstimme, verkündete, sie würde in zwei Wochen gemeinsam mit Nina nach Brandhagen fahren. Beugte sich zur Geliebten herunter, küsste sie aufs Haar. Einen Augenblick lang verwirrtes Schweigen, dann von uns allen Durcheinanderfragen. Wo denn Brandhagen sei und warum dorthin, wollte erst mal Yukio wissen. Zusammen schlafen oder in getrennten Zimmern? fragte Tina Tina. Auch: wie lange? warum jetzt? wieso überhaupt? Alexandra antwortete auf alles, dichtete sogar ein bisschen Brandhagener Romantik dazu, ließ nur das Wieso aus. Aber ich kannte meine Cousine zu gut, um ihr die unbedarfte Geschichte abzunehmen, ich sah ihr an, dass sie diese Reise nicht, wie behauptet, aus Liebe plante, sondern etwas anderes dahintersteckte.

Und Nina? Die einst liebes- und lustgierige Nina? Die wortreiche, das-Leben-bei-den-Hörnern-packende Nina? Die mit einem Mal veränderte Nina? Die detektivische Nina? Die hintergangene Nina? Sie schwieg zu allem. *Es bellen die Hunde, es rasseln die Ketten.* Und ihr Herz, *es schlafen die Menschen in ihren Betten*, die alte Pumpe, *träumen sich manches, was sie nicht haben*, voll Blut und Arterien, *tun sich im Guten und Argen erlaben*, dieses trommelnde Organ, *und morgen früh ist alles zerflossen*, schloss sich wie eine Boxerfaust zusammen, *je nun, sie haben ihr Teil genossen*, saß in ihrer betrogenen Brust, *und hoffen, was sie*

noch übrig ließen, so fest und stramm, dass sie kaum noch seinen Schlag spürte, *doch wieder zu finden auf ihren Kissen,* ein verbarrikadiertes Herz, das nur noch seine schlagende Pflicht und Schuldigkeit tat. Es war schwer, sich vorzustellen, für welche Art von Leben dieses Herz noch pumpte. *Bellt mich nur fort, ihr wachen Hunde!* Ein Hundeleben! Ihr Hundsfeinde! Wie hast du mich ... *Schlummerstunde!* ... mein Herzblatt, mein Herzensmädel, wie hast du mich ... *Ich bin zu Ende mit allen Träumen* ... was hast du mir nur ... so geht das jetzt, so schlägt das Herz, verflixt und zugenäht, das für die Feinde pumpende Hundeherz, jetzt ist alles vorbei ... da fallen die richtigen Worte aus dem Hirn ... aber lass dir nichts anmerken ... lass dir bloß nichts ... Und mit ihrer allerbesten Schauspielerei freute sich Nina und nahm die öffentliche und so überraschende Einladung in die Heimat der falschen Alexandra an. Fand aber das glückliche Gesicht der Geliebten jetzt abstoßend, fand es schamlos. Jadekaiserflüstern leuchtete dunkel in ihr auf: musst mitfahren ins norddeutsche Dorf (*es bellen die Hunde*), musst mitmachen *(es rasseln die Ketten),* musst Fingerspitzengefühl zeigen. Sie musste Liebhaberin sein und Freundin und nun bald auch eine Art Quasi-Schwiegertochter. Denn dies ist der Anfang, sagte der Jadekaiser, hier beginnt die Zerstörung, damit ... Halt! Kein Wort darüber! Nur schweigen und schweigend zum Bahnhof Zoo, nach Hannover - Bremen - C., dann mit der Taxe nach Brandhagen, direkt und ohne Anmeldung in die Kleine Straße und

in einer schmuddeligen Lokalität in Chongqing, die ausschließlich von verkommenen Gästen frequentiert wird

(Diebe, Betrüger, vielleicht auch ein paar Mörder), sitze ich an meinem schmierigen Tisch und der grimmige Genosse Kellner stellt mir in seinem Schlachthauskittel ein braunes Gericht vor die Nase. Habe ich nicht bestellt. Was soll das sein? Was schwimmt da in der öligen Soße? Die ganze schändliche Bande um mich herum grölt. Probier' mal, schmeckt gut. Der Kellner nickt und wischt sich die fettglänzenden Finger am Kittel ab. Die Diebe und Mörder nicken auch. Nur zu! Hau rein, roter Teufel. Mit meinen nach Abwasser stinkenden Stäbchen steche ich in das fleischige Gericht, und bei jedem Bissen, bei jedem Kauen und Schlucken, habe ich das Gefühl, dass mir Haare auf dem Rücken wachsen.

Das Taxi hält vor dem Wahl'schen Haus. So ostentativ war hier noch niemand angekommen. Wir sind aus dem Taxi gestiegen und einfach ins Haus marschiert, sagte Alexandra hinterher. Das war die totale Überraschung. Du hättest das Gesicht meiner Mutter sehen sollen. Und dann mein Vater, als er Nina entdeckte. Der alte Scheißkerl. Da habe sie sich umgedreht zu Nina und diese direkt auf den Mund geküsst, um die Sache gleich von Anfang an klarzumachen.

Und gegenüber, auf der anderen Seite der Kleinen Straße, bei uns im Obergeschoss: lag in ihrer Kammer meine Großmutter mit offenem Mund und aufgerissenen Augen, die starrten

auf die schmierige Fleischspeise, von der jetzt noch ein großer Nachschlag in meiner Essschale landet. Der Kell-

ner grinst, nickt auffordernd. Wieder beginne ich mit dem zähen Kauen und würgenden Schlucken. Ja, er legt mir sogar einen Löffel hin, damit ich mehr zwischen die Zähne bekomme als mit den Stäbchen. Durch die Speiseröhre rutschen die Fleischstücke in meinen Magen, wo die zähe Masse schwer liegen bleibt. Mit jedem Bissen wird mir übler. Der Kellner und die Gästebande beobachten mich genau, treten näher heran, beugen sich über mich - von vorn, von hinten, von rechts und links und allen anderen Seiten, neugierig und aufdringlich, sodass ich ihren vom Essen gewärmten faulen Atem im Nacken und an den Schläfen spüre und mir ganz anders zumute wird in diesem widerlichen Wind. Ich fühle das mysteriöse Fleisch im Magen, das Blut weicht mir aus dem Kopf, kalter Schweiß tritt auf meine Stirn, ich glaube, ich falle hier gleich vom Stuhl, liege gleich ohnmächtig auf dem Boden zu Füßen dieser Feinde.

In getrennten Zimmern hätten sie schlafen müssen, sagte Alexandra hinterher, sie in ihrem alten Kinderzimmer und Nina unterm Dach. Da habe ich mit einem Mal gedacht: warum sind wir eigentlich hier? was soll diese verrückte Reise? dies war ein furchtbarer Fehler. Ich hatte das Gefühl, es beißt sich etwas in uns fest in dieser alten Umgebung. Die Brandhagener Vergangenheit. Etwas Totes. So kam mir das vor. Als hätten die Feinde, vor denen Ninas Mutter so viel Angst gehabt hatte, uns jetzt zwischen den Zähnen. Und am liebsten wäre ich gleich wieder abgefahren. Am liebsten wäre ich ohne ein weiteres Wort geflohen vor dieser klammen und beklemmenden Atmosphäre, die wie ein giftiger Zwang war, etwas Falsches zu tun.

Der Kellner grinst, gibt aber auf meine Fragen nach der Herkunft des Fleisches keine Antwort. Er tut so, als verstünde er mich nicht, als erkenne er mein Gebrabbel nicht einmal als Mandarin an, als wolle ich ihm hier in seiner Spelunke am Arsch dieser verfaulten Stadt irgendeine erfundene Sprache unterjubeln. Schallendes Lachen auch von Seiten der Diebe und Mörder. Aus Wut über diesen Hohn und aus Übelkeit und aus einem masochistischen Drang heraus, den Lachenden noch mehr Futter hinzuwerfen, fange ich an, die Laute der für das Gericht infrage kommenden Tiere nachzumachen: Rinderblöken, Schweinegrunzen, Schafs- und Ziegenmeckern. Einer der Gauner bellt, der Kellner zeigt auf meine Schale, jemand schreit »der Hund kommt in den Topf«, ein anderer lässt ein Jaulen los. In meinem Magen dreht sich alles. Es kläffen die Tölen. Es rasseln die Ketten. Es lecken die Zungen aus stinkenden Betten. Raue Tierzungen. Lecken mein Inneres aus.

Aber ich bin nicht abgefahren, sagte Alexandra, nicht geflohen, sondern habe alles mitgemacht, Frühstück und Wanderung durch Brandhagen und Einkaufen bei euch im Laden und die falschen Blicke und die listigen Worte und Nina immer wie ein fremder Vogel an meiner Seite. Wortkarg und abwesend und steif, wann immer ich sie anfasste, und da kam es mir zum ersten Mal, wenn auch nur mit einem fliegenden Gedanken, so vor, als würde ich sie verlieren.

Hund! rufe ich. Ein Würgen rollt von meinem Magen bis zur Kehle hoch. Der Kellner zuckt mit den Schultern. Ist

er nicht sicher, ob es tatsächlich Hund ist? Oder Katze? Oder irgendein anderes liebes Tier? Oder kümmert es ihn überhaupt nicht, was er hier zerhackt und verkocht? Vor Würgen treten mir die Tränen in die Augen. Ich bin nun drauf und dran, die schlimmste chinesische Sünde zu begehen und mein Gesicht zu verlieren. Wenn sich meine Würgetränen jetzt in Wut- oder sogar Verzweiflungstränen verwandeln, wenn ich jetzt hier vor versammelter Mannschaft losheule, ist alles aus. Die Gaunergesichter beobachten mich ganz genau, warten auf die Auflösung. Aber nichts kommt. Keine Tränen, keine Kotze, nicht einmal ein Schrei.

Nur eins wollte Nina: Sie drängte das ganze Wochenende darauf, die kranke Großmutter zu besuchen. *Es war einmal eine kleine süße Dirne, die hatte jedermann lieb.* Gerade was ich nicht wollte, wovor ich mich drückte. Ich wollte da nicht oben in der Kammer über dem Laden. Wollte da nicht am Bett sitzen. Ich wollte keinen Krankenbesuch abstatten, schon gar keinen Todesbesuch. *Ei, Großmutter, was hast du für große Ohren!* Und außerdem ... es gab noch etwas anderes ... das wusste ich damals aber nicht ... obwohl ich so ein vages Gefühl hatte, dass ich Nina nicht zur Großmutter lassen durfte, dass da irgendetwas ... ich weiß nicht ... es wurde mir so mulmig bei dem Gedanken ... furchtbarer Fehler, dachte ich ... wieder das Gefühl, es beißt sich etwas in uns fest ... Aber dann sind wir ja doch ... auf den letzten Drücker, als schon fast keine Zeit mehr war bis zur Abfahrt des Zuges. Und du glaubst es nicht, aber Nina sah plötzlich wie verwandelt aus, als sie da endlich am Bett stand. Lächelte mich an, tätschelte

der Großmutter die Wange, und die blickte auf einmal von ihrem Kissen hoch, direkt und ganz klar in Ninas Gesicht. *Ei, Großmutter, was hast du für große Augen!* Das ist Nina Gewandt aus Berlin, habe ich gesagt, aber es klang ziemlich dämlich und fehl am Platz. Und Nina sagte einfach nur: Sie weiß, wer ich bin. Sie hat ihr die Hand auf die Stirn gelegt, nicht wie eine Krankenschwester, sondern wie eine verrückte Heilige. Machte auch so ein religiöses Gesicht. Hatte ein Zittern in der Stimme. Und da war mir dann doch gleich wieder mulmig. Dachte, ich hätte sie hier lieber nicht zu der Großmutter ... Sie hat sich runtergebeugt und ihr etwas ins Ohr geflüstert. Ungefähr: Frau Vink, fürchten Sie sich nicht. Es wird alles gut. Heute geht's los. Hier und heute gehtdergroßeKrieglos. Oder so was in der Art. Und dann zu mir: Dies ist das Zeichen, hier fängt alles an. Und hat die Großmutter bei den Händen gefasst – *Ei, Großmutter, was hast du für große Hände!* – und dann etwas vom Jadekaiser, Todesschürer, Lebensretter geredet und gesagt »hier beginnt die Öffnung meines Kopfes«. Sie sah ganz verklärt aus und gleichzeitig elektrisch, ich kann's gar nicht beschreiben, aber da habe ich es dann doch richtig mit der Angst zu tun bekommen. Sah ja aus, als spielten all ihre Synapsen mit einem Mal verrückt, als ginge ein Strom von ihr direkt auf die Großmutter über. Die wurde ganz steif. Und in den Augen ein Blitzen, ein Schießen, dann ein Zucken der Wangen, ein Zittern der Lippen, ein Rasseln aus der Kehle und es öffnete sich ihr Mund, riesig und zahnlos – *Aber Großmutter, was hast du für ein entsetzlich großes Maul!* –, und heraus kam ein schauriges Schreien, dann ein Sprühregen wilder Flüche, die sie uns entgegenschleuderte, so laut, dass ich dachte,

das hört jetzt die ganze Kleine Straße, Flüche, so gemein und unflätig, dass sie fast komisch hätten klingen können, wären da nicht ihre wachen, rotgeränderten Augen gewesen, die alles echt machten, zu einer wahren Geschichte, ganz so wie

meine halb leer gegessene Schale in der schmierigen Lokalität echt ist, eine unzumutbare Geschichte, gefertigt aus Erinnerung und Erfindung und Ekel, so wie mein Würgen am Tisch, meine Würgetränen, das Herausziehen des Geldes aus der Hosentasche, so wie die abgegriffenen Renminbi-Scheine mit dem welken Bild Maos Geschichte sind, eine Geschichte, die in die Gegenwart hineinsticht, direkt in den von mir selbst und für mich selbst gefertigten Augenblick, in dem ich mit dem Hundepelz, der auf meinem Rücken gewachsen ist, aus der dampfenden Hütte auf die Straße hinausrenne und mich, sobald mir die braune Luft Chongqings ins Gesicht schlägt, weit nach vorn beuge und übergebe, mich auskotze, röhrend und röchelnd und ohne das Gefühl zu haben, das tote Fleisch jemals loswerden zu können, denn es klammert sich an meine Magenwand, um Teil meines Körpers zu werden, um mit mir Geschichte zu machen und Vergangenheit zu schaffen.

Nina kam verändert aus Brandhagen zurück. Mit einem Mal war sie jetzt introvertiert, einsilbig, ständig mit etwas anderem beschäftigt. Auch ihr theatralisches Lachen verschwand. Eine Woche nach dem Brandhagener Besuch traf ich sie zufällig im Altar. Es war gegen sechs Uhr und das Café fast leer. Nina saß an einem der hinteren Tische im gelben Lampenschein, auf ihrem Gesicht einen ecki-

gen, verbissenen Ausdruck, den ich vorher nie an ihr gesehen hatte. Alles Spielerische schien jetzt aus diesen Zügen verschwunden. Wie jemand, der sich gestört fühlt, blickte sie hoch, als ich an ihren Tisch trat. Gleichzeitig bedeckte sie schnell mit der Hand eine vor ihr liegende Serviette, auf die ich jedoch einen kurzen Blick hatte werfen und sehen können, dass das Papier gänzlich mit einem roten Filzschreiber bekritzelt war – lauter Augen und Ohren und mathematische Gleichungen und etwas, das aussah wie Sternbilder. Unaufgefordert setzte ich mich zu ihr und fragte, wie es in Brandhagen gewesen sei.

Wieso in Brandhagen?

Du warst doch gerade da.

Und was willst du jetzt wissen?

Zum Beispiel, wie es meiner Großmutter geht.

Was weiß ich, wie es deiner Großmutter geht!

Alexandra hat gesagt …

Was hat die gesagt?

Dass ihr sie besucht habt.

Ich habe niemanden besucht.

Aber ihr wart zusammen bei ihr. Oben in der Kammer.

Das war etwas anderes.

Was?

Etwas anderes. Verstehst du?

Ich verstehe nur Bahnhof.

Wenn du wissen willst, wie es deiner Großmutter geht, dann fahr gefälligst selbst hin.

Ich wollte nur …

Ich wollte nur, ich wollte nur. Du wolltest mich nur ausquetschen.

Ausquetschen?

Verhören. Ausfragen. Lass mich bitte in Ruhe, ich habe zu tun.

Zu tun?

Ja, Arbeit.

Was für Arbeit?

Verstehst du nicht.

Wir machen uns Sorgen.

Sorgen?? Ihr???

Alexandra macht sich Sorgen.

Ha! Alexandra!!

Sie sagt, du stehst nachts auf, ziehst dich an und verschwindest.

Und?

Hast du einen Liebhaber?

Großer Gott! Was ihr euch alles ausdenkt, um mir das Leben schwer zu machen.

Wohin verschwindest du?

Ich gehe nirgendwohin.

Was machst du dann die ganze Nacht draußen?

Was willst du von mir?

Ich will wissen, wo du nachts bist.

Ich vermesse die Stadt.

Was?

Ich vermesse die Stadt.

Du vermisst ...?

So lautete der Auftrag des Kaisers.

Aber halt! Kein weiteres Wort! Sie hatte ja schon viel zu viel gesagt.

Und die Stadt, das versehrte Berlin, wartete im Dunkel der Nacht.

Fünf Wanderungen:
Die erste Wanderung zur Vermessung der Vergangenheit: Winterfeldtstraße – Potsdamer Straße – Pfalz – Krankenbett

Nina hatte sich gegen zwei Uhr morgens leise angezogen und war aus der Wohnung geschlichen. Draußen stand sie einen Moment unschlüssig vor dem Haus und ging dann in Richtung Potsdamer Straße. Die Gründerzeithäuser mit ihren kriegsversehrten Fassaden flankierten die Chaussee. Es war eine schon milde Aprilnacht. Potsdamer Straße 137, Vorderhaus, zweiter Stock: hier lag Tina Tinas Wohnung. Die war wach und saß im Atelier. Das war ein hinter der Küche gelegener Raum mit Nordlicht. Sie hatte sich Tee gemacht und ein Brot mit Marmelade geschmiert. Essen half gegen Schlaflosigkeit. Es war kalt im Atelier, kälter als draußen. Sie trug ein Paar dicke Wollsocken. Lag auf dem schäbigen Sofa, starrte in die Dunkelheit, wartete auf den Schlaf. Aber der kam nicht, nicht einmal milde Müdigkeit nach Tee und Butterbrot. Es waren die Socken, die sie wach hielten. Sie kratzten, und das Kratzen erinnerte sie an irgendetwas anderes. Sie wusste nicht woran, aber das Kratzen ging ihr nicht aus dem Kopf, und gerade, als sie endlich doch hinüberdämmerte in einen noch ganz fein gewebten Schlaf, gerade, als ihre Gedanken sich aufzulösen begannen, erinnerte sie sich an ein früheres Kratzen, ein altes Kratzen, das Kratzen einer wollenen Strumpfhose, einer Kinderstrumpfhose, die fest die Beinchen der kleinen Tina Tina umklammert hatte wie eine wollene Folter, wie tausend Stecknadeln an den Waden und Schenkeln, sodass sie sich ständig kratzen musste, auch als sie an diesem Tag, einem Sonntag, ins Zimmer der Mutter geführt wurde, um dort am Bett

der Kranken zu sitzen. Sei ein braves Mädchen, hatte der Vater gesagt, und ganz lieb zur armen Mutti. Arme Mutti, ja ... Aber das Kratzen! Sie konnte partout nicht still sitzen, auf der Bettkante, wo die Laken nach Schweiß und Krankheit rochen, mied den Anblick der Mutter, rutschte ständig hin und her, die Hände immer an der verdammten Strumpfhose, wo jede Pore zu spüren war unter den wollenen Maschen ... die Poren hatten plötzlich ihr eigenes Leben, begannen zu kriechen und zu krabbeln, hoch und runter an Tina Tinas Beinen, sodass diese immer schneller kratzte und die Mutter immer fahler wurde und schließlich zuschlug ... mit der Krebshand auf die Kratzhand. Der Mutter stand jetzt die Wut ins Gesicht geschrieben, die übertraf in diesem Augenblick sogar noch die Schmerzen, zerrte ihr die Züge auseinander. Dann aber wechselte schlagartig die Stimmung, wie es seit dem Beginn der Krankheit häufig vorkam, es tat ihr leid, sie will doch ihr kleines Mädchen nicht schlagen, tätschelte Tina Tinas Wange und sagte: »Mein Tinchen, das wird mal eine ganz Hübsche.« Aber Tina Tina hörte gar nicht zu, konnte weiterhin an nichts anderes denken als an die kratzende Strumpfhose und erinnert sich auch jetzt nur noch an das Kratzen. Kein Bild der Mutter im Bett, keine lieben letzten Worte, keine Tränen. Stattdessen nur die Strumpfhose.

Nina sah hoch zu den Fenstern in der Potsdamer Straße. Sie war nicht weit gekommen. Der Jadekaiser würde unzufrieden mit ihr sein. Sie sammelte ein paar Zweige und Blätter und eine alte Burger-King-Packung vom Fußweg auf. Steckte sie in die Tasche. Sie wollte zurück zu Alexandra ins Bett. Sie war müde, ihr war kalt. Aber sie musste weiter.

Die zweite Wanderung zur Vermessung des siegreichen Schmerzes: Winterfeldtstraße – Reichpietschufer – Tiergarten – Müllerstraße – Sankt Matthäus Kirche – Weddinger Fußweg

Aus der Dichte der Stadt streckte sich die Potsdamer Straße ins Niemandsland um die Philharmonie und Staatsbibliothek. Nina lief an den schal beleuchteten Gropius-Bauten vorbei, dann weiter hoch – der noch kahle Tiergarten, der 17. Juni, Reichstag, rechts die Scheidemannstraße hoch bis zur Invalidenstraße, in die Lehrter, Perleburger, Tegeler und dann durch bis zur Müllerstraße, U-Bahnhof Leopoldplatz. In den Wedding kam Nina sonst so gut wie nie. Dies war ja Feindesland. Hier war die Neonazi-Dichte höher als anderswo. Hier verkrochen die sich.

Jetzt schlief der Wedding, die Feinde lagen in ihren Betten. Allein Yukio saß am Küchentisch vor dem offenen Gasofen, der einzig funktionierenden Heizquelle in der Einzimmerwohnung, denn er wusste nicht, wie man einen Kachelofen befeuert, auch nach acht Jahren in Berlin und etlichen durchfrorenen Wintern nicht. Der böllernde Gasofen aber hielt die Küche auch im ersten Frühling noch warm, und hier machte Yukio im Licht einer Nachttischlampe auf dem blauen Wachstischtuch seine Fingerübungen. Denn gestern in der eiskalten St. Matthäus Kirche hatte er vor der Zwei-Registrigen gesessen, neben der auf einem Kirchenstuhl thronenden, immer noch blinden, immer noch hellhörigen Dublai, und hatte sich abgequält an Bachs in diesem Semester auf dem Lehrplan stehender Fantasia super *Komm, Heiliger Geist, Herre Gott,* die, das redete sich Yukio schon seit Wochen ein, seine technischen und emotionalen Fähigkeiten komplett überstieg, sodass er sich bereits selbst aller Hand- und

Fußfertigkeit beraubt hatte, bevor er überhaupt die Tasten und Pedale anrührte, und dann auch tatsächlich einen feinen Ton-Salat hier angerichtet hatte, sodass die Dublai ihn gleich nach zehn Takten unterbrach und beschimpfte, woraufhin aber keine Besserung eintrat, sodass die Professorin es aus Entrüstung nicht mehr beim einfachen Schimpfen hatte belassen können, sich gehen ließ, gegen ihren Willen gehen ließ, aber eben gehen ließ, ja gänzlich die Kontrolle verlor über ihr verdunkeltes Temperament, aufsprang vom hölzernen Sitz und eine Armeslänge weit ausholte, um Yukio ordentlich welche überzuziehen mit der flachen Hand, von hinten an den Kopf, an die Ohren, auf die Schultern, über den Rücken, bis der grelle Schock der Selbsterkenntnis die Dublai traf und ihr scharf Einhalt gebot, während Yukio, derart aus- und aufgepeitscht, nun von Takt zu Takt zu Takt hastete, als flüchte er vor der Lehrerin, sein Tempo viel zu schnell, sein Spiel voller Fehler, aber weiter und weiter galoppierend, die Finger mit einem Mal nicht mehr hölzern, sondern frei weg von der Leber spielend, die arme Leber, die auch einen Knuff abbekommen hatte, die aber jetzt ackerte, zusammen mit Herz und Seele, damit Yukio voller Bravour und mit nackten Gefühlen auf dem strahlenden F-Dur-Schlussakkord der Fantasia landen und die verwandelten Hände von der Tastatur heben konnte. *Oh Herr, durch dein' Kraft uns bereit, und wehr des Fleisches Ängstlichkeit.* Die Dublai und die andere Dublai standen dabei und weinten bittere Tränen. Und zwei geschlagene, aber siegreiche Hände, eine zur Rechten und eine zur Linken, hingen an Yukio herab. Und so war es geschehen. Und so war es gut, und so hatte es auch Nina in ihrem Traum in der vergangenen Nacht

gehört, hatte jeden Ton, jeden Fehler, jeden gelungenen Akkord gehört, und darum war sie hier und legte jetzt das Ohr auf den Fußweg, um zu hören, was oben in der Wohnung geschah, was sich da abspielte, und vor ihr auf dem Fußweg lag eine tote Maus, die steckte sie sich in die Tasche.

Die dritte Wanderung zur Vermessung der Wut:
Winterfeldtstraße – An der Urania – Turmstraße – Amrumer Straße – Autobahn A46 – Winterfeldtstraße

Nina schlug den Weg Richtung Nordwesten ein, nach Moabit, wo die Häuser etwas Puppenhaftes hatten. In der Amrumer Straße saß Daisy Oberon in ihrer Wohnung mit den weiß gestrichenen Holzböden im zerwühlten Bett und telefonierte. So spät noch. Zwei Uhr morgens. Ihre Mutter rief sie zu allen Tages- und Nachtzeiten an. Musste ständig wegen irgendetwas beruhigt werden. Daisy hatte das Telefon immer neben dem Bett stehen. Über die Mutter hatte sie mit Nina nie gesprochen. Die hätte sich ja gleich auf das Thema gestürzt. Wie sie das mit dem toten Vater tat, der sich, nachdem sein Geschäft für Damenmode, das Haus Oberon, das beste am Platz, Konkurs hatte anmelden müssen, ins Auto gesetzt und mit 120 gegen einen Brückenpfeiler auf der Autobahn nach Düsseldorf gerast war. Lebemann. Frauenheld. Daisys Held: meine Mauseprinzessin. War immer seinen Sekretärinnen zugetan gewesen, mit denen er viele lustige Stunden in den Hotels entlang der A46 verbracht hatte, jener Trasse also, auf der er sich schließlich zu Tode fuhr.

Daisy dachte gern an ihren Vater. Es war ihr egal, wie viele Affären er gehabt hatte. Er war ein Jahrmarktsvater

gewesen, voller fantastischer Geschichten, aber auch voller leerer Versprechungen. Daisy war nicht angekommen gegen die fremden Frauen, und wenn die Stunde der Geliebten schlug, hatte er immer weggemusst, sie flüchtig in den Arm genommen, geküsst und war, in Gedanken schon im nächsten Hotel, zur Tür hinaus. Im Hause Oberon war das Ehebett kein Möbelstück der Liebe gewesen. Nachts hatte Daisy ihre Mutter husten gehört. Ständig das Husten allein im Ehebett. Und immer wieder war die Mutter ausgestanden, ins Bad gegangen, hatte dort das Wasser laufen lassen. Stundenlang. Das Husten und das Wasser waren die Geräusche der Nacht gewesen. Und schließlich, in der letzten Nacht, die Klingel an der Haustür, die gedämpften Stimmen der Polizisten, das Jammern der Mutter, ein Weinkrampf, ein Schreikrampf, ein Hustenanfall, der alles andere erstickte. Am Morgen hatte die Mutter bereits in Schwarz und mit Perlen am Frühstückstisch gesessen, aber nicht gesagt »euer Vater ist tot«, nicht zu Daisy und nicht zu ihren beiden Brüdern, sondern die Kinder hatten es sich anhand des Schreiens und Hustens und anhand des schwarzen, bis unters Kinn zugeknöpften Kleids selbst zusammengereimt, und bis ans Grab heran und jenseits des Grabes, in all den Jahren, hatte die Mutter kein Wort verloren über den Vater, außer »euer Vater war ein ganz wunderbarer Mensch«, als wäre er nie nachts weggeblieben, als wäre er in jener Nacht nicht weggeblieben, als wäre sein Auto nicht ein Schrotthaufen auf der A46 gewesen. Stattdessen rief sie fünfmal die Woche bei Daisy an, walzte jede Kleinigkeit ihres Lebens bis zur Unerträglichkeit aus – der neue Bäcker, »was der für furchtbare Brötchen backt«, das Laub,

das »die Nachbarn, diese zugezogenen Faulenzer«, nicht wegharkten, das Grab des Vaters, das so viel Arbeit war, immer wieder das verdammte Grab, »drei Stunden war ich heute da, mit den schweren Gießkannen, dass ich die noch schleppen muss in meinem Alter und dann zum Metzger und der hatte kein Geschnetzeltes mehr und da hab ich doch tatsächlich ...« – ein Strom von Klagen und Beschwerden, der nie aufhörte, gegen den Daisy täglich, nächtlich anschwamm, bis sie es endlich nicht mehr ertragen, kein weiteres jaulendes Wort mehr hören konnte, das Telefon aus der Wand riss und nach unten auf die Straße schmiss, wo Nina die zerstückelten Stücke aufsammelte, in die Taschen ihres Mantels steckte und sich auf

die vierte Wanderung machte zur Vermessung des Kopfes: Moabit – Balbecer Straße

wo unten bei mir im Hinterhof, als ich morgens gegen vier aufs Außenklo ging, Nina stand, als sei sie hier gelandet, ohne zu wissen warum, neben den Mülltonnen, und sah zu mir hoch, ohne mich zu sehen. Etwas stach mir bei diesem Anblick ins Herz, wie eine Warnung. Ich zog mir einen Pullover über und lief hinunter, nahm sie am Arm, führte sie nach oben, legte sie ins Bett, legte mich dazu, roch, als Nina schon eingeschlafen war, an ihren schwarzen Haaren, und die Haare rochen nach ... Hier liegt die Gefahr neben dir, dachte ich, und es war mir scheißegal, solange ich nur neben ihr liegen konnte, eins, zwei, drei, vier, fünf, sechs, sieben Stunden, bis ich sie zurück in die Winterfeldtstraße brachte auf

ihrer letzten Wanderung zum Ende des Wartens:
Balbecer Straße – Brandhagen – Winterfeldtstraße, dritter Stock, Schlafzimmer

wo Alexandra seit dem Besuch in der Kleinen Straße viel von Brandhagen träumte. Auch von Monika Schneeweiß, die in diesen Träumen immer mit roten Wangen und dicken Waden auftrat. Marschierte vor ihr weg. In Winterstiefeln. Alexandra strampelte sich ab, sie einzuholen, doch ohne Erfolg. Einmal trat Monika sogar im Traum in der Wohnung in der Winterfeldtstraße auf, saß mit am Tisch, scherzte mit Nina, aß Nudeln mit Ketchup und konnte erst verscheucht werden, als Alexandra vom Kissen hochschreckte und das in ihrem Kopf kreisende Wort »Ketchup, Ketchup, Ketchup« zum Stillstand brachte. Sie fand die andere Seite des Bettes wie üblich leer, Nina war weg, war wieder auf einer ihrer Wanderungen. Jeden Abend hatte Alexandra jetzt Angst vor dem Schlafengehen, versuchte im Bett mit aller Gewalt wach zu bleiben, den Moment abzuwarten, wenn Nina heimlich aufstand und verschwand, aber immer wieder fiel sie in einen erschöpften und von Sorgen durchkreuzten Schlaf. Beim Aufwachen tat ihr dann alles weh, alle Muskeln waren hart, ihr Gesicht eine steife Maske. Und Nina war nicht da. Auch heute nicht. Wie gewöhnlich stand Alexandra zu früh auf, saß viel zu lange allein in der Küche, trank Kaffee und wartete. Bei jedem Geräusch im Treppenhaus schreckte sie hoch. Außer dem Gedanken an den Schlüssel in der Wohnungstür bewegte sich nichts in ihrer Vorstellung. Sie hatte Frühstück hingestellt und saß vor Butter, Honig und Toast, rührte aber nichts an. Fühlte sich

elend. Ihr Körper unter dem Bademantel kam ihr vor wie der Körper einer alten Frau. Übermüdet und ausgekotzt. Natürlich hatte sie Nina zur Rede gestellt, hatte gefragt, was hier los sei, wo sie sich jede Nacht herumtreibe, mit wem sie es treibe. Aber alles war zwecklos gewesen. Sie bekam keine echte Antwort. Nur Ausflüchte. Spazieren, frische Luft, Bewegung, Vollmond, Wechsel der Jahreszeiten usw. Alles purer Unsinn, das wusste Alexandra. Weiter kam sie nicht. Einmal hätte Alexandra Nina fast nach Monika Schneeweiß gefragt.

Draußen auf der Treppe waren nun Schritte zu hören, unsere Schritte, dann der Schlüssel im Schloss, Alexandra fühlte vor Aufregung ihr Herz, jetzt wieder ein Kinderherz, schlagen. Sie stand auf, als wollte sie nicht beim Herumsitzen ertappt werden, und dann kam Nina in die Küche, zu schnell, zu laut, wirkte auch zu groß, sah verwildert aus, blickte zum Tisch, wo das hingestellte Frühstück viel zu häuslich und fehl am Platz wirkte, griff nach einem Stück Toast und sagte kauend: Ihr zwei Fotzen, ihr könnt mich aber wirklich am Arsch lecken. Und beim Anblick dieser ihr zum ersten Mal klar vor Augen stehenden Nina verließen Alexandra mit einem Mal all ihre Gefühle und Gedanken, sie stand stock und steif im Bademantel da, unfähig, auch nur ein Wort herauszubringen, wie eine, der es den Atem verschlagen hat, wie eine vom Schlag Getroffene. Ich machte von der Küchentür her ein paar Schritte vorwärts, aber Nina stand zwischen mir und Alexandra, und Nina sah gar nichts, wühlte nur in den Taschen ihres Mantels, holte irgendwelchen Müll, Blätter und eine tote Maus hervor, inspizierte alles, steckte es wieder ein, nahm weiter keine Notiz von Alexandra, die sich jetzt auf Nina

stürzen, sie ohrfeigen, boxen, kratzen, ihr den Wahnsinn aus den Gliedern prügeln, sie wieder zur Raison bringen wollte, die aber trotz dieses wütenden Willens kein Glied rühren und nur mit hängenden Armen und hängendem Gesicht dastehen konnte, egal, wie sehr sie etwas anderes gewollt hätte, egal, wie sehr sie sich ein anderes Leben wünschte, in dem dieser Augenblick mit dieser Nina nicht vorkam, und ich sehe ihr diese herzverbrecherische Sehnsucht an und will nur weg aus dieser Küche, dieser Wohnung, dieser Straße und steige in Chongqing, im staubigen Bahnhof, in einen azurblauen Waggon der ersten Klasse, der mich zwar nicht auf dem schnellsten, wohl aber auf dem komfortabelsten Weg nach Chengdu 成都市 bringen soll. Drinnen herrscht eine altmodische Gediegenheit – die himmlisch bezogenen Bänke, die gehäkelten Deckchen auf den Armlehnen. Eine Angestellte der nationalen Eisenbahngesellschaft kommt mit einem Blechkessel herein und brüht mir eine Tasse Jasmintee auf. Der soll meine Lebensgeister wecken. Ich danke ihr und schlürfe den Tee. Um das Fenster sind bunte Plastikblumen drapiert. Dahinter zieht eine grünsteinerne Landschaft vorbei. Nach sieben Stunden Fahrt erreichen wir Chengdu, wo ich einen Bus ohne Stoßdämpfer besteige, der mich auf einer achttägigen Fahrt nach Manigango 馬尼干戈 im äußersten Westen von Sichuan bringt. Immer höher klettern wir in die Mondlandschaft, bis auf über dreitausend Meter. Dann setzt der Bus mich ab.

Götter. Feinde.

Ein Anruf: morgens um acht, gänzlich außerhalb unserer gewöhnlichen Zeit, meine Mutter im verlegenen Ton, benimmt sich seltsam, was ist los? was druckst sie herum? im Hintergrund höre ich meinen Vater irgendetwas murmeln, sie dreht sich vermutlich nach ihm um und fragt, ob sie es mir sagen soll, was sagen? frage ich, warum rufst du hier morgens um acht an? also sag es ihm schon, sagt mein Vater, und dann eine Pause, bevor sie entgegen aller Verbote, die das Leben am Leben halten, das Unaussprechliche ausspricht und sagt, dass heute morgen um zehn nach sechs meine Großmutter ...

Ich denke, warum, zum Teufel, ist eigentlich bei den schlimmsten Nachrichten die genaue Zeit so wichtig?

Manigango ist ein gottverlassener Ort im äußersten Westen der Provinz Sichuan, fast an der Grenze zu Tibet 西藏.

Ein Fliegenschiss auf der Landkarte. Manigango besteht aus einer staubigen Hauptstraße, gesäumt von hässlichen Betonbauten. Drei-, viermal am Tag rattert hier ein Lastwagen durch, einmal die Woche hält der Bus aus Chengdu. Ich gehe die Hauptstraße entlang zur einzigen Pension im Ort. Leute mit schlecht gelaunten Gesichtern kommen mir entgegen, vermutlich hierher abkommandierte Beamte aus Peking. Irgendwelche armen Schweine, die mit ihrer Ein-Kind-Familie in diese Einöde versetzt wurden. Jetzt sind sie die Vollstrecker des zentralen Volkswillens, üben in diesem Dreckloch die Staatsgewalt aus. Sie hassen Manigango und jeden Tag, den sie hier wie eine Strafe abarbeiten müssen.

Aber nicht wegen dieser Ansiedlung bin ich hier, sondern wegen des Klosters, das außerhalb des Ortes liegt, dort, wo die Hauptstraße auf einen staubigen Feldweg abgeht. Dies ist kein wichtiges Kloster wie das benachbarte Dêgê 更慶寺 und doch steht es mit stiller Gewalt am Weg. Ungefähr 60 tibetische Mönche wohnen hier, noch vorsichtig, da das Kloster nach seiner Zerstörung in der Kulturrevolution erst vor zwei Jahren wieder geöffnet wurde. Viele der Mönche sind Jungen aus der Umgebung, ihre Familien zu arm, um sie zu versorgen. Als ich mit meinem Rucksack am Tor erscheine, umringt mich sofort ein Schwarm dieser Jungen, ein kichernder, stupsender Schwarm in rostroten Kutten, der sich an mich herandrängt und dann wieder auseinanderfliegt. Ein junger Mönch, etwa um die zwanzig, kommt aus dem festungsartigen Hauptgebäude, an dem noch deutlich die Zeichen der Zerstörung zu erkennen sind, eilig auf mich zu und nimmt ohne ein Wort meine

Hand in seine, umschließt sie wie eine Muschel. Diese Hände, so trocken und spröde wie Papier, greifen kräftig und warm zu. Er zieht mich von den anderen fort in Richtung eines Seitenflügels, weist mir dort ohne weitere Umstände ein Zimmer an – knappe Geste mit der Papierhand, fliegendes Lächeln – und lässt mich allein. Ich muss mich von der langen Fahrt ausruhen. Bevor ich einschlafe, fühle ich einen scharfen Schmerz in meinem rechten Ohr.

Ein zweiter Anruf: es klingelt in der Winterfeldtstraße, klingelt und klingelt, vielleicht acht-, neun-, zehnmal, bevor Nina den Hörer abhebt und Alexandras Mutter am Apparat hat. Die denkt zuerst, sie spräche mit ihrer Tochter, hält dann aber mitten im Satz inne, entschuldigt sich, hadert, zaudert und fragt sich, ob sie dieser So-gut-wie-Fremden, die zwar unter ihrem Dach geschlafen, darum aber noch lange nicht das Recht hat, sich Familie zu nennen, ob sie dieser Person, dieser Nina, die Nachricht anvertrauen soll, redet noch ein bisschen um den heißen Brei herum, kann aber schließlich nicht mehr an sich halten und die Worte fallen aus ihr heraus, sie muss sich der Hiobsbotschaft entledigen, muss irgendjemandem noch einmal alles erzählen, da kann sie auch genauso gut mit Nina reden, ihr mit kathartischen Worten bis zum letzten Atemzug den Tod unserer Großmutter beschreiben, und hier ist es also, das von Nina lang erwartete Zeichen, dies ist der Anfang, hier beginnt die Zerstörung. Sie hört den Befehl des Jadekaisers klar und deutlich, schenkt Almas Gebrabbel keine Beachtung mehr, hört nur die Nachricht des Kaisers und

ein Gong weckt mich, ein Gong, der die Mönche zum Essen ruft, und ich weiß nicht, ob auch ich dem Ruf folgen oder lieber eine Packung mitgebrachter Kekse in meiner Zelle essen soll, denn schließlich leben hier 60 Mönche unter den allerärmsten Bedingungen. Mein Ohr schmerzt jetzt noch mehr und nervös fummle ich an der größer und heißer gewordenen Verdickung in meinem Ohrläppchen herum, irgendwann spätabends kommt der junge Mönch wieder herein, setzt sich neben mich aufs Bett und lacht laut, während er mit der Hand über meinen sommersprossigen Arm fährt. Er tut das mit dem allergrößten Vergnügen, und ich finde dieses Streicheln angenehm. Kleine Schauer laufen mir dabei über den Rücken. Seine Hände sind Arbeiterhände voller Schwielen, sein Haar dicht und drahtig, asymmetrisch geschnitten, vermutlich das Resultat einer stumpfen Schere. Seine Kutte ist schon etwas abgewetzt und ihm eigentlich auch ein bisschen zu klein. Er sieht müde aus und abgearbeitet, ist am Morgen um vier zum Gebet aufgestanden. Diese Müdigkeit geht weit über sein Alter hinaus. Darüber aber liegt ein Leichtsinn, ein Witz oder Schalk, der mich so berührt, dass ich dem Jungen am liebsten meine Hand auf die Wange legen möchte. Ich frage ihn nach seinem Namen und er sagt Arthur. Arthur? Arthur ist mein privater Name, nach Arthur Schopenhauer. Mein Held ist Arthur Schopenhauer, und er zeigt mir eine zerlesene Ausgabe von *Die Welt als Wille und Vorstellung*. Er hat das Buch zwölfmal gelesen. Ganze Passagen kann er auswendig, und in dieser Nacht schläft Arthur in seiner rostroten Kutte neben mir auf dem Bett. Es ist April, aber winterkalt. Wir liegen eng zusammen und wärmen uns aneinander. Mein Kopf pocht

vor Schmerzen. Vor dem Einschlafen erzählt Arthur von seiner Familie (sieben Jungen, ein Mädchen, fünf der Jungen in Klöstern), von seinen Freunden im Kloster und von der vielen Arbeit. Ich versuche so gut wie möglich seinem rasenden Chinesisch zu folgen, das innerhalb dieser Mauern ja eine Feindessprache ist, die Sprache der aus Peking hierher entsandten Beamten, nicht die Sprache der Mönche und

die Nachricht entzündet sich knallend in Ninas Kopf, sodass nun von allen Seiten, aus allen Ecken des Universums lichterlohe Worte auf sie zurasen, in fliegenden Bataillonen kommen die Worte, ein tönender Ansturm, und diese Gedankenarmee bricht wie das Läuten von hundert Kirchenglocken über Nina herein und

Arthur riecht nach Stroh und Yak-Butter und ich fühle ihn von hinten an mir, seine Brust, seine Arme, sein Gesicht. Irgendwann verliere ich den Faden seiner Geschichte, der Schmerz hämmert in meinem Kopf, ich kann nicht schlafen, kann aber auch nicht länger wach bleiben, und ich drifte zwischen Arthurs Worten und dem Schmerz hin und her, und

Nina steht wehrlos inmitten dieses Angriffs, bemüht sich, das Brabbeln und Schreien, das Quaken und Quasseln, das Labern und Sappeln zu entziffern, diese himmlische Verbiesterung, in der sie nur das eine ausmachen kann: den Befehl des Jadekaisers loszuziehen und hoch also, raus aus dem Bett, vorwärts, im Gleichschritt marsch, zügig ausschreiten, flott voran befiehlt der Jadekaiser und

als ich in der Winterfeldtstraße ankam, stand die Tür zur Wohnung weit offen und drinnen herrschte ein komplettes Chaos. Alle Türen, außer der zum Schlafzimmer, waren aufgerissen. Röcke, Hosen, Schuhe, Kleider, Unterwäsche, Mäntel, Hüte, Handschuhe und alle anderen erdenklichen Kleidungsstücke lagen wild verstreut in den Zimmern, auch Fotos, Dokumente, Geld und Dutzende von bekritzelten Zetteln. Es war unmöglich, einen Schritt vor den anderen zu setzen, ohne auf etwas zu treten. Vorsichtig bewegte ich mich vom Flur durch die Küche, immer beiseiteschiebend, was am Boden lag. Ich schlich, als erwartete ich, jeden Moment auf einen Einbrecher zu stoßen. Dann zersprang etwas laut unter meinem Fuß. Ich zuckte zusammen, blieb stehen, schlich weiter, tastete mich bis zum Wohnzimmer vor. Hier fand ich Alexandra auf einem Kleiderhaufen sitzend. Erschöpft, hundemüde, wie ausgewrungen. Sah schweigend zu mir hoch. Sie trug ein verwaschenes und am Kragen ausgeleiertes T-Shirt. Unter der bleichen Haut stachen ihre Schlüsselbeine spitz hervor. So sah es hier aus, als ich nach Hause kam, sagte sie und machte eine Bewegung durchs Zimmer. Sie stand auf. Ich will dir etwas zeigen, und im Flur öffnete Alexandra die Tür zum Schlafzimmer, stieß sie mit ausgestrecktem Arm auf, wie etwas, das sie nicht berühren wollte, und dort, vor uns auf dem Boden, lag ein wohl an die zwei mal zwei Meter großes, aus Ästen, Laub, Erde, Müll, Geld, Schmuck, Telefonteilen und zerrissener Kleidung zusammengesetztes Oktagon und

Nina musste immer Tempo halten mit den rasenden Gedanken und

ich versuche, den Kopf zu bewegen, die Arme, die Beine ganz vorsichtig, um Arthur nicht aufzuwecken, kann mich aber nicht rühren und

wir standen in der Tür und blickten auf das in diesem Zimmer riesig wirkende Organ, in dem sich hunderte von Teilen zu einem dichten Irrgarten verwebten. Ich musste sofort an die rote Zeichnung denken, die ich auf Ninas Serviette im Altar gesehen hatte. Langsam ging ich in die Knie, um das Gebilde genauer zu betrachten. So lag das hier alles gestern Nachmittag, sagte Alexandra, und von Nina keine Spur. Verschwunden, wie vom Erdboden verschluckt. Nur ihre Schuhe stehen noch in der gleichen Konstellation. Aber sie selbst ist ja schon wochenlang jede Nacht auf Reise und

ich kann kein Glied rühren, liege bewegungslos in der Nacht, bis ich schließlich alle Kraft verliere und einschlafe und

was brauchte Nina für so eine Reise? Was zum Teufel brauchte sie? Eine Landkarte! Auf jeden Fall eine Landkarte. Die legt sie auf dem Boden aus, baut das verdammte Ding Stück für Stück aus Ästen und Erde und Müll zusammen, und was noch? Was brauchte sie noch? Riss sich an den Haaren. Schlug sich ins Gesicht. Sie brauchte ja alles. Musste alles mitnehmen, was sie tragen konnte: Kleider, Hosen, Röcke, Strümpfe, Schals, Handschuhe, Lippenstifte, Parfums, Cremes. Musste hier alles aus den Schränken reißen, Luft machen, musste sich fertig machen, alles anziehen, eine Maske auflegen, damit sie draußen nicht

erkannt wurde, und schweißgebadet und in einem zusammengewürfelten Aufzug – Rock über Trainingshosen, Bikinioberteil über alte Strickjacke, Bademantel, indische Sandalen aus Stroh – und mit einem hochgeschminkten Gesicht wie aus der Pekingoper – glühende Augen, brennende Wangen, blutiger Mund – machte sie sich auf den Weg. Wohin ging es jetzt? Wohin führst du mich? Nach Spandau! sagte der Himmelssohn. Nach Spandau? Nach Spandau! sagte der Himmelsherrscher. Nach Spandau?? Nach Spandau!, sagte der Allesgott. Soll das ein Witz sein? Sag mir doch bitte mal: Wie sieht denn die kosmische Zerstörung in Spandau aus? An diesem Nazi-Arsch der Welt? Da soll es losgehen? Nach Spandau, schrie der Allmächtige. Maul halten, aufschließen! Vorwärts! Zog ihr richtig eins über. Striemen auf dem Rücken. Trieb sie durch die Pallasstraße, Gleditsch-, Barbarossa-, Münchener Straße bis zum Bayrischen Platz, dort rein in die U-Bahn, Linie 7 Rudow–Rathaus Spandau und dabei immer und auf Schritt und Tritt verfolgt von den Feinden, die sind mir hier auf den Fersen, die Schweine, tarnen sich als Passanten, wollen aber nur den schöpferischen Urknall verhindern, aber nicht mit mir, ihr Hundsfotzer, ich gehe bei Feindesfeuer auf Gegenangriff: schießlosschießlosschießlosschießlosschießlos

schießlosschieß-

losschießlosschießlosschießlosschießlosschießlosschießlosschießlosschießlosschießlosschießlosschießlosschieß-losschießlos: Ich lass' mich hier doch nicht von euch die Gurgel durchschneiden, ich hab' noch meine volle Stimme und mit der schreie ich, solang ich kann, und sieht im Waggon mit den gesprenkelten Sitzen ihren Mitreisenden geradeheraus in die trügerischen Augen, diese Fenster zur Schweinsseele, und schreit mit steifer Stimme, mit militärischen Untertönen und katzenhaften Obertönen: NichtmitmirihrNazisäue!

Schlussjetztichlassdasnichtmitmirmachenichbinjetztkampfbereit. Und was da so verständlich in ihrem Schädel hallte, kam als Kauderwelsch über die Lippen. Das Publikum im Waggon verkroch sich hinter Zeitungen, einige lachten, einige sagten »verrückte Thai-Hure«, alle stiegen an ihren Stationen aus, ließen Nina ziehen – Bismarckstraße, Jungfernheide, Rohrdamm – immer weiter hoch nach Nordwesten und

mich weckten nach vier Stunden das tiefe Singen und die Gebetshörner der Mönche, und ich laufe durch die kalten, feuchten Gänge zur Halle. Mein Kopf hämmert. Ich kann vor Schmerzen kaum auftreten und

dann der üppig dekorierte Endbahnhof Rathaus Spandau, ein Bus, eine wendige Fahrt, ein roter Knopf, eine Haltestelle am Waldrand. Hier geht's los. Hier beginnt die Zukunft. Hier sind aus dem urzeitlichen Sumpfland, aus dem schleimigen Untergrund die Mikroben gestiegen, habenihrScheißlebenangefangen, das dann über Jahrtausende hinweg zur heutigen Nazihorde mutierte, die hier nun

anSonntagnachmittagenmitfestemSchuhwerkauffesten-PfadendurchsGehölzzieht und deren Kinder und Kindeskinder hierherkommen zumheimlichendeutschen Zigarettenrauchen oder gegenseitigen Abknutschen, und auf diesen geschichtlichen Trampelpfaden läuft Nina in den deutschen Wald hinein, schlägt ein, zwei, drei Haken, um die Verfolger abzuhängen, biegt scharf rechts vom Pfad ab, taucht unter ins Dickicht, ins Unterholz, rennt und stolpert und fällt, kriecht weiter durch Laub und Matsch, lässtsichabervonderErschöpfungnichtkleinkriegen, robbt und kriecht, bis sie nicht mehr weiterkann und bis es keinen Zentimeter mehr vorangeht, bis der Platz gefunden ist. Bäuchlings auf der Erde liegend, fühlt sie unter hundert unfruchtbaren Spandauer Schichten den uralten Schleim, der dort brodelt und kocht und sich mit ihr vereinen will, der jetzt hochschießt, aus dem Proterozoikum durch Jura, Kreide und Quartär, fühlt unterm Spandauer Humus das Herz der Erde schlagen, das Kaiserherz, und

ich öffne leise die Tür, schlüpfe hinein und bleibe in einer Ecke stehen. Der Bassgesang der Mönche hallt in meinem Körper wider und

um sich herum hatte sie Laub und Äste ausgelegt, genau wie zu Hause, Laub im Laub, Äste auf Ästen, tote Vögel und Mäuse, sterbende Flora und Fauna, in der jetzt das Kaiserherz schlug. Sie fühlte das Schlagen und Pumpen in ihrem eigenen Herzen, wieespochtundtrommelt und dann nicht mehr nur im Herzen, sondern auch in allen anderen Organen, töntindenInnereien, machte solchen Rabauk, dass sie es schließlich nicht mehr aushält und

einen Schrei loslässt, herausschleudert, einen Schrei, den zwei hier heimlich rauchende Teenager hören und zunächst für einen Tierschrei halten, der, wie die Mädchen später nicht ohne Wichtigtuerei bei der Polizei zu Protokoll geben, dem Schreien einer Kuh geglichen habe, einer Kuh? fragen die Polizisten, ob denn Kühe wohl schreien, und die Teenager versuchen, das Kuhschreien nachzuahmen auf der neonbeleuchteten Spandauer Station und

in der dunklen Halle herrscht ein Leuchten, es kommt von den roten Kutten und dem Schein der Kerzen, und diese farbige Dunkelheit bedeckt meine Sinne, lullt mich ein, zieht mich zu sich hin, ist wie ein Klarwerden, ein Eingehen ... ich verstehe diese Fremdheit ... sie legt mir ihre Hand auf die Schulter ... und

uraltesheiseresausgewrungenesKuhschreien, das da aus dem Munde dieser mit gespreizten Armen auf dem Boden liegenden Frau kommt, ganz so, als quälten sie furchtbare Schmerzen, Schmerzen so groß, dass sie wie in einer Art Ohnmacht zu Boden gefallen ist, wo sie ihr Gesicht mit dem schreienden Mund immer wieder in den Matsch der von einem nächtlichen Regen aufgeweichten Erde schlägt. Derart besessen, als sei der Leibhaftige in sie gefahren, entdecken die beiden Mädchen Nina im Spandauer Forst, und dann liegt sie plötzlich ganz still da, wie tot, sinkt tief in die Erde, bis zum Herzen, streckt die Hände gen Himmel und

eine Stunde später wimmelt das Kloster von häuslicher Aktivität. Die Halle wird ausgefegt, die Zellen werden ge-

putzt, der Hof mit vielen Besen gesäubert. In der Küche brodelt etwas in den Töpfen, das nach Yak-Butter riecht. Auch mein Frühstück besteht aus einer Schale Reismehl mit Yak-Butter. Dazu etwas Tee. Der Klumpen schmeckt streng und stechend, und der Ekel würgt mir die Galle aus dem leeren Magen hoch. Ich schäme mich für mein Würgen und dafür, dass ich immer wieder kleine Stückchen in meiner Jackentasche verschwinden lasse. Ab und zu huscht einer der Kindermönche prustend durch den Speisesaal, wo ich nach dem offiziellen Frühstück allein essen muss. Dieses Am-roten-Teufel-Vorbeilaufen scheint eine Art Mutprobe zu sein. Die meisten der Jungs sind nicht älter als zehn. Vielleicht ist es mein von der Yak-Butter verzogenes Gesicht, das sie so amüsiert, oder einfach meine, im Vergleich mit ihren schönen Gesichtern grotesk wirkenden Züge. Das gelbe Haar, die Sommersprossen, die viel zu großen Wasseraugen – ein Kasper sitzt hier am Tisch. Jedenfalls können die Kleinen vor Lachen gar nicht an sich halten, ein Lachen, das noch lauter wird, als ich nach dem Frühstück in den Hof hinaustrete. Hier laufen Dutzende junger Mönche in alle Richtungen auseinander, dann wieder zusammen, dann alle durcheinander, in nicht zu überbietender, aber ganz und gar undurchschaubarer Emsigkeit. Sobald ich mich nähere, rennen sie mit einem Jungenkreischen weg. Ihre Besen wirbeln Staub auf, sie tragen Feuerholz in die Küche, polieren hunderte von Gongs, ölen die Gebetstrommeln, tragen Schalen mit Speisen umher sowie große Kessel mit heißem Wasser, auch Papierrollen, zerlesene Bücher (Schopenhauer?) und große Bilder der Götter Amitabha und Ratnasambhava. Im Wind flattern laut die Gebetsfahnen. Um uns herum

erheben sich die Mauern des Klosters, das von graugrünen Hügeln eingefasst wird wie ein Rubin.

In dieses Umland führen mich Arthur und ein anderer junger Mönch. Sie zeigen mir ein Schild, das unweit des Klosters an der Straße steht. Darauf steht: Caution! Cattle crossing! Es ist ein altes, rostiges Schild, rote Schrift auf weißem Grund. Was das heißt, wollen sie wissen. Ich übersetze. Die beiden grinsen und entblößen beim Grinsen ihre großen, gelben und vorzeitig gealterten Gebisse. Warum man denn ein Schild für Rindviecher brauche? Ich weiß auf ihre Frage keine Antwort. Jedenfalls keine, die hier oben auch nur den geringsten Sinn ergeben würde. Sie bitten mich, ein Foto von ihnen mit dem Schild zu machen. Dieses Bild wird hinterher noch jahrelang auf meinem Schreibtisch stehen.

Als Beweis ihres sensationellen Fundes machten die Teenager mit einer Einwegkamera ein Foto von der sich auf dem Waldboden wälzenden Nina (ein Foto, das später als Indiz für die Unzurechnungsfähigkeit der Eingefangenen gelten wird), bevor sie von einer Telefonzelle nahe der Bushaltestelle die Polizei alarmierten, die fünfzehn Minuten später in Form von zwei jungen Beamten im Unterholz des Spandauer Forsts erschien, wo Nina nun, wie aus einer Hypnose in die nächste fallend, vom Boden aufgesprungen war, sich alle Kleider vom Leib gerissen und begonnen hatte, einen stampfenden Tanz um die ausgelegte Laub-, Äste-, Vögel- und Mäuse-Landkarte aufzuführen und auf diese Weise der Meldung der Mädchen, sie hätten hier »eine Bekloppte« im Wald entdeckt, recht zu geben schien.

Dies war der Anfang.

Als der Arzt uns später vom Spandauer Forst erzählte, begriffen wir das nur noch nicht. Doch mit dem Tanz im Wald schlitterte sie hinüber in die Krankheit, ins große Durchdrehen, Durchknallen, Sicherung raus, Tassen aus dem Schrank, ins Nichtmehrrichtigticken. Und in diesem Zustand fand Alexandra sie am folgenden Morgen im psychiatrischen Krankenhaus Berlin Spandau. Am Nachmittag fuhren wir aus der zerstörten Winterfeldtstraße mit dem Nötigsten in einem Koffer in die Nervenheilanstalt, die aus acht Fünfziger-Jahre-Bauten bestand, wobei jedes dieser zweistöckigen Häuser (Haus Tankred, Haus Erika, Haus Ute ...) umgeben war von reichlich Rasen (*deck mich mit grünem ...*), sodass zu jeder Zeit die Illusion einer schmalen Freiheit aufrechterhalten werden konnte. Hierher transportierte die Polizei Nina von der Wache, wo sie zunächst versucht hatte, sich der ihr wieder aufgezwungenen Kleidung erneut zu entledigen. Und letzten Endes war es nicht das Gebrabbel vov Jadekaiser, Weltuntergang und neuen Kosmos, das zu ihrer Einlieferung geführt hatte, sondern ihre beharrliche Nacktheit. Im Krankenhaus kam es zu weiteren Entkleidungsversuchen, sodass drei Pfleger nötig waren, um die nun Rasende, der ihre bedrohlich gewordene Lage und der ihr unmittelbar bevorstehende Freiheitsentzug wohl zu dämmern begannen, auf einem Bett in der sogenannten Beruhigungszelle festzuschnallen, damit der diensttuende Arzt sie mittels einer Spritze von ungewissem Inhalt ruhigstellen konnte. Dann standen die vier Männer um das Bett herum und betrachteten ihr Werk, im Stillen vielleicht überzeugt davon, dass diese Unbändige, wie alle anderen hier durchkom-

menden oder hängengebliebenen Unbändigen, es eben nicht besser verdient hatte.

So stelle ich mir das vor, als ich inmitten der rostroten Mönche im Hof des Klosters sitze und daran denke, was für ein trauriger Anblick sich uns bot, als wir ins Zimmer traten, und die Mönche reden in Tibetisch auf mich ein, und ich verstehe kein Wort, aber irgendwie bringen wir ein Gespräch zustande. Sie sind nun zutraulich geworden, wir sind Freunde, und alles hier – der Wind, die Farben, ihre vornehmen Gesichter – erinnert mich an Nina, auch meine Liebe für dieses Land, nicht für den Staat China, sondern für das Land dieser Menschen, ist die gleiche gespaltene Liebe wie jene für Nina, eine Liebe voller Bewunderung und Angst, eine Liebe und ein Ende. Da lag sie jetzt, unsere Freundin, in dem Krankenzimmer mit Blick auf den Freiheitsrasen *(kein Kreuzlein schwarz, kein Blümlein ...)*, ihrer Sinne und ihrer Freiheit beraubt und endgültig vom Jadekaiser verlassen. Eine Körperhülle, ein kaum noch erkennbarer Schatten ihrer selbst. Dümpelte am Rand der Betäubung. Struppige Haare, in denen noch Überreste des Waldbodens hingen. Träger Blick aus tiefen Pupillen. Ein Speichelfaden, der aus dem Mundwinkel aufs Kopfkissen lief und dort einen grauen Fleck hinterließ. Und trotzdem sah ich in der Augenasche einen Schimmer des Erkennens, tief begraben unter der Wirkung der Medikamente.

Wir saßen auf orangenen Plastikstühlen neben dem Bett und betrachteten Nina schweigend, als warteten wir auf eine plötzliche Veränderung ihres Zustands. Gegen sechs kamen zwei Schwestern herein – Tara und Elsbeth

stand auf ihren Namensschildern – mit großen, lauten Schritten und rissen unsere Freundin aus dem Bett, um sie »auf den Topf zu setzen«. Nina hatte kein Zeichen eines solchen Bedürfnisses von sich gegeben, aber die Schwestern interessierte das nicht. »Um sechs wird bei uns gepisst.« Also hoch mit Nina, die vertikal aufgestellt noch mitgenommener aussah. Greisenbeinig torkelte sie durchs Zimmer, faul gestützt von Tara und Elsbeth, die trotz unserer Anwesenheit an diesem Schwanken und Stolpern Vergnügen zu finden schienen, derart, dass sogar ein saftiges Lachen herausplatzte aus ihnen, als Nina stolperte und zu Boden fiel. Alexandra sprang auf, machte ein paar Schritte ins Zimmer und wollte die Geliebte zurückschleppen ins Bett. Mit diesem Kurswechsel aber waren Tara und Elsbeth durchaus nicht einverstanden. Schließlich war dies ihre Klapse, und sie bestimmten, wer wann auf den Topf gesetzt wurde, da ließen sie sich nicht einfach von Krethi und Plethi dazwischenfunken. Mit einigem Gerangel entrissen sie Alexandra die Kranke wieder und schleppten diese – das nach hinten offene Nachthemd entblößte Rücken und Po – aufs Zimmerklo, wo Nina bei offener Tür wie ein schlaffer Sack saß, während wir anderen warten mussten, bis auf die geschnauzte Anweisung der Hyäne Tara hin nach einigen endlosen Minuten in der Porzellanschüssel endlich ein hohl klingender Strahl zu hören war, der wie ein Zeichen der Angst klang.

In meinem Kopf trommelt der Schmerz, mein Ohr brennt. Ich lege den Kopf in meine Hände, und die jungen Mönche legen ihre Hände auf meinen Kopf, ihre kleinen, rauen, dreckigen Hände. Am nächsten Morgen ist mein Ohr eine

rote Beule, ich kann vor Schmerzen kaum den Kopf bewegen, mein Nacken ist steif, meine linke Gesichtshälfte heiß, und die rote Beule hart. Ein pochender Eiterherd. Ich schreie vor Schmerzen laut auf, als ich versuche ihn zwischen Zeigefinger und Daumen zum Bersten zu bringen. Arthur und zwei andere Mönche stürzen herein und starren entsetzt. Hinter ihnen ein alter, dürrer Mönch mit ironischem Blick, der schlurfend wieder die Zelle verlässt und gleich darauf mit einem babyblauen Plastikhandspiegel zurückkommt. Er hält mir den Spiegel vor, sodass ich mein zu enormer Größe angeschwollenes und vom inneren Druck rot glänzendes Ohr sehen kann. Mir wird übel und kalter Schweiß tritt mir auf die Stirn. Arthur und die Mönche helfen mir, mich wieder hinzulegen, wobei ihnen die komische Seite dieses Entzündungsdramas nicht entgeht und sie sich nur schwer ein Grinsen verkneifen können. Ich bin mit einem Mal entsetzlich müde, falle in einen fiebernden Halbschlaf. Wie in einem zu schnell abgespulten Film rasen die Bilder durch meinen Kopf: die fegenden Mönche, die betenden Mönche, die Mondlandschaft, das Kuh-Schild, mein Ohr, Nina im Bett, Alexandra auf dem Plastikstuhl, die bösen Schwestern, die sich über mich beugen und flüstern: was liegst du faul im Bett, das ist doch hier kein Hotel, los, aufstehen, an die Arbeit, Klo putzen, hier wird nicht krankgefeiert, hier wird gefegt und geschrubbt, das ist die Lücke, die sich in China für dich aufgetan hat, also dalli, Schluss mit der Flucht, F steht nicht für Flucht, F steht für Faulpelz.

Sechs Tage lang liege ich fiebernd und wie benebelt auf der Pritsche. Ab und zu klappen meine Lider auf, fotografieren ein Bild: Arthur und der alte Mönch stehen im Zim-

mer, beugen sich mit besorgten Mienen über mich, flößen mir ein heißes, bitteres Getränk ein. Einmal steht das ganze Zimmer voller Mönche. Dann wiederum scheint es mir, als sei ich tagelang allein. Durch die Wände höre ich von fern den tiefen Gesang und die Gongs aus der Gebetshalle. Nachts schläft Arthur neben mir in voller Robe.

Nach sechs Tagen wache ich mit einem Schmerzensschrei auf. Es ist die Explosion meines Ohrs, die mich abrupt ins Hier und Jetzt zurückreißt. Der Eiter spritzt einen halben Meter weit in die Zelle, spritzt mir selbst übers Gesicht, alles ist gelb-grün besudelt, auch mit Blut, die Mönche und Arthur kommen angelaufen, stehen still vor dieser Bescherung. Dann beschließen sie das Unvorstellbare, nämlich einen Arzt zu holen, einen von außen, einen Chinesen, einen der Verächter, Verräter, Mörder. Nicht notwendig, flüstere ich, das Schlimmste sei ja nun vorüber, die Erleichterung herbeigeführt, der Eiter, nach weiterem Pressen und Drücken, herausgelassen, der Schmerz gestillt. Die Mönche dagegen, angesichts des dramatischen Ausbruchs aufs Höchste alarmiert, wollen auf keinen Fall einen toten Ausländer am Hals haben, denn darauf steht in China die allerschärfste Strafe. Nur der alte Mönch rät, nichts zu überstürzen wegen ein bisschen Eiter und Blut. Die anderen aber sind entschlossen, der Arzt wird gerufen, kommt bewaffnet mit bunten Pillen, Bandagen und blitzendem Instrumentarium, verarztet mich mehr schlecht als recht, wickelt mein prekäres Ohr so stramm ein, dass es mehr schmerzt als zuvor, und verkündet, er müsse den Vorfall pflichtgemäß den Behörden melden, da es dem Kloster strengstens untersagt sei, Ausländer zu beherbergen. Der alte Mönch schüttelt den Kopf, als habe

er so etwas geahnt. Er redet auf den Arzt ein, ich verstehe nicht, was er sagt. Der Doktor aber legt eine gelesene Volkszeitung auf mein Bett und tippt auf die Schlagzeile. In Peking haben sich Studenten auf dem Platz des himmlischen Friedens zu einer staatsfeindlichen Kundgebung zusammengefunden. Dann zeigt der Arzt in die Runde, eine Runde, die sowohl die Mönche als auch mich einschließt. So etwas kommt von Leuten wie euch.

Du glaubst nicht, was mir gestern passiert ist, sagt Trisha und setzt sich an meinen Tisch im Scooter Café in London. Ich lege den Stift hin und bereite mich auf eine längere Geschichte vor. Es ist gegen sechs, das Café so gut wie leer, und Trisha hat nichts zu tun, als ihre Geschichte loszuwerden. Eine ausgewalzte Episode folgt, in der es in Strömen regnet, sie in einem überfüllten Bus fährt, jemand ihr in den Po kneift (wie pervers musst du sein, um eine Schwangere anzutatschen?) und gleichzeitig ihr Handy und Portemonnaie klaut. Jetzt also null Kommunikation und auch noch pleite. Dann zeigt sie auf meine beschriebenen Seiten. Regnet's bei dir auch immer noch? Ich schüttle den Kopf. Was ist denn jetzt los? Jemand sitzt in der Klapse. Ach du Schande, das ist natürlich schlimmer als Handy und Portemonnaie. You can say that again. Trisha lacht, steht auf und küsst mich auf die Wange. Life's a bitch, honey, and sometimes you have to be a bitch to get through it.

Vier Tage nach Ninas Einlieferung reisten aus Frankfurt ihr Vater und Bruder an. Ich sehe das Bild noch genau vor mir: die beiden kommen den gebohnerten Korridor des

Hauses Erika herunter, zwei magere Gestalten in schlecht sitzenden Anzügen. Ich hatte mir immer einen majestätischen Vater mit Mynheer-Peeperkorn-Stirn und einen hünenhaften Bruder vorgestellt, nun aber bewegte sich diese unwahrscheinliche Familie mit lautlosen Schritten über das spiegelnde Linoleum auf uns zu. Sowohl Vater als auch Sohn waren hochgewachsen, über 1,90 Meter, und so dürr, dass jeder Anzug schlotternd an ihnen herunterhängen musste. Sie streckten erst Daisy, dann mir die Hand hin, wir begrüßten einander mit viel zu weichen Handschlägen und in einem mir selbst fremden und nervösen Ton. Wir sind Freunde Ihrer Tochter, sagte Daisy und ich stand daneben wie ein Eindringling, kam mir plötzlich vor, als hätte ich hier nichts zu suchen, in dieser privaten Angelegenheit, ja es schien mir jetzt, dass meine Anwesenheit im Krankenhaus eine familiäre Peinlichkeit entblößte. Herr Gewandt aber lächelte. Ich hatte schon gefürchtet, gleich mit den Ärzten reden zu müssen, sagte er. Im Hintergrund trat der Bruder unablässig von einem Fuß auf den anderen. Es war gegen vier Uhr nachmittags und damit Kaffeepause für das Personal, sodass weit und breit weder ein Arzt noch eine Schwester zu sehen waren, denn die Spandauer Angestellten nahmen ihre Pausen sehr genau. Wir führten Vater und Bruder ins Krankenzimmer, in dem sie sich befremdlich umsahen und unsicher auf Alexandra blickten. Steif näherten sie sich dem Bett, blieben ein paar Schritte davor stehen, blickten fast ängstlich und, wie mir schien, mit einiger Überwindung auf Nina, die von Pillen und Spritzen so außer Gefecht gesetzt war, dass sie keine Spuren von Verrücktheit mehr zeigte, sondern friedlich schlummerte. Langsam trat Herr

Gewandt ans Bett und setzte sich auf den orangenen Stuhl neben Alexandra. So saß er eine Weile, bevor er sich nach uns umdrehte. Wie kann es sein, flüsterte er, wohl um Nina nicht zu wecken, erst die Mutter, dann die Tochter. Ist dies meine Strafe? Im Hintergrund trat der Sohn weiter von einem Fuß auf den anderen. Bestimmt sei dies keine Strafe, sagte Alexandra und legte ihm versichernd die Hand auf den Arm. Aber natürlich eine Strafe, beharrte Herr Gewandt, ihren Einwurf und die Berührung ignorierend, für mein Vergehen, so will ich das mal nennen ... Ich habe ja damals nicht begriffen, wie das war für meine Frau in Frankfurt. In der Vorstadt. Und um ganz ehrlich zu sein, es hat mich auch nicht sonderlich interessiert. Das ist doch schon alles so lange her, sagte Alexandra. Oh, da irren Sie aber, die Zeit spielt überhaupt keine Rolle. Im Gegenteil, sie hält alles wach. Ich wollte damals ja nichts wissen. Schon gar nicht, mit wie vielen Frauen ich verheiratet war. Das war doch der wunde Punkt. Einer angetraut, aber mit vielen verheiratet. Ich konnte nie sicher sein, wen ich nach der Arbeit zu Hause antreffen würde – Ninas Mutter, meine Frau, die Konkubine des Jadekaisers, ein kleines Mädchen aus Hongkong, oder alle zusammen. Da war es besser, so zu tun, als sei alles in Ordnung, als sei nichts aus dem Lot geraten. Und man muss ja auch weiterleben ... Was hätte ich denn tun sollen? Sie in eine Anstalt einliefern lassen? So wie hier? (Er zeigte ins Zimmer.) Unmöglich! Da wäre sie mir doch gleich flöten gegangen. Außerdem brauchten die Kinder eine Mutter, das darf man nicht vergessen. Solche Motive darf man nicht unterschätzen. Mein Motiv damals war, alles in der Waage zu halten. Jawohl, das möchte ich auch sagen. Da war stets

die Waagschale zu bedenken. Nun frage ich Sie – ist das eine Sünde oder ist das Liebe?

Im Verlauf dieser Rede hatte sich Herrn Gewandts Stimme vom nachsichtigen Flüstern zu ihrer vollen Kraft entfaltet. Er sprach nun mit einem tönenden Bariton uns allen zugewandt.

Wie ich das damals alles durchgehalten habe, wollen Sie wahrscheinlich wissen? (Wir wollten nichts wissen.) Die Antwort ist, durch Gleichgültigkeit. Da staunen Sie, was? (Wir staunten nicht.) Nur, indem ich mich mit einer Mauer von Gleichgültigkeit gegen meine Frau umgab, konnte ich es überhaupt mit ihr aushalten. Das war ja zu einer Frage des Überlebens für mich geworden. So möchte ich das hier mal ausdrücken, wenn es erlaubt ist. Aber ihre wahre Not, nämlich ihr Todeswunsch, der ist mir verborgen geblieben. So weit habe ich nicht sehen können.

Ein Arzt hätte vielleicht helfen können, sagte Daisy.

Herr Gewandt sah sie unverwandt an. Ärzte! Kommen Sie mir bloß nicht mit dem Ärztepack! Schlimm genug, wenn einem mal der Rücken wehtut oder nur der Bauch. Aber wenn es um den Kopf geht, um Geist und Seele, sind die Mediziner zu gar nichts zu gebrauchen. Dann arten ihre sogenannten Diagnosen ja in ein einziges großes Rätselraten aus. Eine hippokratische Quizshow. Was der Mensch in der Krankheit braucht, ist Fürsorge. Und Sie werden mir wohl zustimmen, dass Fürsorge beileibe keine Qualität der Ärzte ist. Ich habe damals meine Frau vor den Ärzten beschützt und ihr damit sicher eine Menge Leid erspart, aber ich weiß sehr wohl, dass es der Welt wie Hartherzigkeit erscheinen musste (er sagte »Welt«, ohne mit der Wimper zu zucken).

Hier kam der behandelnde Arzt, Doktor Koch, dem wohl jemand die Ankunft aus Frankfurt gemeldet hatte, schnell und scharf ins Zimmer, streckte seine Hand aus und stellte sich Herrn Gewandt mit einem giftigen Seitenblick in unsere Richtung vor. Man möge doch bitte, sagte Koch, in sein Sprechzimmer gehen, um dort unter vier Augen zu reden. Herr Gewandt stand auf und machte uns ein Zeichen mitzukommen. Doktor Koch aber schüttelte den Kopf. Das Gesetz schreibt vor, sagte er, dass ich ..., dass also ich ... Sie wissen schon ..., nur mit den engsten Familienmitgliedern sprechen darf. Ich muss Sie daher ..., also ich muss Sie bitten, hier zu warten, bis ich mit Herrn Gewandt über ..., Sie wissen schon ..., über die Patientin ...

Was das Gesetz angeht, erwiderte Herr Gewandt, das ist mir ziemlich piepe. Die Freunde meiner Tochter kommen mit. Als Unterstützung sozusagen, nötige Unterstützung im Moment der ...

Ich glaube nicht, dass Sie Unterstützung brauchen, schaltete sich Koch ein, ich bin ja Ihre Unterstützung.

Das wird sich zeigen, sagte Herr Gewandt.

Der Doktor war sichtlich irritiert von dieser Attacke auf seine Autorität, versuchte noch, den ein oder anderen fadenscheinigen Einwand vorzubringen, jedoch ohne wahre Überzeugung, sah schließlich ein, dass er hier nichts ausrichtete, und führte uns mit unentschlossenen Schritten (dies ist ganz gegen die ..., Sie wissen schon ..., wir verstoßen hier gegen die ...) in sein Sprechzimmer – Furnierholzschreibtisch, amtlich blaue Gardinen, ein lieblos gefülltes Bücherregal, ein Gummibaum, eine Couch –, wo er uns bat, wie Schüler vor seinem Schreibtisch Platz zu nehmen.

Ich muss gleich zu Anfang sagen, fing Doktor Koch wieder an, sobald er sich uns gegenüber hinter den Schreibtisch gesetzt hatte, dass ich gegen die ..., also die Anwesenheit von ..., Sie wissen schon ..., von Nicht-Familienmit..., also ich protestiere ...

Herr Gewandt winkte ab – Thema gegessen, kommen Sie zur Sache.

Der Doktor lehnte sich vor wie ein rügender Lehrer. Bitte sehr, wie Sie ..., wenn Sie es also wünschen ... Sie werden verstehen, dass es sich hier nicht um einen ganz gewöhnlichen ..., natürlich sind genau genommen alle Fälle unge..., doch hier, familiäre Umstände, die Fixierung auf den Selbstmord der Mutter ..., das hat sich über Jahre hin ..., nun besonders in den letzten Monaten ... (hier ein Blick in unsere Richtung), eine Manifestierung des ..., also des Todeswillens ..., es handelt sich hier ..., bereits im fortgeschrittenen Stadium, Sie wissen schon ..., es liegt medizinisch ausgedrückt paranoide Schizophrenie vor ..., die enorme Intelligenz der Patientin ..., ich erwarte da eine Weigerung ..., also die Weigerung, sich behandeln zu lassen ..., aber zunächst setzen wir natürlich Medikamente ein ..., in dieser ersten Pha..., sobald die Patientin dann wieder bei sich ..., Sie verstehen schon ..., da muss Krankheitseinsicht herrschen ..., unerlässlich für jede Behandlung ..., ich aber rechne mit Verweigerung ..., was die Sache verzwickter ..., und nach der Entlassung ..., der Tag kommt schneller, als Sie denken, nach der Entlassung wird ständige Betreuung vonnöten sein, jedenfalls in den ersten ..., also in den ersten Monaten.

Hier sah er Herrn Gewandt an, der den faserigen Ausführungen des Arztes zu folgen versuchte, sich aber

bei den Worten »ständige Betreuung« nicht angesprochen fühlte. Stattdessen sagte er: Sie sehen also, warum die Freunde meiner Tochter hier sind und ihre ... (er blickte zu Alexandra hinüber) ihre ... Es ist doch ganz klar, warum ich sie nicht einfach entwurzeln und nach Frankfurt verfrachten kann. Hier ist sie zu Hause. Berliner Herz usw. Mal ganz abgesehen davon, dass ich ein Geschäft zu führen habe und ständig auf Reisen bin. Aber hier in Berlin sind Leute, Freunde, ich möchte mal sagen, sind Menschen, die sich ihrer annehmen wollen.

Überrascht und etwas entsetzt blickten wir nun alle erst Herrn Gewandt, dann Doktor Koch an. Moment mal! Hatten wir das richtig verstanden? Wurde uns hier eine familiäre Pflicht aufgebürdet? Was sollte das heißen, Freunde und Menschen? Was genau war hier mit »annehmen« gemeint? Besuche zur Besuchszeit, schön und gut, aber jetzt ging's hier gleich ums Annehmen? Das schien doch reichlich dick aufgetragen. Bisher hatte Ninas Krankheit (wir nahmen jetzt das erste Mal dieses Wort in den Mund) nichts mit uns zu tun gehabt. Wir waren lediglich Zuschauer einer Exzentrizität gewesen, hatten uns am Rand der Ereignisse bewegt, mit Sorge zwar, jedoch ohne Verantwortung und ganz sicher ohne Tatendrang. Nun aber sollten wir hier, mit Berufung auf unsere Freundschaft und irgendeine generelle Menschlichkeit, in die Pflicht genommen werden, sollten Pflege tun, die Heilung fördern, eine Aufgabe, von der wir geglaubt hatten, sie fiele anderen zu. Ich dachte mit Schrecken an die neue Nina, die Hilflose, die am Ende des Korridors für krank erklärt sabbernd im Bett

lag. Hier in Kochs Sprechzimmer wurde von der »Patientin« geredet, von der »Kranken«, und plötzlich überkam mich die Angst, dass Nina für immer diese Person bleiben, dass sie nie wieder in unseren kleinen Kreis zurückkehren, dass wir an dieser Freundschaft und Liebe scheitern würden. Und hier in Kochs Sprechzimmer wurde mir klar, dass Nina keine Freundin auf Zeit war, keine Freundin für die bloße Dauer meines Studiums, keine Berliner Durchgangsfreundin, aus der man hinterher im Kreise anderer, neuer Freunde eine exotische Anekdote macht, sondern dass ich, dass wir alle Nina nicht mehr würden vergessen können, nicht mehr würden vergessen wollen, dass wir uns auf immer an die Erinnerung gekettet hatten, dass wir, ohne unser Wissen, Freunde auf Lebenszeit geworden waren, vielleicht unwillige Freunde, aber nichtsdestotrotz Freunde, und daher nicht anders konnten, als Hilfe zu leisten, aus Angst und Liebe, und dass wir aus diesem Zwang heraus bereitstehen würden, wenn Nina die Anstalt verließe, ein Tag, auf den er, so Doktor Koch, unermüdlich hinarbeiten würde, sobald er die Patientin aus ihrem oktroyierten Schlaf weckte.

Ninas Behandlung verlief genau so, wie Doktor Koch es vorhergesagt hatte. Zunächst blieb sie durch Pillen »ruhiggestellt« – diesen Fachausdruck benutzte der Doktor. Während dieser Ruhigstellung blieb Nina ans Bett gefesselt, benebelt, kindlich und unfähig, ohne fremde Hilfe aufzustehen. Mir kam das alles monströs vor, und keinen Augenblick glaubte ich daran, dass die schrecklichen Pillen unserer Freundin halfen. Vater und Sohn Gewandt

wussten nicht, was sie anfangen sollten mit der Figur im Bett. Fünf Tage lang saßen sie auf den orangenen Kindergartenstühlen, spielten Karten, lasen Zeitung, unfähig, auf Ninas zeitlupenartige Blicke oder ihre ab und zu hervorschwappenden Reden zu antworten. Am sechsten Tag blieben sie weg, am siebten erhielt Alexandra einen Anruf vom Vater, der »wegen dringender Geschäfte« nach Hongkong hatte abreisen müssen. Er wisse wohl, so Herr Gewandt, wie schwer die Verantwortung sei, die er ihr, »der Mitbewohnerin«, und uns, »den besten Freunden«, aufbürde, indem er Nina in einem derart »desolaten Zustand« zurückließe, aber »um ganz ehrlich zu sein, ganz unter uns, ich weiß ja auch, dass ich ihr jetzt nicht helfen kann. Da ist sie bei Ihnen viel besser aufgehoben.«

Solange Nina die Beruhigungsmittel einnahm, war sie auch ganz den Schwestern Tara und Elsbeth ausgeliefert, die sie zum Klo schleppten, ihr püriertes Essen einlöffelten und sie ruppig mit einem in graues Wasser getunkten Lappen wuschen. Oft aber ließen sie ihre Patientin auch einfach stundenlang liegen, saßen im Schwesternzimmer, tranken Kaffee, rauchten und gähnten laut, weil »der Scheißjob so anstrengend« war. Wir versuchten daher, die pflegerischen Schlampereien so gut es ging auszubügeln, schmuggelten von zu Hause Essen ins Zimmer – Tupperware mit Karottensuppe, Grießbrei, Makkaroni –, fütterten Nina heimlich, wuschen sie mit einem sauberen Lappen, oder schleppten sie aufs Klo.

Doktor Koch sah einmal am Tag kurz herein, kam aber nur selten durch die Tür und bis ans Bett, um seinen Pflegling von oben herab in Augenschein zu nehmen.

Den geflüsterten Gesprächen zwischen Tara und Elsbeth entnahmen wir aber, dass er unzufrieden war mit der Wirkung der Haloperidol-Tabletten. Sobald wir uns jedoch einmischten in dieses Flüstern, Fragen stellten über Ninas Befinden, verstummten die Schwestern, sagten, das Medizinische, das sollten wir lieber den Medizinern überlassen, blickten uns hart an, machten auf dem Absatz kehrt und gingen zurück zu Zigaretten und Kaffee.

Mir kam es vor, als seien wir diesen Leuten ausgeliefert *(das Wild, das ich jage ...)*, schlimmer noch, als hätten wir ihnen Nina ausgeliefert, und ich fragte mich, wie sie an diesem Ort jemals wieder gesund werden sollte, an diesem Zerstörungsort, wo es kein Wiedererkennen gab.

Nach sechs Wochen wurden Ninas Pillen abgesetzt und Doktor Koch begann mit seiner psychiatrischen Gesprächsbehandlung. Ohne Tabletten war Nina binnen weniger Tage wieder bei sich, die Apathie fiel ab von ihr, die betäubten Synapsen erwachten zu neuem Leben, vertrieben waren die lethargischen Geister, die ihr Augen, Hirn und Stimme lahmgelegt hatten. Er wolle in diesem Fall, sagte der Doktor, zunächst kein neues Medikament verschreiben, da bei der Patientin Gewandt die apathischen Nebenwirkungen (er meinte das Sabbern, die lahmen Blicke) zu ausgeprägt seien. Und als hätten wir hier etwas mitzureden: Sicher sind Sie einverstanden, wenn wir es erst mal ganz ohne versuchen.

Täglich hatte Nina sich jetzt von elf bis eins beim Doktor einzufinden, um tablettenfrei durch den Morast ihrer Vergangenheit zu waten. Sie kooperierte gern, wenn auch mit falscher Authentizität. Lachend erzählte sie uns wäh-

rend der Besucherstunden, wie sie den Doktor mit erfundenen Details fehlleitete, die sie geschickt in den Strom der Wahrheit einfließen ließ. Sie erzählte, die Mutter habe sie geprügelt, tagsüber im Auto eingesperrt, um in Frankfurt einkaufen zu gehen, Touren, von denen sie mit viel zu kleinen Kleidern für Nina zurückkam, »in die sie mich dann hineinzwang und mich wieder schlug, wenn ich nicht wollte«. Aus ihrem Bruder machte sie einen Schikaneur, der seine Schwester der wahnsinnigen Mutter auslieferte. Aus ihrem Vater einen kalten, geldgierigen Egozentriker. Es war einfacher, über diese grelle Menagerie zu sprechen, als über die wahren oder als wahr erinnerten Ereignisse, in denen weder Schuld noch Liebe, weder Bedauern noch Erleichterung, weder Hass noch Glück noch Tod noch Vergessen jemals in einem eindeutigen Licht standen, sondern sich stattdessen in unzähligen unbegreiflichen Schattierungen verbargen.

Manchmal aber ging Nina zu weit und verhedderte sich im Netz ihrer eigenen Erfindungen. Dann musste sie schnell den Rückzug antreten, Übertreibungen ins Reale zurückbiegen, Ungereimtheiten ausbügeln, grelle Gefühle abdämpfen. Trotzdem aber ließ sie es in den Sitzungen mit Koch so gut wie nie einfach bei der Wahrheit bewenden. Natürlich fiel der Doktor auf diese Dramolette nicht herein. Nach der Besuchszeit zitierte er uns ins Therapiezimmer, um herauszubekommen, was genau wir wussten über Ninas Spielereien. Wir taten blöd. Der Doktor lehnte sich, in allen Verdächtigungen bestätigt, hinter seinem autoritären Schreibtisch zurück. Ich hatte mir so etwas ohnehin ..., Sie sind ja Freunde, Freundschaft usw. Aber was wir in solch schwierigen Fällen unter keinen Umstän-

den … Vielleicht können Sie sich jetzt schon denken, was ich … Wir befinden uns ja nun sozusagen tatsächlich und nicht nur sprichwörtlich in der post-medikamentösen Pha… und hier zeigt sich das Habhafte, das Wahre … zeigt sich in allem … im Unwahrscheinlichen, in der Lüge, gerade da gibt der Patient so manches preis … die Lüge ist somit … ja sogar wünschenswert …, aber Sie und ich, wir müssen die Lüge gemeinsam … Sie wissen schon … ich will es mal so sagen, ein bisschen großspurig … wir müssen uns besinnen, Sie und ich … auf den Vatervertrag, den Handschlag … Pflegeeinwilligung usw. … moralische Verantwort … nicht auf die leichte … aber wir wollen es nicht zu… nur erinnern sollten Sie sich an das, was der Vater … Sie wissen schon …

Nina trieb ihre Spielchen noch ein bisschen weiter, gab mit ihren neuesten Erfindungen uns gegenüber an, erweiterte die Schar der bösen Familienmitglieder auf Tanten, Cousinen und Neffen in Hongkong. Jeden Tag aber verstrickte sie sich tiefer in die Lügengeschichten dieses Ensembles, sodass sie immer öfter den Faden und schließlich die Lust am Fantasieren verlor. Mit Koch kooperieren und ihre Seele bloßlegen wollte sie deswegen aber noch lange nicht. Stattdessen verlegte sie sich auf eine neue Methode, behauptete, die von Koch angewendete Freud'sche Analyse sei für sie die falsche Kur (er war kein Freudianer), sagte, sie brauche einen Jungianer (keine Erklärung, warum), »oder wenigstens einen, der von Lacan eine Ahnung hat« (wusste nichts von Lacan). Doktor Koch ging dieses Dünnbrettbohren zunehmend auf die Nerven, und in der sechsten Behandlungswoche fasste er den Entschluss, Nina loszuwerden, einen Ent-

schluss, den er uns dergestalt unterjubelte, dass es nun an der Zeit sei, Nina zurück in die Welt zu entlassen, »ins echte Leben, wo sie sich wieder ins soziale Gefüge ...« usw. usw. Er habe, so Koch, eine Kollegin am Südwestkorso gefunden, die bereit sei, Nina als Patientin aufzunehmen. Doktor Indira Feltschuh sei zwar keine Jungianerin (Koch zog herablassend eine Augenbraue in die Höhe), doch behandle sie nach ihrer eigenen, frei über die Jahre erschaffenen Methode. Außerdem ließe die Feltschuh sich nie und von niemandem einen Bären aufbinden »und das, da werden Sie sicher vorbehaltlos zustimmen, ist schon eine ganz wichtige Voraussetzung für die Behan... also die Behandlung unseres Sorgenkindes, wenn Sie wissen, was ich ...« Der Plan hing jedoch von einem entscheidenden Umstand ab: Nina würde wieder nach Hause in die Winterfeldtstraße zurückkehren und ständige Betreuung, ja Überwachung benötigen – unsere Überwachung.

Doktor Koch präsentierte uns die Angelegenheit eines Nachmittags in seinem Büro. Indira Feltschuh hatte Nina bereits eingeplant, Herr Gewandt hatte aus Hongkong dem Transfer zugestimmt, alles war arrangiert. Nur Nina musste noch ins Bild gesetzt werden. Sie lachte triumphierend, als Koch ihr seine Entscheidung mitteilte. Ich hab's Ihnen ja von Anfang an gesagt. Das wird hier nichts mit uns beiden. Nicht mit Ihrer ... und nicht mit meiner ... Na, Sie wissen schon. Wann komme ich raus? Koch machte eine beschwichtigende Geste. Es gäbe noch ein paar Formulare auszufüllen, Formalitäten, die übliche Bürokratie eben. Nun war Nina wieder wach. Nun hatte sie das Leben wieder in der Hand. Und wir? Wir hatten Angst.

Der chinesische Arzt hat bunte Pillen verschrieben, doch die Mönche trauen dem Feindesgift nicht und die Tabletten landen auf der Stelle im Abfall. Stattdessen versorgen sie mich mit speziellen Tees und Kräuterumschlägen für das beschädigte Ohr, das trotz der langsam abklingenden Schwellung noch ziemlich taub ist. Zehn Tage liege ich schon hier. Mein Blickfeld: ein schmutziges Kopfkissen, eine zerkratzte rote Wand, ein Fenster mit tiefblauem Ausblick. Ich höre die Mönche murmeln und sage, sie sollten mir das Gesagte auf Chinesisch übersetzen. Sie erklären etwas von Unruhen in Peking, von Demonstrationen, aber die Worte tanzen vor meinem guten Ohr und ergeben keinen Zusammenhang. Dann nähern sich die Lippen des alten Mönchs meinem Ohr, und mit seinem schnellen, heißen Atem spricht er hinein. Ich kann immerhin verstehen, dass wir uns unter Beobachtung befinden, dass die Augen des Gesetzes auf uns ruhen, auf den Mönchen, die von vornherein schon verdächtig sind und den Kern des Aufruhrs in sich tragen, sowie auf mir, dem westlichen Element, das mit seinen demokratischen Sympathien zu einer Zeit wie dieser nur unerwünschte Unruhe stiften kann.

Nach vier weiteren Tagen im Bett geht es mir besser, ich kann aufstehen und ein bisschen herumlaufen. Ich sitze zwischen den Mönchen im Hof, die hier am Boden hockend leise, aber aufgeregt miteinander flüstern, die alle unter Strom stehen und von denen zwei ganz junge, vielleicht zehnjährige Novizen mich unterhaken wie einen alten Mann, als ich aufstehe, um mich zurück in meine Zelle zu führen. Sie bleiben auf dem Boden vor dem Bett sitzen und beobachten mich. Ihre wachen Ge-

sichter mit den tiefliegenden, schattigen Augen haben etwas Wohltuendes. Klebrige Jungenhände berühren meinen Arm, um zu prüfen, ob die Sommersprossen echt sind oder sich abwischen lassen. Sobald sie mich berühren, sprudeln die Worte aus ihnen heraus, hin und her geht es, sie können sich nicht einig werden über irgendetwas, das mit meiner Haut zu tun hat. Dann artet der Wortwechsel in einen Streit aus, dann in eine kleine Schlägerei, dann ist alles ganz schnell wieder vorbei, und bevor ich überhaupt begreife, was da los war, sitzen sie wieder wie die allerbesten Freunde auf dem Boden vor meinem Bett und fahren fort mit ihrer Beobachtung des roten Teufels, bis Arthur kommt und sie wegscheucht. Er bittet mich, mitzukommen zum Abt. Der Abt ist ein rundlicher Mann um die 50, der selbst in einer kleinen Zelle wie der meinen lebt. Er spricht langsam und deutlich, ein schönes Mandarin, erkundigt sich nach meinem Befinden und danach, ob die Mönche mich gut versorgen. Er nimmt meine Hand, dreht die Handfläche nach oben, als wolle er sie lesen, streicht kreisend darüber, mit Zuneigung und Güte, und murmelt etwas Unverständliches, jetzt ohne die vorherige Deutlichkeit, während sein Blick durch meine Augen geht. Ich bin allein mit ihm in der Zelle, er hat alle Mönche weggeschickt, und ich kann niemanden fragen, nicht Arthur, nicht den alten Mönch, was der Abt sagt, aber ich denke, er sagt, du bist wieder gesund, ich denke, er sagt, es ist Zeit aufzubrechen, du musst weg von hier, so schnell wie möglich, sonst wirst du eine Gefahr für uns und das Kloster in diesen schwierigen Zeiten. Und während ich das denke, während ich sozusagen die Rede des Abtes denke, nickt er geistesabwesend,

vielleicht weil er meine Gedanken lesen kann, ich weiß es nicht, aber dieses Nicken ist wie eine Antwort auf meine Fragen, und ich nehme seine Hand in die meine und – ich weiß nicht, was über mich kommt – küsse sie, woraufhin der Abt lächeln muss, nicht über meinen Überschwang, sondern aus Freundschaft, ja er blickt mich klar und aufrichtig an, wie jemand, der mich schon lange kennt, und mit diesem Blick schickt er mich weg, durch die Halle zurück in meine Zelle, wo ich erst stundenlang auf dem Bett sitze, dann die Nacht in fürchterlicher Unruhe verbringe, bis ich schließlich früh um fünf am nächsten Morgen aufstehe, meinen Rucksack packe und ohne weitere Verabschiedung hinaus in die grüne Mondlandschaft trete, um an der staubigen Straße auf einen Bus, Lastwagen oder ein sonstiges Gefährt zu warten. Gegenüber versammeln sich nach und nach die Mönche neben dem Schild *Caution! Cattle crossing* und beobachten meinen stillen Abzug, ganz vorn Arthur, hinter ihm mein alter Pflegemönch, dahinter eine ganze Gruppe rostroter Jungs, doch ich kann sie nicht ansehen, keinem einzigen von ihnen kann ich in die Augen sehen, blicke stattdessen in die Richtung, aus der ich mir einen Lastwagen erhoffe, wo jetzt aber nur ein staubiger Horizont liegt. Und ich kann nicht anders, als auf diesen Horizont zu starren, nur so bringe ich es fertig, mich loszureißen und schließlich – wir müssen hier so an die zwei Stunden gestanden haben – erscheint zwischen Staub und Himmel ein klappriger Laster, der auf mein Winken hin anhält, dessen Fahrer nach hinten zur Pritsche winkt, und ich steige auf, setze mich auf einen Sack und beobachte, wie im Wegfahren das Kloster und die Mönche ohne zu winken, ohne ein letztes Lachen in

der riesigen Landschaft kleiner und kleiner werden und schließlich verschwinden.

Wir fahren Richtung Qinghai 青海省. Unterwegs steigen sieben Passagiere zu. Es sind Arbeitsmigranten, die mit ihren eingerollten Decken und Kleiderbündeln auf dem Weg zu Straßenarbeiten bei Xunhua 循化 sind. Sie sehen müde aus, reden wenig und bleiben unter sich. Selbst als wir anhalten, um Tee an einem der Straßenstände zu trinken, lassen sie sich in kein Gespräch verwickeln. Wenn wir Rast machen, werden sie in den Fraß- und Pinkelhütten, in denen wir einkehren, von den anderen Gästen gemieden. Meist kaufen sie nur schnell eine Schale Reis und mischen getrocknetes Gemüse hinein, das sie aus ihren Bündeln ziehen. Unser Fahrer hat ihnen verboten, abends Feuer zu machen und für sich selbst zu kochen. Nachts schlafen sie unter dem Lastwagen, während der Fahrer und ich Betten in den Schlafsälen der Herbergen mieten.

Unsere Reise dauert vier Tage. Meist geht es nicht schneller als vierzig. Der Fahrer ist schlechter Laune. Jeden Tag schraubt er den Preis für uns höher. Ich protestiere vergeblich gegen solche Erpressungsversuche. Entweder wir blechen, oder er lässt uns am Straßenrand in der Einöde sitzen. Eine neue Fracht wartet mit Sicherheit an der nächsten staubigen Kreuzung. Hinten auf der Pritsche schimpfe ich auf den Fahrer. Die Arbeiter lächeln, sagen aber weiterhin nichts. Wir fahren durch grünes Himmelgestein, auf dem von allen Seiten her tausend graue Moosflecken leuchten. Das Licht färbt alles glasklar, schneidet die Felsen aus dem Himmel. Über die letzten Ausläufer des Himalaya fahren wir auf endlosen Straßen. Irgendwann, mitten in der Wildnis, steigen die Arbeiter

ab. Sie werfen dem Fahrer vorn ein paar Scheine durchs Fenster, viel weniger, als er verlangt hat. Wütend schimpft er hinter ihnen her, aber sie lachen nur, verschwinden hinter der nächsten Wegbiegung, ohne sich noch einmal umzudrehen. Ich bleibe hinten auf der Pritsche sitzen, weiß nicht, wohin es jetzt geht, oder wohin ich will. Wir fahren achtzehn Stunden bis nach Darlag 達日縣. Hundertmal blicke ich auf die Karte. Dann entscheide ich, dass ich zur Quelle des Gelben Flusses muss, der nahe dem Gyaring-See 扎陵湖 entspringt. Mein Lastwagen aber fährt weiter Richtung Osten nach Lanzhou 蘭州市. Ich bleibe in Darlag und warte auf den nächsten Laster.

Zwei Entlassungen:

Mitte August wurde Monika Schneeweiß aus dem Gefängnis Rummelsburg entlassen, zurück in die Freiheit der DDR. Ein schrecklicher Augenblick war das. Hier begann wie bei Franz Biberkopf die Strafe. Den aber hatte man wenigstens aus dem Tegeler Gefängnis in den Westen entlassen. Monika Schneeweiß dagegen hatten sie richtig reingelegt, mit einer Generalamnestie, einem sogenannten Gnadenerlass von Honecker. Gnade nannten die das! Betrügerei, fand Monika Schneeweiß. Ein dreiviertel Jahr lang hatte sie Rummelsburg ertragen, dreihundert Tage in der Hoffnung, dass bald ein neues Leben beginnen würde. Und nun begann gar nix. Dies war die schlimmste Strafe. Kein Grenzübergang, sondern S-Bahnhof Rummelsburg, keine Nina, sondern Hildi Wurm, keine Winterfeldtstraße, sondern Lichtenberg. Die Wärterin wartete auf sie am Bahnhof, nahm sie gleich in die Arme, nahm

sie mit nach Hause in die kleine Lichtenberger Wohnung, nahm sie sich in dieser Nacht so richtig zur Brust. Monika wollte vor Unglück kotzen. Eine subkutane Kälte, eine seelische Lähmung überkamen sie bei dem Grapschen unter der Bettdecke. Das sollte nun ihr Leben sein? Dieser Stillstand? Diese Mumifizierung im Hoffnungslosen?

So etwas war nicht auszuhalten, und um es erträglicher zu machen, flüchtete Monika ins Einkaufen, machte sich über Hildis Wohnung her. Da musste Geschmack rein. Irgendwo trieb sie sechs in Vietnam gefertigte, azurblaue Seidenkissen auf. Dann: ein Kaffeegeschirr in Jadegrün, ein kupferfarben gerahmter Spiegel, ein aquamariner Läufer, ein seidener Morgenmantel. Aber die Kauflust lief in den Ostgeschäften schnell ins Leere, und Monika wusste, dass sie keine Wahl mehr hatte. Entweder zugrunde gehen oder raus aus der Scheiße – aus dem Leben mit Hildi Wurm, aus der Drachenstraße, aus dem Osten. Jetzt musst du ja zum Glück nicht mehr rübermachen, sagte die Wärterin abends beim Bier vor dem Fernseher, jetzt, wo wir es hier zusammen so schön haben. Monika nickte mit steifem Nacken. Arme, selbstsüchtige Hildi! Sie begriff ja nichts. Und in ihrem angeblichen Glück entging ihr auch, dass Monika einen Monat nach ihrer Entlassung einen neuen Ausreiseantrag stellte. Mit sturer Überzeugung, dass ihr die Flucht diesmal gelingen würde. Hier ging es jetzt ums Überleben. Das war alles, was ihr blieb. Und wenn manchmal ein hässlicher Realismus Löcher in die Hoffnung riss, ihr vielleicht nachts, wenn sie still neben der Wärterin im Bett lag und an die gerippte Decke starrte, die Zukunft madig machte, wenn ihr das Herz sank und sie plötzlich glaubte, dies sei doch

alles nur ein dummer Mädchentraum, dann stellte sich Monika Schneeweiß mit all der ihr zur Verfügung stehenden Fantasie und Willenskraft die erleuchtete Wohnung in der Winterfeldtstraße vor, Ninas Gesicht im Schein der Lampen, ihre Überraschung, wenn Monika dort ins Zimmer träte, die erste Umarmung, den ersten neuen Kuss.

Jeden Morgen, nachdem Hildi das Haus verlassen hatte, machte Monika sich auf den Weg zur Lichtenberger Abteilung des Inneren Rates. Dort war sie schon bald bekannt wie ein bunter Hund, vor allem wegen der Sturheit, mit der sie ihr rechtswidriges Ausreiseanliegen verfolgte, und eines Tages, acht Wochen nach ihrer Entlassung, schaffte sie, was bis dahin keinem noch so beharrlichen Antragsteller gelungen war: Sie drang vor ins Büro des Doktor Schwert, führender Offizier und verantwortlich für die inoffizielle Bearbeitung (und Ablehnung) der hier eingehenden Bettelanträge und damit Herr und Herrscher über die flüchtigen Seelen, ein Mann von allergrößter bürokratischer und schicksalhafter Wichtigkeit also, der sich normalerweise natürlich nicht mit Trivialitäten wie dem Antrag von Monika Schneeweiß abgab, der, das sah sie gleich, in seinem fast leeren Büro die Tage mit dem allerschönsten Nichtstun verbrachte, als warte er hier hinter einem unbeschriebenen Schreibtisch nur auf das Ende seiner Amtszeit. Jetzt aber beobachtete er mit ahnungsvoller Neugierde Monika Schneeweiß, wie sie ins Zimmer stürmte, und pfiff seine Sekretärin zurück, die dieser unerhörten Person erbost gefolgt war. Stattdessen wies er der Regelbrecherin den Stuhl auf der anderen Seite seines Schreibtischs, dort, wo bisher noch nie ein Volksgenosse gesessen hatte. Er ließ sie reden, sie sollte

sich leerreden, denn längst kannte Schwert alle Varianten der immer gleichen Fluchtgeschichte, hörte darum auch erst gar nicht hin, wurde nach ein paar Minuten aber doch aufmerksam, denn hier saß ein Wesen von überdurchschnittlicher Durchsetzungskraft in seinem Büro, eine, die gern verhandelte, im Laden wie im Leben, die damit früher oder später den Ausbruch für sich erzwingen und derart den Einbruch seiner sozialistischen Heimat unabdingbar herbeiführen würde. Schwert kannte den Typ. Kam selten vor. Früher hätte er versucht, die Schneeweiß für seine Zwecke anzuwerben, jetzt dagegen kam ihm der Gedanke lächerlich und zwecklos vor. Und vielleicht war es aus dieser Resignation heraus, oder weil ihn seine anstehende Pension mutiger gemacht hatte und er bereit war, sich von Monika Schneeweiß (»meiner kleinen Unerschrockenen«) ideologisch verführen zu lassen, dass er sich nach diesem Besuch persönlich ihres Antrags annahm. Siebzehnmal trafen sie sich in den folgenden Monaten, um die Schneeweiße Ausreise in die Wege zu leiten. Zuerst in seinem Büro, dann bei Kaffee und Kuchen im Café Glosau, dann gemütlich bei Bier und Kohlrouladen im Trapez, wo Schwert, das hatte Monika schon lange erwartet, näher rückte und sie anleitete, wie sie sich zu verhalten habe: keine Briefe in den Westen mehr, unauffällig bleiben, unsichtbar werden. Der Doktor war voller guter Ratschläge.

Ebenfalls Mitte August wurde Nina aus der Spandauer Anstalt entlassen. Jetzt begann unser neues Leben. Alexandra hatte mit Daisy und mir die Wohnung in der Winterfeldtstraße hergerichtet. Keine Gefahrenquellen, hatte

Doktor Koch gesagt, Sie wissen schon ... Nur damit nicht etwas ... also damit nicht noch etwas Schlimmeres ...

Was für Gefahrenquellen meinte er? Kabel? Föhn? Offene Fenster? Wir wussten es nicht und räumten erst mal prophylaktisch alles Elektrische weg.

Nina hatte sich ausgebeten, allein mit dem Taxi von Spandau nach Schöneberg zu fahren – eine gute Prüfung ihres Heilungswillens, glaubte Doktor Koch. Uns aber, die wir in der Winterfeldtstraße für ihre Ankunft versammelt waren, kroch eine schleichende Panik über die Zunge. Wir stellten uns vor, wie Nina ein scheinbar unschuldiges Gespräch mit dem Taxifahrer anknüpfen würde, wie die beiden im Verlauf dieser Plauderei auf das Leben im Allgemeinen zu sprechen kämen und nach ein paar weitschweifigen Betrachtungen den Schluss ziehen würden, dass es doch nur ein großer Haufen Scheiße sei, dieses Leben, ganz egal, von welcher Seite man es betrachte, und dass es daher, und weil wir ja sowieso alle bis zum Hals in der Scheiße steckten, kein Wunder sei, wenn ab und zu mal einer ausraste und den totalen Koller kriege. In schillernden Farben malten wir uns weiter aus, wie der Fahrer sich über Ninas Behandlung in der Spandauer Institution empören würde – er weiß ja ein Lied von den Ärzten zu singen, die haben ihm das linke Knie versaut –, und so empören die beiden sich gemeinsam noch eine Weile über das »Ärztepack«, kommen sich im Ärger immer näher, und dann will der Fahrer am Ernst-Reuter-Platz Richtung Schöneberg abbiegen, aber Nina sagt, nein, nicht zur Winterfeldtstraße, sondern in den Tiergarten, und ohne mit der Wimper zu zucken, nimmt er die nächste Ausfahrt, setzt sie an der Straße des 17. Juni ab, sieht ihr noch nach,

wie sie auf dem freien Rasen steht, die durch den Park wehende Stadtluft einatmet und sich dann nach rechts in die Büsche schlägt, um auf Nimmerwiedersehen aus unserer Welt von Sinn und Verstand zu verschwinden.

Natürlich geschah nichts dergleichen. Nina traf mit einem soliden Fahrer am Steuer pünktlich in der Winterfeldtstraße ein. Die Fantasie war einfach mit uns durchgegangen. Aber wir konnten uns nicht helfen. Wir sahen Nina jetzt mit anderen Augen. Nicht mehr wie eine Freundin, sondern wie jemanden, der bewacht werden musste.

Unsere Panik war jedoch nicht nur Erfindung. Am Vortag hatten wir die neu bestellte Psychiaterin Indira Feltschuh am Südwestkorso besucht, um in die Grundregeln der psychiatrischen Hauspflege eingewiesen zu werden. Die Feltschuh hatte uns von der ersten Minute an eingebläut, dass unsere Freundschaft nun nicht mehr zähle, ja, dass sie im Gegenteil einer vernünftigen Pflege im Weg stehe, dass wir Nina ganz prosaisch und distanziert betrachten müssten, wenn wir das Beste für sie wollten. Die Kranke und nicht die Freundin sollte jetzt zuerst kommen. Damit geht auch eine solide Realitätserfahrung einher, sagte die Feltschuh, und es ist Ihre Aufgabe, eine solche Realität herzustellen. Jedes Abdriften, so will ich es hier einmal laienhaft nennen, ist unter allen Umständen zu vermeiden. Das heißt, unser Schützling darf nicht allein gelassen werden und bedarf einer strikten Routine, bis wir sicher sein können, dass sie die Grenzen zwischen Wirklichkeit und Wahn wieder zu beachten bereit ist, will sagen, bis wir wissen, dass die größte Gefahr vorüber ist.

Dieser Regel versuchten wir vom ersten Tag an, so gut es ging, zu folgen. Wir wohnten im Turnus bei Nina, kauf-

ten ein, führten den Haushalt, führten sie aus, begleiteten sie zu ihren Sitzungen bei Indira Feltschuh, schliefen auf einem vom Vater neu spendierten Sofa im Wohnzimmer, wachten mit ihr frühmorgens auf, gingen schwimmen, redeten, kochten, aßen, wuschen ab. Alexandra stand dem ganzen Unternehmen vor, hatte sogar einen Stundenplan geschrieben, damit jeder genau wusste, wer was wann zu tun hatte. Doch unser bester Wille und Alexandras organisatorisches Talent reichten nicht, um Nina rund um die Uhr zu bewachen. Wir brauchten Verstärkung. Und so wählten wir zwei Nummern, um Freundeshilfe anzufordern – zuerst Tina Tina, dann Yukio.

Tina Tina in heller Tonart:

- Schade, wie das gelaufen ist.

- Aber toll, dass ihr die prekäre Situation so durchhaltet.

- Kommt für mich nur furchtbar ungelegen.

- Gerade jetzt, wo ich an einer neuen Ausstellung arbeite.

- Ansonsten hätte ich natürlich ...

- Na, ihr wisst schon.

Und Yukio dunkler, kühler:

- Für so etwas sind Freunde nicht da.

- Das übersteigt eure Kräfte.

- Für so etwas gibt's Profis.

- Kannst du mir glauben.

Nina bekam von diesen Ablehnungen nichts mit. Mit oder ohne Tabletten, sie hatte sich verändert, war voller geworden, stiller, und etwas Scheues lag nun in der Art und Weise, wie sie sich bewegte. Die tanzenden Hände waren verschwunden, ihr Blick rasch und flüchtig. Im Schwimm-

bad drehte sie sich abrupt weg, wenn, was häufig vorkam, einer der jungen Schwimmer sie am Beckenrand ansprach. Überhaupt wollte sie seit ihrer Entlassung nichts mehr mit Fremden zu tun haben. Ausgerechnet Nina, die früher in jeder Bar mit jedem Fremden über alles geredet hatte. Jetzt: Wir können niemandem trauen, die merken sich alles, was wir sagen, um es später gegen mich zu verwenden. Wann später? Wenn alles losgeht. Ich wollte lachen, begriff nicht. Meinte sie das tatsächlich ernst? Diese Form von Wirklichkeit? Glaubte sie daran? Nina aber sah mich kühl an, und ihr Blick hatte trotz der wirren Worte nichts Verrücktes.

Sobald wir also das Haus verließen, wollte Nina, dass wir uns fernhielten von allen Fremden, was natürlich in Berlin unmöglich war. Im Bus saßen wir abseits der anderen Fahrgäste, fuhren überhaupt nur zu Zeiten, wenn nicht viel los war, betraten auch den Supermarkt, die Drogerie, das Kaufhaus des Westens - hier suchte sie nach Murasaki von Shiseido - nur zu stilleren Stunden, vielleicht an einem Mittwochnachmittag um halb drei, oder am Montagmorgen um elf. Wir arrangierten unser Stadtleben so, dass nur geringer Kontakt mit der Außenwelt entstand. Daisy hatte sogar die Berliner Verkehrsgesellschaft angerufen, um sich nach den ruhigeren Fahrzeiten zu erkundigen. Zunächst hatte die pampige Telefonistin ihre Frage mit einem »wat soll denn det fürn Witz seen?« abfertigen wollen, doch bewies Daisy eine erstaunlich charmante Hartnäckigkeit und brachte die Dame mit Erklärungen über den von uns betreuten Pflegefall sowie mit einem vertrauensheischenden »Sie wissen ja, wie das ist«, zum Reden.

So schufen wir in den ersten Wochen schnell eine Routine, die Ninas Pflege möglich machte, die uns aber auch einlullte, blind machte gegen die Gefahren dieses Zusammenlebens. Und viel zu schnell dachten wir nicht mehr daran, wie prekär die Situation in der Winterfeldtstraße wirklich war, wie wenig wir Nina und ihren Zustand eigentlich verstanden und wie sehr dieser sich, ohne die kontrollierenden Pillen, von einem Augenblick zum nächsten verschlechtern konnte. Wir dachten nur ans Praktische: wann wir sie zu Indira Feltschuh bringen mussten, wer mit dem täglichen Einkauf dran war, wer wann schwimmen ging oder was es zum Abendessen geben sollte. Wir redeten uns ein, dass die Einhaltung dieser Regeln ausreichte, um Ninas Genesung herbeizuführen, ja, dass sie allein mithilfe eines strikten Zeitplans zurückkehren würde in die sogenannte Normalität. Was im Spandauer Forst passiert war, schien bald weit hinter uns zu liegen, die Zeit in der Klinik war ein in uns begrabener Gedanke. Jetzt ging es vorwärts. Wir kamen doch erstaunlich gut zurecht. Wenn dies die Krankheit war, dann konnten wir gut damit fertigwerden. Die heikle Balance zwischen Realität und Abgrund zu halten, schien uns ganz leicht, die von Indira Feltschuh heraufbeschworene, angeblich überall lauernde Gefahr lachhaft, die uns vom Vater aufgebürdete Überwachung ein Kinderspiel. Wir begannen uns sicher zu fühlen, ließen die ursprüngliche Sorge fahren, waren nicht mehr auf der Hut, lächelten über unsere anfängliche Panik, ja, wir gefielen uns insgeheim in der Rolle der bestellten Schutzengel, empfanden sogar eine heimlich triumphierende Befriedigung darüber, dass Ninas kompromisslose und für uns immer unerreichbare Lebens-

weise sich schließlich doch als unlebbar entpuppt hatte und dass nun wir, die Normalen, die Feigen, die Langweiler, recht behalten und das Steuer übernommen hatten.

Jeden Dienstag, Donnerstag und Freitag begleitete ich Nina zu Indira Feltschuh. Sie schien diese Besuche bei der Psychiaterin gern abzustatten und bestand immer darauf, dass wir uns viel zu früh auf den Weg machten. Wir saßen daher gewöhnlich bereits eine halbe Stunde vor dem angesetzten Therapietermin im Wartezimmer und konnten so Ninas Vorgänger inspizieren, wenn sie noch vom emotionalen Aufruhr der Therapiestunde bewegt das Behandlungszimmer verließen. Am Dienstag war es ein etwa sechzehnjähriges Mädchen, dessen Wangen von Woche zu Woche hohler wurden, am Donnerstag ein älterer Herr, der andauernd schluckte, am Freitag niemand. Dann kam Indira Feltschuh allein aus dem Behandlungszimmer, nickte mir zu und bat Nina mit einer knappen, aber freundlichen Geste zu sich herein. Ich blieb für die Stunde der Sitzung allein im Wartezimmer zurück, das wie die restliche, von meinem Stuhl aus einsehbare Wohnung mit chinesischen Kalligrafien behängt war. Auf dem Boden lagen farbige Läufer, was den Räumen, besonders aber dem schmalen Wartezimmer, das eigentlich nur ein Durchgang war, eine angenehm warme Stimmung gab. Neben einer chinesischen Darstellung von Mondbrücken und Karpfen hing im Flur das einzige moderne Werk, ein kleineres Bild von Tina Tina, das drei rostrot leuchtende Füße darstellte, oder etwas, das an Füße erinnerte. Durch ein schmales Fenster fiel an heiteren Tagen das Sonnenlicht mit langen, staubigen Strahlen in die Wohnung, oder

manchmal auch vom Behandlungsraum her, wenn Indira Feltschuh die Tür für Nina offen hielt und ich das große Fenster am anderen Ende jenes Raums sah, das ohne Vorhänge, und, wie mir schien, etwas indiskret auf den dahinter liegenden Korso hinausging.

Eines Donnerstags, als Nina nach ihrer Sitzung aus dem Sprechzimmer kam, folgte sie meinem Blick zu diesem Fenster hin und fragte auf der Fahrt nach Hause, was ich da gesehen hätte. Ich sagte, es käme mir vor, als sei ein so großes Fenster unangebracht für diesen Raum, in dem tagtäglich die Patienten ihr Allerinnerstes, ihr Geheimstes vor Indira Feltschuh ausbreiteten, ja, es käme mir vor, als sei das Fenster eine ungeheure Indiskretion. Sie selbst hasse dieses Fenster, sagte Nina, denn immer, wenn sie das Zimmer betrete, könne sie nicht anders, als an das Frankfurter Fenster zu denken, aus dem ihre Mutter sich gestürzt hatte, ein Gedanke, dem unausweichlich immer ein zweiter folge, nämlich dass auch sie, Nina, eines Tages so enden werde. Und ist es nicht ironisch, dass ich einen solchen Gedanken jedes Mal ausgerechnet dann habe, wenn ich das Zimmer betrete, in dem meine angebliche Besserung vonstattengehen soll? Du bist doch nicht wie deine Mutter, protestierte ich, dir geht's doch schon viel besser als vor drei Wochen, das sehe ich ganz genau. Ich sprach mit forcierter Überzeugung, glaubte aber selbst nicht an meine Worte. Vielmehr spürte ich seit ihrer Entlassung eine neue Angst an meiner Freundin, eine Angst, die sich jetzt auf Schritt und Tritt bemerkbar machte. Wo auch immer wir standen und gingen, drehte Nina sich nach allen Seiten misstrauisch um, spähte, spionierte, beäugte die Passagiere im Bus, die Kunden im Supermarkt,

die Passanten auf offener Straße, die Ansager im Fernsehen. Eine Frau verfolgte uns vom Nollendorfplatz bis zum Altar. Ein junger Mann an der Bushaltestelle machte sich Notizen über uns in ein rotes Heft. Die Kassiererin bei Kaisers drückte heimlich einen Knopf unter der Kasse. Ein Penner mit Hund gab kodierte Nachrichten über uns weiter. Sogar Ludwig im Altar lauschte, wenn er den Milchkaffee vor uns abstellte. Ein Netz voller Augen und Ohren zog sich um uns zusammen. Alles bekam eine Bedeutung, nichts war mehr Zufall, alles hatte einen mit Nina, mit uns verstrickten Sinn, alles war Lüge, überall lauerte Verrat, und jeder Schritt, den wir taten, jedes Wort, das wir sprachen, hallte irgendwo wider, wurde aufgezeichnet, analysiert und verwertet von Ninas fremden Feinden.

Siehst du denn nicht ...?
Hörst du denn nicht ...?
Merkst du denn nicht ...?
Ich sah nichts,
hörte nichts,
merkte nichts.

Ich wollte nicht mehr hier sein. Wollte diese Freundschaft nicht mehr. Saß in der Falle. Durfte nicht widersprechen, denn wenn ich widersprach, wurde Nina böse und laut, schrie, ich sei auch »einer von denen« und wolle darum nicht zugeben, dass ich, genau wie sie, das Flüstern höre. Oder sie hörte ganz auf zu reden. Schnitt mich ab, den Verfolger. Kapselte sich ein, ins Gespinst. Dieses Schweigen, in dem ihre ängstlichen Blicke, ihr ständiges Umdrehen und Äugeln noch wilder, noch verrückter wirkten, war für mich kaum zu ertragen. Jetzt war mir selbst der Kontakt mit den heimlichen Feinden verboten, egal,

ob ich an sie glaubte oder nicht, jetzt war ich ausgestoßen aus Ninas Krankheit, dem einzigen Raum, in dem ich sie noch antreffen konnte. In diesem Schweigen stand sie ganz allein, entglitt mir wie eine Ertrinkende in eine Welt, von der ich nichts, aber auch gar nichts wusste.

Nachts, wenn ich hellwach im Bett lag, hämmerten Ninas Stimme und ihr Schweigen in meinem Kopf, stießen alles andere beiseite, flüsterten von Spionen, Verfolgern, Mördern, bis ich nicht mehr auf den Grund meiner eigenen Gedanken kam, sondern stattdessen ihre Gespenster und Gespinste übernahm, weil ich nichts eigenes mehr hatte, weil Ninas Kraft größer war als jede Kraft, die ich jemals hätte aufbringen können, weil mein Verstand, der mir sagte, dies sei alles Wahnsinn, aufzuweichen begann, mein Verstand, der sich zu behaupten versuchte gegen Verfolgung und Verrat und der mir schließlich mit einer letzten dünnen Stimme sagte, ich müsse mit Indira Feltschuh sprechen.

Die Psychiaterin stimmte nur widerwillig einem Einzeltermin zu. Sie führte mich in ihr Behandlungszimmer, das ich bisher noch nie betreten hatte. Der Raum war grau und graublau eingerichtet (selbst zwei Kalligrafien an der Wand passten in diese Palette) und unterschied sich damit vom Rest der Wohnung. Indira hörte sich meinen Bericht über Nina an, diagnostizierte umgehend Verfolgungswahn und bestätigte, dass auch sie in den gemeinsamen Sitzungen schon Anzeichen einer derartigen Entwicklung entdeckt habe. Ein normales Krankheitsbild bei paranoider Schizophrenie – so klinisch unbeeindruckt drückte die Psychiaterin es aus. Ihre Freundin tut so, als komme sie nur aus Zeitvertreib zu den Sitzungen bei mir.

Sie hält das hier alles für Kasperltheater und meint, mich an der Nase herumführen zu können. Natürlich ist das Überwinden dieser Art von Abwehr für mich Routinesache, wenn es auch im Fall von Frau Gewandt ein wenig mehr Zeit kostet. Die Psychiaterin sah aus dem indiskreten Fenster nach draußen. Das Hinters-Licht-Führen passt selbstverständlich auch ins Krankheitsbild. Das Für-dumm-Verkaufen. Täglich sitzen hier Leute (sie deutete auf eine steingraue Sitzgruppe zur Rechten), die glauben, sie könnten mir einen Bären aufbinden. Dabei leuchte ich – wenn ich mal so sagen darf – ohne zu fackeln durch ihr Innenleben. Bisher habe ich noch jeden zum Reden gebracht.

Indira Feltschuh lehnte sich, die Fingerspitzen kontemplativ aneinandergelegt, in ihrem Sessel zurück. Sie fragen sich vielleicht, warum ich Ihnen das alles erzähle. Und wichtiger noch, und ganz recht, ob ich damit nicht gegen das Ärztegeheimnis verstoße. Schön gefragt. Meine Antwort: Ich balanciere auf dem Rand eines Kraters. Dieser ist bis zum Rand gefüllt mit den Geheimnissen meiner Patienten. Doch natürlich ist jedes Geheimnis Gift für die Heilung. Ein Geheimnis infiziert. Das sehe ich ja an Ihnen. Sie sind infiziert. Der Angriff der Krankheit ist so total, im Sinne vom totalen Krieg, dass oft nur eine Kapitulation das allerletzte Stück der alten Persönlichkeit retten kann. Und diese gesunde Scherbe, so will ich das mal nennen, versteckt der Patient so gut es geht vor dem kranken Teil seiner selbst. Es ist dann meine Aufgabe, das Versteck, die Scherbe, ausfindig zu machen und von der gesunden Keimzelle her die Heilung voranzutreiben. Sie sehen also, ich unterscheide in der Feltschuh-Methode

streng zwischen dem Kranken und dem Gesunden. Und dieses Wettrennen, wer die gesunde Zelle zuerst erreicht, gewinne meistens ich. Bei mir ist bisher niemand, wenn ich das so formulieren darf, *dem Leben verlorengegangen.* Ich gebe zu, Ihre Freundin ist kein leichter Fall, aber ich bin entschlossen, auch diesen zu knacken. *Wir* müssen diesen Fall knacken. Zusammen. Und da bleibt es nicht aus, dass wir zu Feinden werden. Meine ständige Forderung: klaren Kurs bewahren, laut und vernehmlich bleiben. Sie sind hier in die Verantwortung genommen, und dabei handelt es sich um eine Verantwortung, die eigentlich niemand übernehmen kann.

Ich sah Indira Feltschuh an und dann auf das große Fenster hinter ihr, und ich war hilflos. Wir waren Feinde? Befanden uns im Krieg gegen Nina? Eine Front gegen die andere, Patientin gegen Pfleger, Patientin mit schweren Geschützen, gegen die wir nichts aufzubieten hatten? Ich fühlte mich umzingelt, saß wie ein Wild in der Falle:

Hast du gesehen, wie der Nazi mit dem Hut uns in der U-Bahn angeglotzt hat?

Hörst du, was die Frau mit dem grünen Lidschatten über uns sagt?

Merkst du, wie der Typ mit der Zeitung mich anfasst?

Was sagt der Sprecher der Tagesschau über mich?

Was steht hier auf der Zahnpastatube über meine Mutter?

Klebrige Zweifel, die an mir hängen blieben. Immer und überall die Möglichkeit eines Körnchens Wahrheit:

Es konnte doch angehen …

Es war doch möglich …

Es wäre doch denkbar …

Wir alle spielten eine Rolle in Ninas Wirklichkeitszirkus. Täglich vierundzwanzig Stunden lang. Wir waren erschöpft, während Nina voller Energie und ausgezeichneter Laune ihr Spiel mit uns spielte, uns immer einen Schritt voraus war. Das amüsierte sie. Auch die Tatsache, dass wir geglaubt hatten, ihr überlegen zu sein. Treue Freunde, starke Pfleger usw. Langsam begann uns zu dämmern, wie sehr wir hinterherhinkten, dass wir in diesem Wettrennen niemals die gesunde Zelle erreichen würden. Da ging uns langsam die Hoffnung verloren. Besonders Alexandra. Sie erklärte die Theorien der Feltschuh für Blödsinn. Ärgerte sich, dass ich heimlich die Psychiaterin aufgesucht hatte. Sie wollte nichts hören von dem Geschwafel am Südwestkorso. Die Feltschuh, sagte sie, reime sich da bloß etwas zusammen, weil sie nicht wisse, was mit Nina los sei. Gut und böse, krank und gesund? Woher kamen solch folkloristische Einteilungen? Für wen hielt sich diese Feltschuh, von der außer dem nicht minder zweifelhaften Doktor Koch nie jemand gehört hatte? Was für eine Aufschneiderin! Und was fällt dir ein, dich hier wichtigzumachen mit diesem Quatsch vom totalen Krieg? Ich bin die Einzige von uns, für die alles auf dem Spiel steht. Ich bin die Einzige, die sie wirklich braucht!

Und während wir stritten, bewegte sich Nina täglich schneller in die Krankheit hinein. Voller Entschlossenheit und in irrsinnigen Siebenmeilenstiefeln, lief scheinbar absichtlich in dieses Moor, in dem wir sie versinken sahen, in dem es nur noch unser Diesseits und ihr Jenseits gab.

Ich liege auf meinem Bett in Darlag und starre an die kahlen, dreckigen Wände.

Vielleicht hatte Indira Feltschuh recht, und die Sache war tatsächlich schwarz-weiß.

Mein Weltempfänger knistert.

Wir rannten und Nina flüchtete.

Nachrichten vom BBC World Service.

Im Versteck saß der Jadekaiser.

In Peking treten die Studenten in den Hungerstreik.

Alexandra, Krankenschwester, Krankenwärterin, selbstbestellte Liebesbeauftragte, stand in ständigem Kontakt mit Herrn Gewandt in Frankfurt oder Hongkong, um ihn entweder über den Fortschritt der Genesung oder das Fortschreiten der Krankheit auf dem Laufenden zu halten, je nach Woche, je nachdem, was Indira Feltschuh uns mitteilte. Alexandra war es auch, die bestimmte, was eingekauft, gekocht, gegessen oder wann und wie geputzt wurde, sie bestimmte Ninas Schlaf- und Wachzeiten, sie war die Meisterin unserer Tage. Doch tat Alexandra das alles, wie mir schien, widerwillig, mit einem aus falscher Liebe geborenen Pflichtbewusstsein. Die Berichte an den Vater kamen ihr jedes Mal wie ein kleiner Verrat vor. Sie hielt die schlimmsten Informationen zurück, gab nur bruchstückhaft Auskunft, sodass Herr Gewandt wenig Vertrauen hatte in unsere Pflege, seine Tochter aber auch nicht nach Frankfurt holen wollte.

Nina dagegen hatte Alexandras Betrug nicht vergessen. Nicht auf ihren Wanderungen durch Berlin, nicht im Spandauer Forst, nicht auf der Geschlossenen. Auch jetzt kontrollierte sie täglich, ob die Briefe noch im Eisfach lagen, zusammengehalten von einem Gummiband und besetzt mit Eiskristallen. Sie beobachtete das Anwachsen des Stapels, fand aber nie heraus, wie Alexandra es fertig brachte, die Briefe abzufangen und einzufrieren, wenn sie, Nina, doch jeden Morgen wie ein scharfer Hund auf die Post lauerte. Da sie so gut wie nie allein war, konnte sie die Briefe nur nachts beim schlechten Kühlschranklicht lesen, wenn Alexandra nach den Anstrengungen des Tages erschöpft im gemeinsamen Bett schlief. Auf diese Weise aber blieb Nina über Monika Schneeweiß' Befinden auf dem Laufenden. Sie wusste, dass die Freundin unter der Honecker-Amnestie entlassen worden war, dass sie bei der Wärterin Hildi Wurm wohnte und sich um die Ausreise bemühte. Und dann, eines Tages, waren die Briefe aus dem Eisfach verschwunden.

In Darlag patrouilliert überall Polizei. Die Polizisten sind nervös, ständig auf dem Sprung. Misstrauisch mustern sie die Menschen, die in Trauben um die Essstände auf der Straße herumstehen. Was reden die? Was wissen die? Mehrmals wird mein Pass aus heiterem Himmel kontrolliert. Die Polizisten fragen, was ich hier will. Ich sage, ich will überhaupt nichts. Was ich hier mache? Ich reise. Wo ist meine Erlaubnis, mich in diesem Teil des Landes aufzuhalten? Was für eine Erlaubnis? Ich weiß von keiner Erlaubnis. Die Erlaubnis, die Erlaubnis, der Schein! schreit einer. Ich schüttle den Kopf und lache mit gespieltem Un-

verständnis. Das scheint mir die beste Reaktion. Weitere Fragen, weiteres Schulterzucken meinerseits. Schließlich werde ich festgenommen. Was passiert jetzt? frage ich den Polizisten, der nicht älter ist als zwanzig. Er macht eine unwirsche Geste. Ich muss in den Beiwagen seines Motorrads steigen und werde zur Polizeistation verfrachtet. Die Angst fällt mir wie kaltes Wasser in die Beine.

In den Nächten suchte Nina jetzt die Wohnung ab. Alles stellte sie auf den Kopf, um die Briefe zu finden, und gab sich nur wenig Mühe, ihre Spuren zu verwischen. Jeden Morgen räumte Alexandra wortlos auf. Sie wusste ja, wonach Nina suchte. Ahnte schon seit Wochen, dass Nina die Briefe gefunden hatte. Darum war sie eines Tages, als die Freundin bei Indira Feltschuh war, in den Tiergarten gefahren, um den Packen zu verbrennen. Asche zu Asche. Sie wusste, dass sie mit dem pyromanischen Akt den Betrug an Nina komplett machte. Aber es gab keine andere Lösung. Der Zeitpunkt, die Briefe aus dem Eisfach zu holen und alles einzugestehen, war längst vorbei. Spielte nun auch keine Rolle mehr. Schuldig oder nicht. Es ging jetzt um wichtigere Dinge.

Beim Verbrennen im Tiergarten hatte ihr eine türkische Familie zugesehen, die dort grillte. Die schmalgesichtige Frau hatte zustimmend genickt, als billige sie diese Spurenvernichtung. Ihr Mann bot Alexandra sogar etwas Spiritus an, um die Flammen in Gang zu bringen. Alexandra hatte ordentlich draufgeschüttet, die Flammen loderten auf, und gemeinsam hatten sie das schwarze Zerfallen in dem vergitterten Mülleimer beobachtet. Dann war noch ein Penner dazugekommen, um sich die Hände

zu wärmen. Tierjarten kann ooch jemütlich seen. Alle vier hatten sie nachdenklich in die Flammen geblickt. Nun ist gut, hatte die Frau gesagt. Alexandra aber wusste wohl, dass wegen der kleinen Auslöschung nichts gut war. Sie war zur Feindin geworden, ein Gefühl, das auch anhielt, als nach dem Brand im Tiergarten plötzlich keine Briefe mehr kamen. Von einem Tag auf den anderen herrschte komplette Funkstille. Alexandra aber fühlte, fühlte es mit felsenfester Überzeugung, dass dies kein neuer Beginn war, sondern das erste Ende.

Über die schlecht gepflasterte Straße holpernd, bringt mich der Polizist zur Wache nach Gade 甘德縣. Mir kommt das wie ein Abtransport vor, und ich blicke mich um, Richtung Darlag, das nun hinter der Staubwolke des Motorrads verschwindet.

Die Polizeiwache ist eine windschiefe Bude. Darin zwei weitere, als Polizisten verkleidete Milchbubis, die sich hier geradezu verschanzt haben (Kette, Riegel, doppeltes Schloss). Ich werde in einen Verhörraum mit Tisch und zwei Stühlen geführt. Abgenutztes, wackeliges Mobiliar. Man nimmt mir den Pass ab, lässt mich allein, verriegelt umständlich und mit viel Krach hinter sich die Tür.

Außer den Spuren von Ninas frenetischer Suche fand Alexandra nach den unruhigen Nächten auch kleinere Varianten des Irrgarten-Diagramms: immer Zweige, Blätter und Müll. Im Wohnzimmer hinterm Sofa, unterm Küchentisch, in der Badewanne – überall lagen die schwarzbraunen Konstellationen. Manchmal waren auch verkohlte Haare und Fingernägel darin. Und manchmal waren es

keine Auslegungen, sondern fest verschnürte kleine Bündel. Dann: pechschwarze Erde in einer Ecke des Wohnzimmers, darin Züge einer unleserlichen Schrift. Und dann: Blutspuren auf den Küchenfliesen und ein herausgerissener Zahn. Die Verunstaltungen entdeckte Alexandra am nächsten Morgen an Nina. Sie schaltete Indira Feltschuh ein, die angesichts des herausgerissenen Schneidezahns – niemand wusste, wie Nina das fertiggebracht hatte – einen erneuten Aufenthalt in Spandau verordnete. Diesmal für zwei Wochen mit Einnahme von Sulpirid. Hinterher kam Nina mit einer Zahnlücke und neuen Medikamenten nach Hause, von denen sie keines einnahm. Wir versuchten nicht mehr, sie zu überzeugen. Leisteten nur noch oberflächliche Pflege und machten weiter, weil wir sonst nichts mehr mit uns anzufangen wussten. Das Studium hatten Daisy und ich so gut wie aufgegeben. Wir gingen kaum noch zum Ostasiatischen Seminar in der Podbielskiallee. Ich wusste nicht einmal mehr, für welche Kurse ich mich eingeschrieben hatte, und es war mir egal, ob ich einen Abschluss machen würde oder nicht. Das wahre Leben spielte sich in der Winterfeldtstraße ab. Ich war jetzt Teil von etwas Größerem, war wohl auch auserwählt. Oder so etwas Ähnliches. Solche Sachen redete ich mir ein. Konnte nicht anders, sonst wäre es nicht weitergegangen, sonst hätte ich nachgegeben, wäre zu Hause auf der Matratze liegen geblieben, hätte das Telefon nicht mehr abgenommen, hätte Alexandra sitzenlassen, hätte mir eingestanden, was wir alle dachten: dass wir genug hatten. Darum fühlte ich mich betrogen, als Daisy das Studium hinschmiss und sich einen Job suchte. Wir haben alles aufgegeben für Nina, sagte sie, und wir haben nichts zurückbekommen.

Ich sitze am Tisch und warte. Die Tür des Verhörraums bleibt verriegelt. Draußen regt sich nichts. Man lässt mich im Verhörzimmer warten. Man lässt mich schmoren.

Daisy arbeitete nun in der Bücherstube Theodora Holm in Charlottenburg. Binnen einer Woche redete sie von nichts anderem, war glücklich, schien Nina vergessen zu haben. Ich aber wollte nichts wissen vom Laden in der Mommsenstraße, von ihren Kollegen, von Sandy Lopez aus Yorkshire, die gerade eine Herzoperation hinter sich hatte und jetzt »mit Schweineader pumpte« (was gingen mich anderer Leute Herzprobleme an?), nichts von Pierre Holm, der nach dem Tod seiner Mutter den Laden geerbt hatte, nichts von Anatol Wetter, der die Filmabteilung leitete und ein enzyklopädisches Wissen über Hollywood besaß. Diese Leute waren Fremde, die sich in unseren kleinen Kreis mischten, Störenfriede mit lauten Geschichten, Einbrecher, die uns Daisy klauten. Sie hatte jetzt keine Zeit mehr, sich tagsüber um Nina zu kümmern, und nach Ladenschluss ging sie mit Sandy Lopez und Anatol Wetter zu Sentas Bierbar. Das war eine seit 1931 betriebene lokale Institution, die damals allerdings *Zur Pforte* geheißen hatte, ein Überbleibsel aus der alten Charlottenburger Zeit, und wurde nun mit Vorliebe von verwelkten Transen frequentiert, die hier Sentas »hausgemachten« Pfirsichschnaps nippten, den sie im Großhandel bestellte, dann in selbstetikettierte Flaschen umfüllte und für 1,95 Mark das Glas verkaufte. Schenk doch dem Walter, dem ollen Suffkopp, noch'n Tuntendiesel een!, schrie Senta mit Waschküchenstimme und knallte eine Flasche Pfirsichschnaps auf den Tresen.

Man gibt mir Zeit, zu brüten, Zeit, die rissigen Wände, von denen der Putz rieselt, zu studieren, den Holztisch, auf dem vor mir Dutzende andere Verdächtige, Angeklagte, vorab Verurteilte mit Schlüsseln oder Münzen herumgeritzt haben. Auf der anderen Seite des Tisches steht der nach wie vor leere Stuhl meines Anklägers.

Am Mittwochabend trat bei Senta das Transen-Kabarett *Krieg und Frieden* auf, das hier in Fummel und hochtoupierten Perücken stimmungsmachende Schlager vortrug. Die vier hatten sich nach Figuren aus Tolstois Roman benannt: Fräulein Anna Pawlowna Scherer, Fürstin Bolkonskaja, Fürstin Dubrezkaja und die Puppe Mimi, die mal einen Schnurr-, mal einen Vollbart trug und tagsüber als Maurergeselle arbeitete. Die Puppe war die Sängerin und damit inoffizielle Anführerin des Kabaretts, während die Fürstinnen und Fräulein Scherer die Lieder mehr schlecht als recht auf dem Klavier, der Geige und am Schlagzeug begleiteten. Mit enormen Händen umklammerte die Puppe das Mikrofon und sang *Bei mir bist du schön, Für mich soll's rote Rosen regnen* oder *Brown Girl in the Ring*.

Und derart von Boney M. begleitet, traten Alexandra, Daisy und ich eines Tages mit Nina im Schlepptau bei Senta ein.

Immer wieder stehe ich auf, gehe im Zimmer herum und blicke durch die vergitterten Fenster auf die öde verlassene Straße. Nur Staub und Geröll und der graue Ausblick bis zum nächsten Horizont. Ich habe Angst. Ohne meinen Pass bin ich hier gar nichts. Ausgeliefert. Ohne meinen Pass bleibt nichts von mir übrig.

Daisy hatte auf den Tisch gehauen und gesagt, es könne so nicht weitergehen. Ihr müsst mal raus. Ihr glaubt gar nicht, wie gut mir das tut, der Job und dann abends bei Senta. Die normale Welt. Die gibt es noch. Alexandra sträubte sich zunächst, sagte, wir könnten jetzt nicht an uns denken, und was heißt hier überhaupt normale Welt? Sentas Bierbar, das soll normale Welt sein? Wir sollen mit Nina in die Tuntenspelunke? Daisy nickte. Jawohl. Und du kommst mit. Hier ist jetzt Schluss mit Märtyrerin spielen. Abends von acht bis zehn bist du ohnehin dran. In Sentas Bierbar? Du glaubst gar nicht, wie gut Senta tut. Die bringt dich auf andere Gedanken.

Und Daisy hatte recht. Gleich, als wir hier über die Schwelle traten, als uns die ersten Töne der Puppe Mimi entgegenschlugen, als wir das Klirren der Gläser, den Lärm der Gäste und Sentas darüberkollerndes Geschrei hörten, überkam uns eine enorme Erleichterung. Das Kreischen und Johlen in der Bierbar betäubte uns auf angenehme Weise, war einem »normalen« Leben ähnlicher als alles, was wir in den letzten Monaten erlebt hatten. Und nach Normalität sehnten wir uns ja. Wir waren nach Berlin gekommen, um das Außergewöhnliche zu finden, und nun sehnten wir uns nach nichts mehr als nach Normalität. Selbst Alexandra sah erleichtert aus. In der Bierbar konnten wir Ninas falschen Geistern entkommen, wenigstens für ein paar Stunden. Und so kam es, dass wir am nächsten Abend wieder da waren und dann am nächsten und nächsten und bald fast täglich wie Süchtige zu Senta flohen. Hier schien Nina unter Gleichgesinnten, hier vermutete sie keine Lauscher, sondern schloss sogar neue Freundschaften. Besonders mit der Puppe Mimi. Gemein-

sam saßen die beiden an der Bar, lamentierten übers unfaire und viel zu oft beschissene Leben, und Nina nickte zu allem, was die Puppe sagte.

Alexandra beobachtete diese geflüsterten Vertraulichkeiten vom nächsten Barhocker aus voller Misstrauen und Eifersucht. Sobald Nina aufs Klo verschwand, verhörte sie die Puppe Mimi, um zu erfahren, worüber die beiden gesprochen hatten. Die Puppe aber schwieg zu allen Fragen still. Lass es bleiben, sagte Sandy Lopez, das ist sowieso nur crazy stuff, was die da reden. Let's face it, deine Freundin ist mit den fairies, da hilft auch Sentas Tuntendiesel nicht mehr.

Krankheit hin oder her, Sandy hatte von Anfang an nur wenig übrig für Nina. Bis zu deren Auftritt in der Bierbar war Sandy hier der Mittelpunkt gewesen, umschwärmt von Tunten und Transen. Nun aber musste sie die Bühne nicht nur mit Nina teilen, sondern schien sogar einen Rang abgestiegen auf der Gästeleiter der Bierbar, da Ninas exotische Abstammung eine Kindheit in Yorkshire mühelos übertrumpfte. Früher hatten die Tunten bei Sandys Erscheinen gejubelt, hatten ihr übers schwarz gefärbte Haar gestrichen. Nun jubelten sie, wenn Nina, deren Haarfarbe echt war, auf der Schwelle der Bar erschien. Sandy aber beeindruckte weder Ninas verrücktes Auftreten, noch ihre wuchtigen Reden über das Scheißleben. Alles gespielt. Die ist wie eine Drogensüchtige, die sagt alles, um dich auch abhängig zu machen. Obwohl Nina vorgab, diese für sie ungewohnte Feindseligkeit nicht zu bemerken, legte sie sich doch in Sandys Anwesenheit immer ordentlich ins Zeug, erzählte aufgebauschte Geschichten aus der Psychiatrie, philosophierte über Buddhismus und

Taoismus (der Jadekaiser kroch in diesen Reden wieder herum), lud uns alle zu Tuntendiesel ein, wirkte sogar bei einer Aufführung von *Krieg und Frieden* mit und trug glockenrein vor versammelter Mannschaft trotz Sandys ironisch verzogener Miene ein chinesisches Volkslied vor, »das meine Mutter an Wintertagen für uns gesungen hat«. Oh please, an Wintertagen, zischte Sandy. Und dann zog sie mich in eine Ecke am Ende der Theke: Du musst wissen, dass deine Freundin fertig ist, finished, am Ende. Das habe ich der sofort angesehen. Ich weiß, ihr wollt sie retten, aber die hat schon all ihre Kräfte verbraucht. So eine schafft es selten bis dreißig. Und solange sie an euch festhält, habt ihr keine Chance auf ein eigenes Leben. Mich geht das natürlich alles nichts an, aber ich will nicht, dass Daisy da den Bach runtergeht wegen so einer. Daisy ist zur Buchhändlerin geboren. Darum würde ich euch allen raten: Lasst es bleiben mit der Winterfeldtstraße.

Sandy sprach nüchtern und direkt. In meinen Ohren aber klang das nach Kapitulation. Ich nahm ihr den Ratschlag übel, denn mit Kapitulation durften wir nichts zu tun haben, Kapitulation war ausgeschlossen.

Nach fünf Stunden betritt ein Mann in der Uniform der Volksarmee das Zimmer. Er ist um die 60, blanke Glatze, gesprenkelt mit braunen Altersflecken. Ebenso seine Hände. Er bittet mich, Platz zu nehmen. Sein Gesicht ist freundlich, aber ernst. In der Hand hält er eine Zeitung, deren Titelblatt er kurz ansieht, als wolle er sich selbst noch einmal vergewissern. Dann legt er die Zeitung auf den Tisch. Es ist eine Ausgabe des *Neuen Deutschland* von der vorigen Woche. Die Schlagzeile lautet: *Vorsitzender der*

Wahlkommission gab vorläufiges Wahlergebnis bekannt. Sie sehen, sagt er in akzentfreiem Deutsch, wir leben in gefährlichen Zeiten. Ich blicke ihn überrascht an. Vier Jahre chinesische Botschaft in Ostberlin. Er lächelt sichtlich erfreut über meine Verwunderung. Dann tippt er auf seine Schulterabzeichen. Dienstgrad Major, sagt er mit einem ironischen Unterton. Ich blicke ihn steif an, will mich auf seine Gutmütigkeit nicht einlassen. Sie fragen sich wohl, sagt er und setzt sich mir gegenüber an den Tisch, wie einer aus der deutschen Botschaft in Berlin auf eine gottverlassene Polizeistation in Qinghai kommt. Er zieht die Brauen in die Höhe und lächelt schmal über seine eigene Verbannung. Wissen Sie, was da passiert? Er tippt mit dem altersfleckigen Finger auf die Zeitung. Ich schüttle den Kopf. Nur, was in Peking los ist, sage ich. Er nickt. Verstehe, aber *Sie* müssen verstehen, dass wir in gefährlichen Zeiten leben. Was in der DDR passiert, ist Betrug. Betrug am Volk. Und das lässt sich keiner gefallen. Nicht von Hampelmännern wie Honecker und Krenz. Waschlappen. Unter Gorbatschows Fuchtel. Da geht es jetzt richtig los. Das Ende. Das können Sie mir glauben. Aber hier in China ... Hier ist es anders. In Peking dulden sie so etwas nicht. Die Demonstrationen, die sind ein Angriff aufs Zentrum der Macht. Keine Forderung des Volkes. Mit Freiheit und Demokratie hat das nichts zu tun. Das ist nichts weiter als ein Angriff. Ein Angriff ist verübt worden. Und so etwas bleibt nicht ungestraft. Wir leben hier nicht in der DDR. Wir sind kein europäischer Pappkameradenstaat. Bei uns steht kein Ende bevor. Nicht das Ende der Partei. Nicht das Ende der Volksmacht. Hier herrschen chinesische Zustände, denn diese Partei ist eine Festung. Die Fes-

tung des Volkes. Verteidigt von der Volksarmee. Verstehen Sie? Es geht in China immer um das Volk. Das Volk gibt der Partei ihre Macht.

Ich verstehe, sage ich nervös.

China ist ein riesiges Nervensystem, sagt der Major, zusammengenäht aus den Nervensystemen der Provinzen. Die führen zwar alle ihr Eigenleben, sind aber durch tausend Stränge mit dem Hirn in Peking verbunden, Stränge, die auch die geringste Erschütterung wahrnehmen. Nun stellen Sie sich einen Angriff wie den auf dem Platz des Himmlischen Friedens vor. Stellen Sie sich die Erschütterung vor, die nach einem solchen Angriff durch das Nervensystem geht, ein Trauma geradezu, das sich schockartig bis in alle Nervenzentren ausbreitet und diese unter Hochspannung setzt. Sofort beginnt der Körper mit der Abwehr. Seine Zellen sind ja darauf programmiert, Peking gegen alle weiteren Angriffe zu schützen. Peking kann sich vollkommen auf die Provinz verlassen. Warum? Weil wir alle zum gleichen Körper, zum gleichen Nervensystem gehören. Und Sie (er blickt mich mit seinem schmalen Lächeln an) gehören zu einem System, das den Angriff unterstützt, das den Zerfall herbeiführen will. In Bonn reden die ja schon von Wiedervereinigung. Die wollen ihr Deutschland zurück, das Deutschland, das auch ich liebe, das Deutschland Eichendorffs und Schumanns. Sie kennen Eichendorff? (Ich nicke vage.) Ich liebe Eichendorff. *O weiter, stiller Friede! So tief im Abendrot, Wie sind wir wandermüde* – Sie müssen wandermüde sein. (Ich schüttle den Kopf.) Ihr Reisen hier in dieser Gegend ist unerwünscht. Verstehen Sie? Unerwünscht ... Sie sind verdächtig. Ich aber bin kulant und nehme Ihnen daher nur das Verspre-

chen ab, China zu verlassen. Der Major nickt befriedigt über seine Großmut. Ich sage, ich bin zweitausend Kilometer von allen internationalen Flughäfen entfernt, wie soll ich China verlassen? Er zuckt gleichgültig mit den Schultern. Dann verlassen Sie von mir aus Qinghai. Meinen Distrikt. Er legt meinen grünen, abgeschabten Pass auf den Tisch. Muss ich etwas unterschreiben? frage ich. Es gibt nichts zu unterschreiben.

Nun ist mir der Zweck des ganzen Verhörs nicht mehr klar. Man hat mich hier fünf Stunden warten lassen, nur um mir eine Lektion zu erteilen? Ich habe Sie warten lassen, sagt der Major und streicht sich mit bürokratischen Fingern über die Glatze, damit Sie sich selbst Klarheit verschaffen konnten. Denn es ist normalerweise die Angst, die Klarheit bringt. Alles Politische in China geschieht aus Angst. Auf beiden Seiten. Auf der Seite des Volkes und auf der Seite der Partei. Das Menschliche dagegen geschieht aus Hunger. Er schiebt mir das *Neue Deutschland* hin. Für Sie.

Mit der eingerollten Zeitung in der Hand folge ich dem Major durch die schäbige Station, wo vorne die drei jungen Polizisten dösen. Das Motorrad mit Beiwagen steht draußen im Staub. Fährt mich jemand zurück zum Hostel? Nicht nötig, sagt der Major und händigt mir meinen Rucksack aus. Wir haben uns erlaubt, Ihre Sachen zu holen und die Rechnung zu begleichen. Der nächste Bus fährt in zwanzig Minuten. Nach Ruoqiang 若羌鎮 in Xinjiang 新疆省, Ostturkestan. Ich sehe den Major erstaunt an. Was soll ich in Ostturkestan? Da ist es doch noch explosiver als hier. Wieder zuckt er mit den Schultern. Ein anderes Nervensystem, sagt er, auf jeden Fall nicht meins. Dann weckt er den jungen Polizisten, der mich hergefahren hat. Er soll mich zur

Bushaltestelle begleiten. Ich sage, das sei nicht nötig, aber der Major besteht darauf. Zum Abschied drückt er mir fest die Hand: Das nächste Mal erzähle ich Ihnen von meiner Zeit in Ostberlin. Dort habe ich Eichendorff lieben gelernt. Wie ging noch gleich die vorige Strophe? Etwas mit Tod und Schlafenszeit und Einsamkeit ... Na, beim nächsten Mal ... Dann weiß ich wieder das ganze Gedicht.

Ich klettere wieder in den Beiwagen, werde zum zweiten Mal abtransportiert. Der Major winkt mir nach. *Ist das etwa der Tod? ...* An der Haltestelle weicht der Polizist bis zur Abfahrt des Busses nicht von meiner Seite. Er steht direkt unter meinem Fenster und winkt, als der Bus sich in Bewegung setzt. ... *Bald ist es Schlafenszeit ...* Die anderen Fahrgäste spähen argwöhnisch zu mir herüber. Was ist das für einer, der hier mit der Polizei ankommt? Ich öffne das Fenster und schmeiße die Zeitung raus. Dann mache ich die Augen zu und schlafe sofort ein. *Daß wir uns nicht verirren, In dieser Einsamkeit.*

Falscher Alarm, sagt Trisha und lässt sich an meinem Tisch im Scooter Café nieder. Gestern habe ich die halbe Nacht im Notfall verbracht. Dachte, mir wäre die Fruchtblase geplatzt. Aber war nix. Keine Frucht, keine Blase. Sie blättert in einer Zeitschrift und hält mir einen geometrisch gewagten Haarschnitt hin.

Was meinst du? Sagt diese Frisur nicht werdende Mutter?

Ich glaube eher nicht. Und dann auch wieder, warum eigentlich nicht. Ich kann mich nicht entscheiden.

Wo bist du?

Sie tippt auf mein Notizbuch.

Auf dem Weg nach Ostturkestan.

Große Güte! Wo soll denn das sein? Oder hast du dir das jetzt gerade ausgedacht?

Vielleicht.

Klingt ausgedacht.

Vielleicht hast du recht.

Ende April veranstaltete Tina Tina zu Jacks 40. Geburtstag eine Überraschungsparty, von der er, wie es bei solch heimlichen Festivitäten meist vorkommt, schon vorher erfuhr. Ein alter Freund hatte sich verplappert. Jack aber ließ sich Tina Tina gegenüber nichts anmerken, spielte stattdessen die Scharade weiter mit. Der unfreiwillige Informant war Raymund Glanz gewesen, Wissenschaftler im Musikinstrumenten-Museum an der Philharmonie und wie wir alle zur Party in der Potsdamer Straße eingeladen. Gut informiert trat also Jack, der extra einen Galerietermin für den frühen Abend gemacht hatte, gegen halb neun in die verdunkelte Wohnung, knipste das Licht an und wurde von achtzig Gästen mit »Surprise« begrüßt, ein Ruf, dessen Unisono nur durch Raymund Glanz' germanisches »Überraschung« durchbrochen wurde.

Tina Tina hatte sich bei der Ausrichtung der Festivitäten nicht lumpen lassen. Ein opulentes Buffet aus dem Kaufhaus des Westens war im Wohnzimmer aufgebaut. Es gab feinstes Filet américain, Räucherlachs aus Alaska, Foie gras aus dem Burgund, geräucherte Entenbrust, Bélon-Austern, Kaviar – wenn auch nur der zweitbesten Sorte, wie Daisy feststellte, die den besten Kaviar aus den lebenslustigen Zeiten ihres Vaters kannte. Die scheint ja ordentlich Bildchen zu verkaufen, sagte ein Mann im

schwarzen Rollkragenpullover neben mir am Buffet und lud sich mit saurer Miene den Teller voll. Champagner sowie eine süße Bowle wurden unaufhörlich von als Kellnern verkleideten Studenten ausgeschenkt, die zu fortgeschrittener Stunde immer besoffener aus der Küche kamen. Jack betrachtete die speisenden Gäste voller Verwunderung, ließ sich gratulieren, lauschte den Freundschaftsbekundungen von Leuten, mit denen er seit Jahren kein Wort gewechselt hatte, oder die er, in den meisten Fällen, gar nicht kannte, nickte zustimmend, wenn jemand ihm vertraulich die Hand auf die Schulter legte und irgendetwas von »40 ist gar nicht so schlimm« redete. Er trank ein Glas nach dem anderen von der süffigen Bowle, dazwischen aber auch, was die Gäste ihm gerade reichten – Wein, Whiskey, Cognac, Wodka. Wir hätten ihm eine Flasche Tuntendiesel schenken sollen, sagte Daisy, die in eine Ecke gelehnt das Gelage beobachtete.

Die ganze Wohnung in der Potsdamer Straße war für das Fest mit Tina Tinas Bildern vollgehängt, nicht etwa als Partyschmuck, sondern weil die meisten der geladenen Gäste ihre Kunden waren, die weder an Jack noch an seinen 40 Jahren irgendein Interesse hatten, aber darauf hofften, hier ein künstlerisches Schnäppchen zu machen. Tina Tina, am Champagner nippend und immer mit der flachen Hand ihr Glas bedeckend, wenn einer der betrunkenen Studenten es nachfüllen wollte, arbeitete sich von Gast zu Gast, von einem Zimmer zum nächsten, zeigte auf dieses und jenes Bild, nickte animiert zu kennerhaften Kommentaren, lächelte bescheiden über Lob, lachte über den Witz eines wichtigen Kritikers und berührte den Spaßmacher ganz leicht am Arm, wie zur Versicherung, dass man sich vollends

auf der gleichen Wellenlänge befände. Sie tat das alles mit der Mühelosigkeit einer wahren Geschäftsfrau. Alexandra konnte vor Bewunderung die Augen gar nicht von Tina Tina lassen. Da sah ich plötzlich wieder den alten Brandhagener Geschäftssinn in meiner Cousine, diese Lust am Verkaufen, ich sah eine Leichtigkeit und einen Leichtsinn, wie ich sie von früher an ihr kannte. Dann besann sie sich wieder, die alte Erschöpfung kehrte auf ihr Gesicht zurück, und sie durchkämmte mit den Augen die Menge der Gäste. Siehst du Nina irgendwo? Ich zeigte ans Ende des Buffets, wo sie sich schon seit einiger Zeit neben den Crevetten mit einem Mann in konservativer Aufmachung unterhielt – Cordhose, blaues Oberhemd, Tweed-Jackett, stählerne Brille. Ob ich wisse, wer das sei, wollte Alexandra wissen. Ich schüttelte den Kopf. Alexandra schnaufte missbilligend.

Wir müssen sie genau im Auge behalten. Sonst läuft sie uns weg.

Sie ist doch keine Gefangene, sagte Daisy.

Und fängst du sie wieder ein, wenn sie uns abhaut?

Was macht das jetzt noch für einen Unterschied? sagte Daisy.

Ich möchte wissen, mit wem sie sich da so lange unterhält.

Sie amüsiert sich, sagte ich.

Alexandra sah mich scharf an. Sie amüsiert sich nicht, sie heckt irgendetwas aus.

Einer der Studentenkellner kam vorbei und schenkte unsere Gläser voll. Alexandra stellte ihres weg, Daisy und ich tranken die Bowle in einem Zug aus.

Es war einfach, Nina und ihren neuen Freund für den Rest des Abends im Auge zu behalten, da die beiden sich

nicht vom Fleck rührten und sich nicht im Geringsten um das laute Partygeschehen kümmerten, selbst dann nicht, als Punkt Mitternacht, begleitet vom allgemeinen Applaus, Tina Tina ihr Geschenk für Jack enthüllte – ein Portrait, das ihn, in fetten, rostroten und taubengrauen Pinselstrichen, auf einem Schemel hockend darstellte. Anerkennendes Murmeln, Kunstkenner und Käufer drängten sich um das Bild, drängelten Jack nach hinten. Ich habe nicht einmal für sie gesessen, sagte er. Alexandra hielt ihn am Arm fest, zeigte auf Nina und den Fremden. Wer ist dieser Mann? Mit glasigem Blick versuchte Jack der Schusslinie ihres ausgestreckten Fingers zu folgen. Er trank einen Schluck Cognac und sah Alexandra blöde an. Das ist mein Freund Raymund Glanz. Mit dem bin ich zur Schule gegangen. Dreimal stolperte Jack dabei über den Namen ›Raymund‹. Dann fügte er mit Genuss, direkt in Alexandras alarmiertes Gesicht, hinzu: Raymund kann sein Glück gar nicht fassen, dass so eine sich mit ihm abgibt ... Wir sahen zu den beiden hinüber. Nina war jetzt näher an Glanz herangerückt und sprach so nah an seinem Ohr, dass ihre Lippen sein Läppchen berühren mussten. Sieht ganz so aus, als ob sie sich richtig gern mit ihm abgibt, sagte Jack grinsend.

Und so begann die ungleiche Liebschaft zwischen Raymund Glanz und Nina Gewandt.

Und Monika setzte mit Doktor Schwert den Termin fest.

Und Hildi Wurm trank Bier und legte die Füße auf den Stubentisch und konnte ihr Glück nicht fassen.

Nach Jacks Geburtstagsparty sahen wir Nina kaum noch. Von einem Tag auf den anderen war sie so gut wie ausgezogen aus der Winterfeldtstraße und lebte bei Raymund Glanz. Kam nur noch zum Wäscheholen. Außer der neuen Liebe zählte jetzt nichts mehr. Die uns von Indira Feltschuh und Herrn Gewandt übertragene Kontrolle entglitt uns vollends. Mit Ninas Verliebtheit begann auch ihre neue Freiheit. Sie war frei von uns, ihren feindlichen Freunden, die glaubten, sie sei krank. Raymund Glanz war dagegen der Beweis ihrer Genesung. Als könne sie von einem Tag auf den anderen Schluss machen mit der Krankheit. Einfach so. Ihr wollt normales Leben? Hier kriegt ihr eine Portion Normalität. Und verschwand mit dem Liebhaber. Glanz selbst bekamen wir nur zu Gesicht, wenn er mit Nina in der Winterfeldtstraße Kleidung abholte. Dann stand ein wenig bemerkenswerter, kleiner Mann vor uns, mit schläfrigem Gesicht, der uns misstrauisch betrachtete, eben wie man Feinde betrachtet. Soll der sich doch um sie kümmern, sagte Daisy, der die ganze Angelegenheit »zu blöd wurde«.

Auch bei Indira Feltschuh erschien Nina zunächst nur noch sporadisch, dann schließlich gar nicht mehr. Sie brauche, sagte Nina, keine Psychiaterin mehr, jetzt wo sie »einen echten Menschen« gefunden habe. Einen echten Menschen? blökte Alexandra, dieser Hampelmann soll ein echter Mensch sein? Und was war ich? Wärterin, sagte Daisy, und wir wussten, dass Nina es genau so sah.

Indira Feltschuh blieb angesichts der neuen Umstände gelassen. Sie hatte das angeblich alles kommen sehen, hatte Raymund Glanz oder eine ähnliche Figur kommen sehen. Wir machen jetzt Rast, sagte sie, wenn Sie so wol-

len, meinetwegen auch Liebesrast. Die Jagd geht bald wieder los. Jetzt aber müssen wir Nina und auch uns selbst dieses außerplanmäßige Verschnaufen gönnen. Wir können es ja alle gebrauchen. Zwang hilft hier gar nicht. Wir können nur abwarten.

Abwarten? Alexandra traute ihren Ohren nicht. Sowohl Indira Feltschuh als auch Doktor Koch in Spandau hatten uns doch eingeschärft, wie ernst die Lage war. Und in den letzten Wochen waren wir Tag für Tag Zeugen dieses Ernstes geworden. Da können wir doch nicht hier rumsitzen und abwarten. Daisy und ich schwiegen. Für uns war das Wartesignal der Feltschuh insgeheim eine Erleichterung. Wir hatten die Nase voll von Nina und ihren Seelenkunststücken, wir brauchten diese Verschnaufpause, würden wieder zu Hause in unseren eigenen Betten schlafen, wieder unsere eigenen Gedanken denken, nicht mehr das Ohr an die Wand legen, uns nicht mehr auf der Straße nach flüsternden Feinden umdrehen. Wir wollten ungestört ins Kino gehen und im Altar Kardinalstorte essen. Und natürlich wollten wir uns ohne Nina in Sentas Bierbar amüsieren, wo die Puppe Mimi diese Woche das erste Mal ihr neu einstudiertes Lied vortrug: *At the brand new Tennessee waltz, you're literally waltzing on air …* Wir hatten Alexandra mitgeschleppt zu Senta, und auch sie sah jetzt erleichtert aus. Hatte es nicht mehr ausgehalten in der verlassenen Wohnung. Wir standen an der Theke, hörten der Puppe Mimi zu, sangen mit, erst zögernd, dann mutiger, dann aus vollem Halse, stürzten den Tuntendiesel runter und vergaßen Nina. Es war, als sei nicht sie uns, sondern wir ihr entkommen, wenn auch nur auf kurze Zeit, wenn auch nur für die Dauer von *At the Brand New Tennessee Waltz.*

Einmal trat Nina ostentativ am Arm von Raymund Glanz in der Bierbar auf. Sie umarmte uns theatralisch, küsste Alexandra so lange auf den Mund, dass Raymund ganz nervös wurde. Sie redete darüber, wie glücklich sie sei, und in ihrer Stimme schwang Bedauern mit über uns Zurückgebliebene, die wir nichts wussten von einem Glück wie dem ihren, nichts verstanden von einer so fantastischen Liebe. Wir waren ja von gestern. Feige Pfleger. Wir glaubten an so dummes Zeug wie Krankheit. Raymund, der kümmert sich jetzt um mich, sagte Nina, so wie ihr es nie konntet.

Aber da war noch etwas anderes:

Er ist auch ein Abgesandter.

Abgesandt von wem? fragte ich.

Du weißt schon, vom Jadekaiser.

Ich sagte nichts.

Darum muss ich Raymund bald alles gestehen.

Gestehen?

Meinen Plan.

Welchen Plan?

Das darf ich nicht sagen.

Aber du darfst es Raymund sagen?

Das ist etwas anderes.

Aha.

Wieso aha?

Nur aha.

Willst du mich verhören?

Wieso verhören?

Irgendetwas aus mir herausquetschen, um es dann Alexandra zu erzählen?

Alexandra ist deine Freundin.

Ich lasse mich von euch nicht mehr in die Mangel nehmen. Ich lasse mir das nicht mehr gefallen. Schluss. Aus. Vorbei.

Zwei Wochen lang blieb Nina daraufhin verschwunden. Alexandra war am Boden zerstört. Ohne ihr Einverständnis war ihr die Verantwortung für Nina abgenommen worden. Allein saß sie in der Wohnung, telefonierte mit dem Vater in Frankfurt, stattete ihm ihren wöchentlichen, immer gleichen Bericht ab. Das war alles, was ihr jetzt von Nina geblieben war. Um sie abzulenken, holte ich sie zu mir in die Balbecer Straße, aber sie konnte nur von Nina reden. Ununterbrochen: was sieht sie in dem Typen? was habe ich falsch gemacht? wann kommt sie wieder zur Vernunft? sie muss doch wieder zur Vernunft ... es kann doch nicht gut gehen mit dem Glatzkopf, früher oder später muss sie ... ich sage dir, sie erzählt ihm die verrückten Geschichten von Jadekaiser und Weltuntergang und dann ist der Lack ganz schnell ab von der großen Liebe ...

Der Tag von Ninas Geständnis, der Tag, an dem Raymund Glanz alles erfahren sollte, der Tag, auf den sie seit Beginn ihres Verhältnisses hingearbeitet hatte, kam zwei Wochen später. Glanz, der kaiserliche Abgesandte, hatte ihr ein Zeichen gegeben, dass nun der Zeitpunkt gekommen war, über die Zerstörung und Wiedererschaffung der Welt zu reden. Im Altar habe sie ihn eingeweiht, erzählte uns Nina hinterher, an ihrem Stammtisch, hinten rechts, von wo aus sie den Raum gut überblicken konnte. Glanz, so Nina, habe ihr gegenüber gesessen, also mit dem Gesicht zur Wand, habe sich aber, da sie das Café fortwährend nach Feinden durchsuchen musste, immer wieder umgedreht nach dem dunklen Raum, wo aber nur die

üblichen Taxifahrer, Studenten und Naziwitwen saßen. Es habe ihn ganz wahnsinnig gemacht, sagte Nina, dass ihr Blick nicht auf ihn, sondern auf irgendwelche Luftpersonen gerichtet gewesen sei. Dennoch habe sie ihm die Lage klargemacht, also die bevorstehende Zerstörung der Welt durch den Jadekaiser, die sich zum Beispiel deutlich zeige an den Protesten der Ost-Jugendlichen am Brandenburger Tor und deren Niederschlagung durch die Volkspolizei und natürlich auch am jüngsten Selbstmord des Obernazis Rudolf Hess, an diesem Einbruch der alten, morschen Welt also. Sie habe ihm diese Lage, so Nina, einigermaßen auseinandersetzen können, was ja wegen der Komplexität des Problems und seiner Größe, also Weltgröße, nicht ganz einfach gewesen sei. Statt ihr aber ruhig zuzuhören, habe Glanz ihre Erklärungen immer wieder unterbrochen, mit lästigen Fragen, ja malträtiert habe er sie mit seinen Nebensächlichkeiten, sodass sie ihm schließlich jedes weitere Dazwischenreden verbieten musste, weil er sie damit ganz aus dem Fluss brachte, und da sind mir eigentlich schon Zweifel gekommen, ob ich ihm überhaupt den ganzen Plan anvertrauen sollte, aber statt auf mein Gefühl zu hören, habe ich, erzählte uns Nina, fast gegen meinen Willen immer weitergeredet, habe versucht, mich so klar wie möglich auszudrücken, obwohl er ständig die Stirn runzelte und dann auch noch dreist grinste, und dann sagte er in einem Idiotenton zu mir, du willst mich wohl auf den Arm nehmen. Da wusste ich natürlich sofort, was für einen furchtbaren Fehler ich begangen hatte, dass Glanz nichts weiter als ein gemeiner Betrüger war, ein Feind, einer, der sich auf widerliche Weise bei mir eingeschlichen und mich mit seinen

Küssen und süßen Worten und seinen Streicheleien und dem täglichen Rumgeficke aufs Schäbigste hinters Licht geführt hatte. Und da habe sie ihn natürlich, sagte Nina, vor versammelter Mannschaft im Altar denunzieren müssen, sei laut und immer lauter geworden in ihrer nun zwischen Rechtfertigungen und Anschuldigungen hin und her schießenden Rede, habe wohl, den erstaunten Blicken der anderen Gäste und dem auf sie zu hastenden Kellner Ludwig nach zu urteilen, schließlich sogar auf Glanz eingeschrien, bis dieser aufsprang, seinen Stuhl mit Wucht nach hinten zu Boden stieß und das Altar verließ, auf den Bayrischen Platz hinauslief und zwischen den parkenden Autos und Passanten in den Abend verschwand. Sie, Nina, sei ebenfalls aufgesprungen, habe aber reglos am Tisch gestanden, wie angewurzelt, unfähig, Glanz nachzulaufen, dem Schwein, dem Verräter, habe dort verharrt inmitten der Blicke der Gäste und des Personals und natürlich unter den mächtigen Augen des Kaisers, der sie jetzt, das wusste sie ohne den Schatten eines Zweifels, bestrafen würde für ihre Dummheit, dafür, so einem wie Glanz auch nur einen Moment lang über den Weg getraut zu haben.

Nach dem Bruch mit Glanz musste Nina wieder zurückkehren in die Winterfeldtstraße. Jetzt war Schluss mit der großen Liebe, jetzt brauchte sie wieder Pflege und Schutz, brauchte uns noch mehr als zuvor. Aber Alexandra wollte nicht. Sagte, es könne nicht so weitergehen wie vorher, sagte, sie wolle Nina nicht um sich haben. Darum zog Alexandra vorerst zu mir, zwar etwas unschlüssig, nur mit einer Plastiktüte als Gepäck, sagte aber, sie könne es in der Winterfeldtstraße keine Minute länger aushalten. Das war ihre Strafe für Nina. Dieser Liebesentzug. Nina bet-

telte. Sie hatte Angst, allein in der Wohnung zu bleiben. Verhandelte mit uns. Setzte uns unter Druck. Ihr habt meinem Vater und dem Doktor versprochen ... Schließlich bot Daisy an, in der Winterfeldtstraße zu übernachten, und tagsüber würde Nina zu mir in die Balbecer kommen. Alexandra sagte, das sei ausgeschlossen, weinte, schrie außer Kontrolle, sie wolle Nina nie mehr wiedersehen, gab aber schon am nächsten Morgen nach. Per Taxi wurde Nina nun hin und her chauffiert.

Da saß sie in speckigen Jeans und fleckigen T-Shirts in meiner Küche, starrte vor sich hin. Oder sie lag mit einem apathischen Ausdruck im Bett. Tagelang wechselte sie ihre Kleidung nicht. Nach einer Woche schlug diese Apathie um in einen überspannten Hass gegen Glanz. Ununterbrochen redete Nina jetzt über den ehemaligen Liebhaber, wie er sie betrogen und belogen habe, wie er dann feige geflohen sei. Jedes Wort, das zwischen ihnen gefallen war, jede nichtige Begebenheit untersuchte sie nach Hinweisen auf Verrat. Doch das Reden allein reichte nicht aus. Täglich bombardierte sie Glanz mit Anrufen und Briefen. Am Küchentisch schrieb sie Blatt für Blatt in einer wilden, unleserlichen Schrift voll. Mit seinem Betrug, so Nina, solle »das Schwein« nicht davonkommen. Als Warnung für alle Frauen wollte sie an die Mauern des Musikinstrumenten-Museums sprühen, was Glanz ihr angetan habe. Was das genau sei, wollten wir wissen, was habe Glanz ihr angetan? Nina lachte verächtlich, als sei diese Frage keine Antwort wert.

Yukio kam auf einen kurzen Besuch vorbei. Wir saßen in der Küche, tranken den japanischen Tee, den er uns mitgebracht hatte, und hörten uns Ninas Tiraden über

Raymund Glanz an. Sie meint das alles ernst? fragte er hinterher an der Tür. Ich nickte. Auch diese wahnsinnigen Briefe? Ich nickte. Das kann doch nicht dein Ernst sein, dass ihr sie hier in der Wohnung habt in diesem Zustand. Ich nickte und dachte »was weißt denn du mit deinem grünen Tee«. Von Tina Tina und Jack hatten wir seit der Geburtstagsparty nichts gehört. Eine Nachricht von Alexandra auf Tina Tinas Anrufbeantworter in der Potsdamer Straße, uns bitte mit dem Glanz-Problem zu helfen, war unbeantwortet geblieben.

Die Briefe flossen Nina weiterhin einer nach dem anderen aus der verletzten Feder. Täglich verfasste sie in rasender Schrift diese Anklagen, die oft mit Kritzeleien übersät waren, ähnlich jenen, die ich im Altar auf ihrer Serviette gesehen hatte. Die Blätter stopfte sie in Umschläge und bestand dann darauf, die fertigen Briefe persönlich zu überstellen. Ich begleitete sie zu Glanz' Wohnung, wo sie vergeblich Sturm klingelte, mit Fäusten an die Tür trommelte und dann den Umschlag, begleitet von einem Schwall Beschimpfungen, durch den Briefkastenschlitz in die Feindeswohnung warf. Nachbarstüren öffneten sich, Spähaugen verfolgten das Spektakel durch eine Spalte und zogen sich schnell wieder zurück, wenn Nina ihnen einen Nazifluch entgegenschleuderte. Ich blickte zu Boden, stand tatenlos daneben.

Raymund Glanz ignorierte alle Briefe, Anrufe und Beschimpfungen. Seine Liebesglut war nach dem Sturm im Altar in frostiges Schweigen umgeschlagen.

Und Doktor Schwert brachte Monika Schneeweiß an den Grenzübergang Oberbaumbrücke, wo sie mit einem leich-

ten Winken und einem braunen Schnallenkoffer durch die neonbeleuchtete Grenzhalle in die Freiheit verschwand.

Da konnte auch Nina nichts mehr machen.

Und Hildi Wurm, die nichts wusste und nichts ahnte, wartete die ganze Nacht und dann den folgenden Tag und dann, um sicherzugehen, noch einen Tag, bevor sie sich eingestand, dass der alte Schnallenkoffer und die zwei azurblauen Sofakissen auf immer verloren waren.

Da konnte auch Nina nichts mehr machen.

Da lief alle Rage ins Leere.

Da nützten keine Briefe, keine Beschimpfungen.

Keine Enthüllungen an den Mauern des Museums.

Da blieb nur noch ein Ende zu machen, wo kein Ende zu machen war.

Da saß sie eines Abends – ich war beim Schwimmen – am offenen Fenster auf der Fensterbank in meiner Küche, während Alexandra am Herd Spaghetti kochte, saß dort zum ersten Mal seit Wochen in guter und ruhiger Stimmung, die Füße auf einem kleinen Hocker, und sagte, wie friedlich es hier sei, an diesem Abend, endlich frei von Raymund Glanz, und ohne zu wissen warum, fing sie an zu zählen – eins, zwei, drei, vier, fünf, sechs, sieben – immer wieder, wie zur Entspannung oder zur Be-

ruhigung, und dann fuhr etwas durch ihren Körper, wie eine Art Stromschlag war das, und sie zählte wieder – eins, zwei, drei, vier, fünf, sechs, sieben –, und dann signalisierte etwas ihren Muskeln, nachzugeben, und den Knochen, schwer zu werden, der Schwerkraft zu folgen, sich aus dem offenen Fenster zu lehnen, aus dem zweiten Stock heraus, in den Hinterhof der Balbecer Straße, und sich fallen zu lassen, und um dem Fall richtig Schwung zu geben, stieß sie sich ab mit den Füßen von dem Hocker, der mit einem kleinen Poltern umfiel, während Nina nach hinten stürzte, in dem Moment, als Alexandra sich nach dem Lärm umdrehte und in eine leere Küche, auf ein leeres Fenster blickte und zuerst gar nicht die Veränderung verstand, die hier vor sich gegangen war, bis auch sie von einem Schlag, einem anderen Schlag, einem Schreckensschlag, getroffen wurde, zum Fenster stürzte und unten im asphaltierten Hof eine Gestalt liegen sah, die sie jedoch nicht als Nina erkannte, sodass sie stattdessen ins Zimmer rannte, um hier nach der Freundin zu suchen, dann zurück in die Küche, zurück zum schrecklichen Fenster, zurück zum Blick in den Hinterhof, wo bereits der Hausmeister Kasper und zwei Männer von der Moschee die Gestürzte umringten, wo einer der Männer neben Nina kniete, mit dringlichen Worten auf sie einredete, während Herr Kasper zum offenen Fenster hochsah und Alexandra anschrie, sie solle sofort den Rettungswagen rufen, noch einmal schrie, als Alexandra sich nicht rührte, nun im ärgerlichsten Befehlston schrie, bis Alexandra nach Luft schnappte, zum Telefon rannte und den Notdienst anrief, sodass fünfzehn Minuten später zwei Sanitäter Nina in einen Krankenwagen luden, als ich vom Schwimmbad

kommend mit nassen Haaren die Balbecer Straße hinunter auf unser Haus zulief. Dritter Sturz heute, sagte einer der Sanitäter auf der Fahrt ins Urban-Krankenhaus zu Alexandra und mir hinten im Wagen. Dusselhausen! rief der Fahrer, als wir bei der Notaufnahme vorfuhren. So einen Sturz überlebt nur einer von tausend, sagte der Arzt auf der Intensivstation, als er Stunden später zu uns ins Wartezimmer trat. Die kriegen wir schon wieder hin, sagte die diensttuende Schwester und führte uns zu Nina.

Wir saßen am Bett und Alexandra hielt die schlaffe Hand der Schlafenden, der Gefallenen, der Verwundeten, der Wiederhinzukriegenden.

Das wird schon wieder, sagte ich.

Unkraut vergeht nicht, sagte Alexandra.

Eins, zwei, drei, vier, fünf, sechs, sieben Leben.

Alle lebenswert.

Und als Alexandra nach achtzehn Stunden in die Winterfeldtstraße zurückkehrte, um hier wieder einen Koffer für Nina zu packen, als sie wie gerädert die Treppe zur Wohnung hochstieg, saß auf den Stufen vor der Tür eine Frau. Neben ihr ein altmodischer, brauner Schnallenkoffer. Einen schönen guten Morgen, sagte die Frau und blickte, trotz der auf der Treppe durchwachten Nacht, hell und ohne die geringste Übermüdung zu Alexandra hoch.

Die fremde Welt

Dies ist die Wüste Taklamakan 塔克拉瑪干沙漠: ein Land aus glühendem Geröll, ein Hier-möchte-ich-nicht-ausgesetzt-werden-Terrain, ein Todesacker, Strahlenacker. Dies ist die Endstation. Alle müssen hier raus aus dem Bus. Wieder ein gottverlassener Ort, diesmal Ruoqiang 若羌鎮, 150 Kilometer vom Lop Nor See 羅布泊湖 entfernt, wo die chinesische Armee ihre Atomwaffen testet. Die Provinz Xinjian = Neue Grenze = Ostturkestan wird von hierher abkommandierten Han-Chinesen verwaltet. Der Hass auf die Besatzer ist überall unterschwellig zu spüren. Als ich einen jungen Mann in staubiger Kleidung auf Chinesisch nach einem Hotel frage, spuckt er mir vor die Füße und schimpft etwas auf Uigurisch. Den Nächsten frage ich auf Englisch und bekomme eine freundlich gestikulierte Wegbeschreibung.

In Ruoqiang ist der Hund begraben. Dies ist ein für Ausländer gesperrtes Gebiet, und ich habe hier nichts zu

suchen, darf hier nichts zu suchen haben. Da biege ich, den Gesten meines Wegweisers folgend, um die nächste Ecke und mit einem Mal verwandelt sich der Ort komplett: Ein Bazar zieht sich durch ein Netz von Gassen, liegt verborgen im Herzen der Stadt. Überall große Geschäftigkeit, hitzige Verhandlungen, Geschrei vor und hinter den Ständen, befühlte Waren, empörte Gesichter über angeblich unverschämte Preise, abwehrend erhobene Hände zu lächerlichen Angeboten, Umdrehen, Weggehen, Nachlaufen, Preissenkung, Handschlag. Die Menschenmenge schnappt mich auf, schiebt mich vorwärts. Ich habe plötzlich hundert Füße. Der Strom treibt mich durch die Gassen, vorbei an den Ständen. Beim Anblick der feilgebotenen Waren habe ich das kaum zu unterdrückende Verlangen, all das zu besitzen: die bestickten Hüte und Handtaschen, die bunten Decken, das Kochgeschirr aus Blech, die Besen aus Plastik, die Holzschemel, die Wasserpfeifen, die leuchtenden Stoffballen. Ein ganzer Hausstand innerhalb weniger Minuten. Ich komme mit dem Verkäufer am Stand für Kochtöpfe ins Gespräch. Er hat mein Interesse an einer Tajine entdeckt und will mich auf keinen Fall wieder fortlassen, da er wohl ein ausgezeichnetes Geschäft mit dem roten Teufel wittert. Wir verständigen uns jeder in seiner Sprache, er auf Uigurisch, ich auf Deutsch, da ich es mit dem Chinesischen nicht noch einmal riskieren will. Derart zweisprachig kommen wir gut zurande. Nach ausgedehnten Verhandlungen, bei denen ich zweimal weggegangen bin und er mich zurückgerufen hat, kaufe ich die Tajine schließlich für zwei Yuan, ein Preis, den der Händler ausgiebig beklagt, obwohl ich weiß, dass es weit mehr ist als hier üblich. Aber

er scheint mir noch etwas anderes anbieten zu wollen. Er redet weiter, es sprudelt förmlich aus ihm heraus, und seine Rede begleitet er mit Bewegungen, die ein Lenkrad und ein Gaspedal darzustellen scheinen. Ich habe keine Ahnung, wovon er redet.

He wants to take you on a tour, sagt plötzlich jemand hinter mir. Ich drehe mich um. Dort steht ein riesiger Mann, bestimmt zwei Köpfe größer als ich und so breit wie groß, mit strohblonden Haaren und hellblauen Wasseraugen. I'm Mark from Scotland. Mit seiner Pranke schüttelt er meine Hand. Dann zeigt er auf den Händler. Das ist Dabo und er hat ein Auto und er will dir die Gegend zeigen. Ich nicke, obwohl ich nicht sicher bin, was angesichts der Wüste, die uns von allen Seiten umgibt, mit »Gegend« gemeint ist. Kommst du mit? frage ich Mark.

Zwei Stunden später sitzen wir in Dabos Auto und fahren durch die Wüste Taklamakan in Richtung Lop-Nor-See. Das Auto könnte nicht ungeeigneter sein für eine solche Exkursion. Es ist eine alte sowjetische Limousine, vermutlich aus den Fünfzigerjahren, und bei jedem Schlagloch kommt es mir vor, als klappere mein Gerippe von oben bis unten, so abgenutzt sind die Stoßdämpfer. Wir sitzen im Fond des Wagens, Dabo am Steuer, er hat sich zu diesem Zweck sogar eine besondere Jacke angezogen und eine blaue Mütze mit Goldband aufgesetzt. Ich hoffe, der Wagen ist strahlensicher, sagt Mark und sieht sich in dem verblichenen grauen Interieur um, das uns abschirmt von der Außenwelt.

Für Stunden – wir fahren in schleichendem Tempo – ist nichts zu sehen als das Geröll der Wüste. Der monotone Ausblick hat eine beruhigende, ja einschläfernde Wirkung.

Wir sprechen nicht viel, Mark sitzt gewaltig neben mir, der Schweiß sickert langsam durch sein Hemd, denn die Hitze im Auto ist unerträglich, aber wir kurbeln die Scheiben nicht herunter, auch Dabo nicht, obwohl ihm die Schweißperlen unter der Mütze hervor in den Nacken rollen.

Während der ersten Stunde zeigt er noch in die Wüste, erklärt, was dort zu sehen ist. Dann aber gibt er das Sprechen auf. So fahren wir weiter im Schneckentempo, die Reifen knirschen im Sand und ziellos steuert Dabo die Limousine durch die kompakte Hitze, in der alle Bilder verzerrt sind. Dieser Ort, unsere grundlose Fahrt, unsere kleine Gruppe erscheinen mir jetzt wie ein Akt der Willkür, ja, es kommt mir vor, als sei meine gesamte Reise bestimmt von solch willkürlichen Umständen: eine Limousine, ein Busfahrplan, eine Eisenbahnlinie: ein Chauffeur, ein Major, eine Fahrkartenverkäuferin: eine endlose Schlange, ein dickes Fleischgericht, ein schlafender Mönch. Und andere, hämmernde Umstände, gefährliche Umstände: Demonstranten in Peking. Versammlungen in Leipzig. Flüchtlinge in Prag. Kein Schicksal, sondern Umstände, die meine Flucht, die ja schon längst keine Flucht mehr ist, vorantreiben. Jetzt aber, im grauen Brutkasten neben Mark, jetzt, als der See, dieses blinde Auge, hinter den staubigen Scheiben auftaucht, ein Schauplatz atomarer Experimente, fühle ich mit einem Schlag, dass ich hier nichts verloren habe, nicht hierhergehöre, nicht auf den Sitz neben Mark, nicht in Dabos Auto, nicht in die Wüste Taklamakan, nicht an den atomaren See. Die Umstände allein sind an meiner Anwesenheit hier schuld. Die Umstände, die ich möglich gemacht und zu einem Ablauf geordnet habe, anhand einer Landkarte, mithilfe einer

Geldbörse, den Wegweisungen von Fremden folgend. Aber es gibt hier keinen Platz für mich, die Lücke hat sich geschlossen. Ich ziehe lediglich durch, ohne das Terrain zu berühren. Ich bin bloß anwesend. Ich habe keine Worte für diese Gegend, mir fehlt der Blick für diese Landschaft. Ich bin hier nur noch ein Fremder, am falschen Platz gelandet. Könnte dies alles vielleicht Heimweh sein? Nein, ich sehne mich nicht zurück nach Hause, weiß aber, dass ich an einem anderen Ort sein sollte. Und mir wird klar, dass mich dieses Gefühl quält, seit der Major in Gade mir das *Neue Deutschland* gezeigt hat. Wohin gehöre ich? Zu Dabo und Mark hier ins Auto, weil die Umstände mich hierhergebracht haben? Weil ich hier bin und nicht an einem anderen Ort? Nach Berlin und Leipzig und Prag, weil dort die historischen Glocken läuten? Nach Brandhagen, das wie von jeher abseits der Geschichte in der Landschaft meiner Kindheit liegt?

Der See klappt sein Auge zu. Dies ist das erste Ende meiner Reise.

Auf der Treppe:

Ich bin Monika Schneeweiß.

Betrat hinter Alexandra die Wohnung, stellte den Koffer ab, sah sich um.

Kleiner als erwartet. Und was für ein Schweinestall.

Endlich am Ziel angekommen. Und das Ziel war ein Schweinestall.

Ich liege in meinem Zimmer in Ruoqiang. Das Hotel ist umzingelt von Wüste und Nacht. Beide drücken mir die Luft ab. Der Schweiß tropft von meinem nackten Körper

aufs fleckige Laken. Ich zähle die Stunden, bis ich hier wegkomme. Beim ersten Schimmer des Morgenlichts stehe ich auf. Stehe am Fenster und blicke auf die leere Straße hinunter. Flenne wie ein Schuljunge. Warte, bis unten das Leben wieder beginnt, und fahre, ohne mich von Mark oder Dabo zu verabschieden, mit dem sechs-Uhr-Bus nach Kashgar.

Für Ninas Überleben gab es laut den Ärzten im Urban-Krankenhaus keine medizinische Erklärung. Doch nicht allein das Überleben bestaunten die Mediziner, auch die vollkommene Unversehrtheit der Patientin Gewandt, die nach ihrem Sturz aus dem zweiten Stock nur ein paar Schrammen und Beulen abbekommen hatte. Sie sei wohl, sagte der Oberarzt, eine Katze mit sieben Leben. Und nur, um ganz sicherzugehen, dass auch wirklich nicht ein beschädigter Nackenwirbel übersehen worden war und später zu Versteifungen führen würde, legten die Ärzte dem physiologischen Wunderkind für eine Woche eine Halskrause zur Stützung der empfindlichen Nackengegend an. Stolz trug Nina die Knochenhilfe, saß im Urban-Bett, war abermals Patientin und wir anderen wieder ihre im Zimmer am Bett sitzenden Zuschauer. Nina war in ihrem Element, empfing jeden, der hier auftauchte, laut und lustig, und forderte, wenn es ihr zu ruhig wurde, mehr Besuch an. Eine ganze Prozession zog während der zehn Tage ihres Aufenthalts im Urban durch das vom Vater spendierte Einzelzimmer. Alle kamen – Tina Tina, Jack und Yukio, sogar Sandy Lopez, Anatol Wetter, die Puppe Mimi, die Fürstinnen, Fräulein Scherer. Alle gaben vor, dass es sich hier um einen ganz normalen Kranken-

besuch handelte, und feierten Ninas unglaubliches Überleben. Wir alle, die Ärzte eingeschlossen, redeten nur von »dem Unfall«, niemand brachte den mutwilligen Sturz zur Sprache oder nahm das umständliche Wort »Selbstmordversuch« in den Mund, als wäre dies dem Eingeständnis eines Fehlschlags gleichgekommen, niemand außer Monika Schneeweiß.

Sie hatte sich von Alexandra überreden lassen, am ersten Tag im Westen zu Hause zu bleiben (ruh dich mal richtig aus), aber an diesem ersten Tag, der, wie sich bald herausstellte, der letzte Tag unseres kleinen Kreises werden sollte, hatte es einen Telefonanruf gegeben, außer der Reihe, unerwartet, einen Anruf von Herrn Gewandt aus Hongkong, der sich nach dem Befinden seiner Tochter hatte erkundigen wollen, aber statt Alexandra eine wildfremde Person am Apparat hatte, eine Person allerdings, die ihn gleich durch ihren forschen und praktischen Tonfall beeindruckte, eine Person, die sich nichts vormachen ließ und niemandem etwas vormachte. Diese Monika Schneeweiß kam denn auch gleich ohne weitere Umstände zur Sache, erklärte, dass sie zwar gerade erst angekommen sei in der Winterfeldtstraße (aus der DDR, Sie verstehen, Flucht usw.), dass sie Nina noch nicht selbst gesehen habe, »aber ich kann schon mit hundertfünfzigprozentiger Sicherheit sagen, dass alles auf einen sogenannten Selbstmordversuch hindeutet, wenn Sie wissen, was ich meine«. Einen Moment lang blieb Herr Gewandt still, dann holte er tief Luft und »ich möchte doch jetzt hier klarstellen, dass diese Neigung, dieses Sich-aus-dem-Fenster-Werfen, diese schreckliche Heimsuchung, mit Sicherheit nicht von meiner Familie herstammt. Das sind

da alles einwandfreie hessische Bauern-Gene, sodass es nur durch Vererbung von der Mutter herkommen kann.« Monika Schneeweiß ließ ihn reden, ohne Unterbrechung, so lange, bis er sich den ersten Schock von der Seele geredet hatte. Dann sagte sie »wir müssen die Sache jetzt fest in die Hand nehmen«, sagte es mit Nachdruck, meinte mit »die Sache« Nina und mit »wir« sich selbst, sagte »wir kriegen die schon wieder hin« und »solche Sperenzchen habe ich auch im Gefängnis gesehen« und »da muss man gleich von vornherein durchgreifen«.

Am zweiten Tag nach ihrer Ankunft durfte Monika Schneeweiß mit ins Krankenhaus. Da saß Nina mit Halskrause im Bett, streckte die Arme nach ihr aus, als habe sie diesen Besuch schon seit Monaten erwartet, küsste Monika theatralisch auf die Lippen, vor versammelter Mannschaft, vor Alexandra, und sagte »meine Monika ist hier«. Monika Schneeweiß blickte in die Runde, blickte uns an, als seien wir eine Horde bunter Hunde, und fragte: Wer ist hier zuständig?

Hinter Ninas Rücken, selbst hinter Alexandras Rücken, redeten die Ärzte jedoch sehr wohl von Selbstmord. Sie wollten ihre Patientin nicht etwa, wie sie vorgaben, »zur Beobachtung« im Urban behalten, sondern um die Überführung zurück in die Psychiatrie Spandau einzuleiten, zurück auf die geschlossene Station im Haus Erika, mit Blick auf den Rasen und das offene Haus Ute. Klammheimlich wurde der Abtransport vorbereitet, nicht einmal Alexandra wusste davon, erfuhr erst von dem Plan, als es zu spät war, als sie am vierten Tag nach Monikas Ankunft zur Besuchszeit im Krankenhaus erschien und Nina bereits verfrachtet worden war – schreiend und strampelnd,

sagten die Schwestern, »sodass wir ihr erst mal etwas einspritzen mussten«. Warum man sie nicht verständigt habe, wollte Alexandra wissen. Die Schwestern zuckten mit den Schultern. Eben nur Familie ..., der Vater sei verständigt worden ... In Hongkong? Hongkong? Keine Ahnung. Da war die andere ... Vom Vater beauftragt ... Und als Alexandra von Kreuzberg kommend im Haus Erika erschien, saß Monika Schneeweiß hier schon seit gut über einer Stunde am Krankenbett. Der waren die üblichen Besuchszeiten egal, wer hält sich denn in einer Krise an Besuchszeiten? Da muss man doch die Regeln umgehen und die Sache selbst in die Hand nehmen, sonst wird das nix, sonst wäre auch ich jetzt nicht hier, sondern würde noch drüben in Friedrichshain vergammeln.

Abends saßen wir nach dem Krankenhausbesuch im Altar, tranken Bier und aßen Würstchen mit Senf, die Ludwig uns hinschmiss, worauf Monika Schneeweiß ihn sogleich zurückpfiff, um sich über die rüde Bedienung zu beschweren. Wenn Se bedient werden wolln, gehn Se ins Kranzler, kläffte Ludwig und machte auf dem Absatz kehrt.

Wer war diese Monika Schneeweiß, die hier plötzlich so forsch und fordernd auftrat? Der Name war uns dunkel aus Ninas Erzählungen in Erinnerung, irgendeine vergangene Liebhaberin. Was wollte die hier? Alexandra sah nervös aus. Sie hat Nina monatelang aus dem Gefängnis geschrieben, flüsterte sie mir zu. Gefängnis? Wegen Republikflucht. Das hat Nina dir erzählt? Nicht direkt. Was heißt »nicht direkt«? Es ist irgendwie rausgekommen. Rausgekommen? Ich weiß nicht mehr genau. Und ungeduldig wischte sie sich über den Mund.

Nina tat, als könne sie ihr Glück gar nicht fassen, tat, als sei ihre neueste Retterin gekommen, als sei Monika die Einzige, die verstand, was wir ihr angetan hatten. Die ist selbst eingesperrt gewesen, die weiß, wie das ist. Das sind die Tabletten, sagte Daisy zu Alexandra, sie weiß ja gar nicht mehr, was sie redet. Aber Alexandra schüttelte den Kopf. Monika telefoniert mit dem Vater, sagte sie, und gibt den Ärzten Anweisungen, sie hat sogar eine Bankvollmacht von ihm! Ich kapier es nicht. Nur weil sie so dick aufträgt? Wegen ihrer Flucht? Die denkt, sie hat hier Bleiberecht. Hat ihren Koffer ausgepackt. Hat überall Fotos von fremden Leuten aufgestellt. Hat zwei scheußliche blaue Seidenkissen im Wohnzimmer aufs Sofa gelegt. Schläft in Ninas Bett. Und ich auf der Couch.

Von Ruoqiang und dem Lop-Nor-See fahre ich nach Kashgar 喀什市 an der Seidenstraße, eine Stadt mit erstklassigem Essen. Das Essen in Kashgar ist super, hatte Mark gesagt und mir einige Restaurants und Marktstände aufgeschrieben, die unter den Rucksackreisenden die Runde machten. Kashgar ist voller Europäer, Australier und Amerikaner, die von hier aus versuchen, nach Tibet zu reisen. An den Marktständen, in den Restaurants, in den Hotels – überall hat jemand eine Geschichte parat, wie man am besten in die größtenteils gesperrte Region kommt, welche Routen zu meiden sind, wo ein Bett im Schlafsaal einen Yuan billiger ist, oder wo man die größte Schale Nudeln für das wenigste Geld bekommt. Das Reisen wird zum Sport: die nächste Fahrkarte ergattern, das nächste billige Hotel, das nächste fast geschenkte Essen. Das Reisen wird zur ständigen Beschwerde: der Schlafsaal zu teuer, die Portio-

nen zu klein, die Leute zu unfreundlich, überall wird man übers Ohr gehauen. Es geht doch nur um ein paar Pfennige, sage ich. Nein, es geht um das Prinzip, sagt ein Australier, ich lasse mich von denen doch nicht bescheißen.

Die Reise wird zum Kampf zwischen »denen« und uns. Mühevoll ziehen wir von einem Ort zum anderen. Die Reise wird zur Klage. Dagegen muss ich mich zur Wehr setzen. Ich habe eine Erinnerungspflicht, muss alles mitnehmen nach Hause, vom kleinsten Menschenbild bis zur riesigen Landschaft, vom Verhandeln im Bahnhof bis zum alles übertönenden Marktschreien. Auch das Flüstern im Bazar von Kashgar: Auf dem Platz des Himmlischen Friedens lässt die Partei Panzer auffahren. Die Bilder sind auf der ganzen Welt zu sehen. In Kashgar sehen wir keine Bilder, nicht im Fernsehen, nicht in der Zeitung. Was ich sehe: Soldaten marschieren durch die Stadt, mal zehn, mal zwanzig, mal hundert. Sie stoßen in die Gassen des Bazars vor, treiben die Menschen auseinander, werfen Stände um. Die Soldatengesichter unter den grünen Mützen sind Schülergesichter, aber zu allem bereit. Streitmacht, Volksarmee. Das Volk tritt beiseite und lässt sie durchziehen. Es ist ein fremdes Volk, hier, zweieinhalbtausend Kilometer weit weg von Peking.

Lang lebe das Volk!

Die Hitze trommelt auf die Stadt. Die Verkäufer richten die Stände wieder her, stellen die von den Soldaten verstreuten Waren wieder auf.

Lang lebe das Volk!

Die Hitze flimmert in den Gassen. Von Neuem beginnt der Handel im Bazar. Marktgeschrei. Darunter unüberhörbar die letzten Neuigkeiten aus Peking.

Lang lebe das Volk ...

Für Ninas zweite Heimkehr in die Winterfeldtstraße hatte Monika Schneeweiß alles bestens vorbereitet. Eine stärkende Hühnersuppe köchelte auf dem Herd, die Wohnung war picobello, das Bett frisch bezogen, auf dem Tisch in der Küche standen Kornblumen, die in der sonst so kahlen Wohnung etwas fehl am Platz schienen.

Monika kümmerte sich jetzt, traf alle Entscheidungen. Herr Gewandt, Doktor Koch und Indira Feltschuh vertrauten ihr. *Unser* Versuch mit Nina war fehlgeschlagen. Jetzt war hier eine starke Hand vonnöten, ein klarer Kopf, jemand, der Nina Paroli bieten konnte. Monika Schneeweiß besaß alle diese Eigenschaften, »sonst hätte ich es ja nie aus dem Osten rausgeschafft«. Die Überwindung der deutsch-deutschen Grenze wurde zur Empfehlung. Es war klar – nur auf dem Schneeweißen Weg konnte es hier weitergehen. Und gleich von Anfang an lief alles wie am Schnürchen.

Jeden Morgen um acht ging Monika mit Nina am Sachsendamm schwimmen, um eins gab es das von Monika zubereitete Mittagessen, um drei ging es ins Altar, um sieben wurde zu Abend gegessen, um halb zehn ging es ins Bett. Zwischendrin half Nina beim Einkauf, Putzen und Kochen. Ohne Widerrede. Monika verabreichte die Tabletten zur festgesetzten Zeit, Nina nahm sie ein. Ohne Widerrede. Nichts mehr von Feinden. Kein Jadekaiser. Keine Diagramme. Keine verrückten Liebesgeschichten. Nur Regeln und Folgsamkeit. Auch die Sitzungen bei Indira Feltschuh begannen wieder. Dienstags, donnerstags und freitags eskortierte nun Monika Schneeweiß die Patientin zur Therapie. Ich glaube zwar, dass Arbeit besser wirkt, aber ein bisschen Behandlung kann ja nicht scha-

den, sagte sie. Nun saß nicht mehr ich, sondern Monika Schneeweiß im Wartezimmer am Südwestkorso, blätterte in den dort ausgelegten Zeitschriften – *Petra, Brigitte, Freundin* –, versank in eine Welt der Schönheit, der Schulterpolster, federartig geföhnten Frisuren, scharlachrot geschwungenen Lippen und nachtblauen Lidschatten. Oder *Schöner Wohnen,* voller glatter Möbel und weißer Wände. Monika fühlte sich wohl in diesem bebilderten Habitat, so wohl, dass sie Nina nebenan im großfenstrigen Sprechzimmer gänzlich vergaß. Es war diese Welt der Schönheit, für die sie Rummelsburg und Hildi Wurm ertragen hatte. Aus dem Wartezimmer nahm sie Zeitschriften mit in die Winterfeldtstraße. Sieh dir das an, sagte sie und zeigte auf ein bauschiges Abendkleid, eine cremefarbene Sitzgruppe, ein zwölfteiliges Essbesteck, so was gibt es auch. Sie klappte das Magazin zu. Man darf nur sein Ziel nicht aus den Augen verlieren. Nur weil jemand krank ist, darf man die Schönheit nicht aus den Augen verlieren. Sie macht alles andere lebenswert. Die Schönheit? Tatsächlich? Mir schien es angesichts der Lage in der Winterfeldtstraße abstrus, von Schönheit zu reden. Aber Monika Schneeweiß blieb felsenfest. Glaubst du, ich hätte mir so mein neues Leben im Westen vorgestellt? Mit einer ... wie soll ich sagen ...? Wie soll ich sie nennen ...? Mit einer Ausgeklinkten? Natürlich nicht! Und trotzdem weiß ich, dass ich eines Tages alle schönen Dinge haben werde, die zum Leben notwendig sind. Die richtigen Kleider, die passenden Schuhe, die schönsten Frisuren. Ich will ein richtiges Leben. Wenn das hier alles vorbei ist, wenn Nina gesund ist, dann geht das Leben los. Momentan sind wir eben in der Warteschleife. Und warten habe ich in Rummelsburg

gelernt. Du findest das vielleicht lächerlich, aber mir hilft es, den Kurs zu bewahren.

Mit einer etwas unkonventionellen Verwaltung des von Herrn Gewandt monatlich überwiesenen Haushaltsgelds begann Monika, sich in der Winterfeldtstraße einzurichten. Sie hatte gemerkt, dass sie die Summen sehr zu ihren Gunsten nutzen konnte, wenn sie täglich kleine oder mittlere Beträge abzapfte und sich auf diese Weise bald ein beträchtliches Nebeneinkommen verschaffte. Mit diesem Geld kaufte Monika Schneeweiß Gegenstände, die nach und nach die kahle Wohnung zu bevölkern begannen. Endlich wurde sie zur Händlerin, zur Feilscherin, zur Konsum-Agentin. Hier im Westen verstanden die Leute wenigstens, was es hieß, zu verhandeln.

Aus dem Katalog von Monika Schneeweiß' Anschaffungen:

Eine japanische Götterstatue, Holz, lackiert, ca. 1820: Dieses Artefakt erstand sie für 1700 Mark bei einer Auktion in der Galerie Sahl & Sohn in der Bleibtreustraße. Monikas Hand schoss unerbittlich zum Gebot in die Höhe, bis bei 1650 auch der letzte Gegner aus dem Feld geschlagen war.

Eine Kaschmirdecke, auberginefarben, 1,50 m x 1,80 m, an den Enden gefranst: Anhand eines aus der Vogue ausgeschnittenen Fotos hatte Monika sich auf die Suche nach diesem wärmenden Artikel gemacht. Zunächst erstand sie ein minderwertiges Produkt im Kaufhaus Wertheim, das sie dann, und nur mit den allergrößten Schwierigkeiten, gegen Bargeld retournieren konnte, was eigentlich gegen

die Regeln des Kaufhauses verstieß und daher Engelszungen vonseiten Monikas erforderte. Hierauf begann eine wochenlange Suche nach der richtigen Decke. Sie wollte schon die Segel streichen, als die Fürstin Bolkonskaja eines Abends durch Zufall in der Bierbar das Foto der Decke sah, Mitleid hatte und ihr ein eigens aus Chicago eingeführtes Sammlerstück gegen einen Aufpreis von 50 Prozent verkaufte. Gesamtpreis 375 Mark.

Porzellanäffchen, Hutschenreuther, handbemalt, 7 cm hoch: Ich bestellte diesen Staubfänger bei meiner Mutter im Brandhagener Geschäft. Monika hatte ihn im Schaufenster eines Ladens am Kurfürstendamm entdeckt. Preis: 144,89 Mark, inklusive Familienrabatt von 36 Mark.

Ein ausgestopfter Zaunkönig, montiert auf einen getrockneten Ulmenzweig mit Moos, unter einer Glashaube sitzend: Dieses Monstrum kannte Monika Schneeweiß nur vom Hörensagen. Daisy hatte eines Abends im Altar davon erzählt, nachdem sie den Vogel in einer als *Kronen* betitelten Ausstellung in der Galerie Voost gesehen hatte. Am nächsten Tag versuchte Monika, das Tier zu erstehen, doch war die Ausstellung bereits weitergezogen nach Antwerpen. Angefeuert durch den Erfolg mit der Decke aus Chicago, ließ Monika nicht locker, bis Galerist Voost einwilligte, das Stück aus der Ausstellung zu nehmen und gegen einen Aufpreis in die Winterfeldtstraße zu schicken. Angeblich war der russische Künstler, dessen Hand der Zaunkönig entsprungen war, überwältigt gewesen vom Enthusiasmus der Kennerin Schneeweiß. Sobald Monika jedoch erfuhr, dass der Künstler Russe war, verlor

sie jedes Interesse an dem Singvogel. Mit russischer Kunst kannst du mich jagen. Ich will mir doch nicht die DDR ins Wohnzimmer stellen. Damit verschwand der Zaunkönig im Keller. Preis: 795 Mark.

Und so ging es weiter. Die Winterfeldtstraße wurde nach und nach zugestellt mit Monikas Anschaffungen. Doch wirkte alles hier etwas fehl am Platz. Wie Eindringlinge standen das Porzellanäffchen und der japanische Gott auf der Fensterbank. Tot lag die amerikanische Wolldecke auf dem Bett. Als wollten sie das alte Leben hier beenden, ohne ein neues zu beginnen.

Um ihre Anschaffungen zu finanzieren, musste Monika immer beträchtlichere Summen abzwacken, sodass Alexandra ihr bald auf die Schliche kam. Die ist hier mit einem schäbigen Koffer angekommen und jetzt kauft sie ausgestopfte Vögel für 800 Mark. Da ist doch was nicht koscher. Eine kurze Prüfung der Kontoauszüge brachte die Sache ans Licht. Herr Gewandt aber, den Alexandra in Hongkong und dann noch einmal in Frankfurt anrief, wollte von solchen Anschuldigungen nichts hören. Sie kaufe die Sachen für Nina, sagte er und beschuldigte Alexandra geradeheraus, die ganze Geschichte erfunden zu haben. Die kommt schließlich aus der DDR, die hat sich ihr neues Leben bei uns erkämpft. So eine betrügt nicht.

Nina wusste nichts von den Geldschiebereien. Der täglichen Ankunft immer neuer Staubfänger in der Wohnung sah sie stumm und abwesend zu. Indira Feltschuh hatte ihr neue Pillen verschrieben, die unter dem zungenbrecherischen Namen Aripiprazol die Gespenster vertreiben sollten. Dies waren keine Stilllegungstablet-

ten, wie Doktor Koch sie im Haus Erika verabreicht hatte, sondern funktionale Medikamente, die, wie sich bald herausstellte, wirkungsvoll einen geschmierten Tagesablauf garantierten und Ninas Gerede von Kaisern, Tod und Weltzerstörung endgültig zum Schweigen brachten. Dieses von Monika Schneeweiß als »Beginn der Heilung« gefeierte Schweigen aber kam uns anderen unnatürlich vor, saß wie aufgestülpt über Nina, ja, dieses Schweigen war uns unheimlich. Wir nahmen unserer Freundin den plötzlichen Wandel nicht ab, waren zu oft von ihr hinters Licht geführt worden, glaubten, die neue Ruhe verdecke nur eine noch schlimmere Seite der Krankheit.

Ich besuche Trisha im Guy's Hospital bei London Bridge. Hier hat sie einen kleinen rosa Jungen zur Welt gebracht, der Bertie heißen soll. Mit einer Schachtel Ferrero Rocher stehe ich am Bett. Trisha schläft. Bertie auch. Sie sehen beide aus, als wäre hier nichts Besonderes geschehen, als sei so eine Geburt eine Kleinigkeit. Ich bin fast am Ende, flüstere ich, lasse die Schachtel Pralinen auf der Bettdecke liegen und schleiche auf Zehenspitzen aus dem Zimmer.

Von Kashgar nach Urumqi 烏魯木齊市: eine Stadt als Zukunftsvision der Partei. So soll es hier überall in zwanzig Jahren aussehen. Die importierten Han-Genossen sind zur regierenden Mehrheit geworden. Schilder, Essen, Kleidung und Sprache der türkischstämmigen Einwohner sind längst verschwunden. Nicht verschwunden ist der Hass auf die Besatzer. Die marschieren durch die Straßen und besaufen sich in Restaurants. Schreien sich gegenseitig Trinksprüche zu und spucken die abgenag-

ten Knochen ihrer Han-Gerichte auf den Boden. Aber die Furcht steht ihnen in die Gesichter geschrieben. Die Angst drückt ihnen die prostenden Gurgeln zu. Da müssen sie noch mehr saufen, noch zwanzig Flaschen Qingdao-Bier! noch elf Flaschen Reiswein! und bringt uns was zu essen! bringt uns verdammt noch mal was zu essen, ihr Scheiß-Kakerlaken!!

Dong feng hong 東方紅 – der Osten ist rot.

Wo bleibt das beschissene Essen?? Die leeren Bäuche schreien, die Kakerlaken tischen auf, aber sie riechen die Angst der Knochennager, denn in Peking kapitulieren die Studenten nicht. Der Platz ist ganz umstellt von Panzern und Soldaten, alle Gewehrläufe sind auf die improvisierte Zeltstadt gerichtet, aber die Studenten kapitulieren nicht und der Schweiß steht den Soldaten hier wie dort glänzend auf der Stirn.

Und im erstickenden Prager Sommer steht die Zeltstadt um die deutsche Botschaft.

Und in Leipzig und Dresden versammeln sie sich.

Du bist aus Deutschland? fragt mich ein Mädchen am Bahnhof von Urumqi. Ich nicke. Wir sind das Volk, skandiert sie und stößt ihre Faust in den Himmel.

Ich besteige den Zug nach Osten, über Lanzhou 蘭州市, Xian 西安市, Zhengzhou 鄭州市 nach Peking 北京. Es ist der zweite Juni 1989. Die Fahrt dauert vier Tage, mit ständigen Kontrollen und fortwährenden Unterbrechungen. Das ganze Land befindet sich in einem nicht ausgesprochenen Krisenzustand. Es ist der allgegenwärtige

Unterton. Der andere: die Rufe der Studenten vor ihren Zelten. Daneben geht das tägliche Leben wie immer weiter. Nach zwei Tagen kommt die Nachricht. Die konterrevolutionäre Bande, die kapitalistischen Demagogen sind niedergemacht.

Sieg dem Sozialismus!

社會主義勝利!

Es lebe die kommunistische Partei Chinas!

中國共產黨萬歲!

Lang lebe Deng Xiao Ping!

鄧小平萬歲!

Unter den offiziellen Tönen schleichen die wahren Nachrichten durch den Zug, kriechen langsam von Waggon zu Waggon, in die Gesichter der Reisenden, egal ob Han, Turkmenen oder Mongolen: die plattgemachte Zeltstadt, die Toten und die Abtransportierten, die raschen Säuberungsarbeiten, die von den Soldaten blank geschrubbten Steine vor der Großen Halle des Volkes. Die Nachrichten sind jetzt überall zu spüren, ohne dass auch nur ein einziges Wort fällt. Alle starren zu Boden, aus Angst, den Nachbarn anzusehen. In diesem Schweigen fährt der Zug weiter von Bahnhof zu Bahnhof bis nach Peking.

Fragen, die Alexandra nachts quälten: Warum lag sie hier auf dem Sofa und Monika Schneeweiß nebenan im Bett mit Nina? Wie war es dazu gekommen? Wie war sie, Alexandra, hier gelandet? Warum erkannte sie Nina nicht mehr wieder? Hatte sie denn nicht begriffen, wie krank die Freundin war? Und dieses neue funktionale Leben? War das echt? Was war noch echt? Wann hatte sie die Hoff-

nung aufgegeben? Wann hatte dieses kraftlose Warten begonnen? War es Hingabe oder Scheitern, was sie fühlte? Wie lange konnte sie noch so weitermachen?

Monika Schneeweiß schwitzte. Sie war krank, hatte Fieber und Gliederschmerzen. Selbst das Liegen tat ihr weh, aber sie wagte nicht, sich zu bewegen, aus Angst, Nina aufzuwecken. So lag sie still da und blickte ins dunkle Zimmer. Dort standen eine viel zu große rote Vase, ein neu aufgepolsterter Sessel, eine afrikanische Götterstatue. An der Wand hing eine Reproduktion von Klimts *Schubert am Klavier*. Monika wollte sich an diesen neu erstandenen Dingen freuen, aber sie konnte nicht. Sie konnte immer nur an das eine denken: So habe ich mir das nicht vorgestellt, so wollte ich nicht leben. Ein kranker Westen. Wer hat denn jemals von einem Westen mit Kranken gehört? Davor hat mich keiner gewarnt, dass es auch so sein kann. Erst Rummelsburg, dann Amnestie und jetzt Klapse. Dritter Betrug. Monika drehte sich um und sah die schlafende Nina an. Hast mich betrogen mit deiner Krankheit, mein Ninalein. Hinters Westlicht geführt. Kannst ja nicht anders. Oder willste nich? Willste kein Glück mit mir …? Sie stand auf, öffnete den braunen Schnallenkoffer und nahm das aus Rummelsburg mitgebrachte Zellenbuch heraus, trug es zum Fenster, schlug eine beliebige Seite auf und las im Schein der Straßenlaterne von ihren alten Träumen. Dieses nächtliche Lesen war eine Erleichterung, wie das Heraufbeschwören einer anderen Welt, in der am nächsten Morgen keine Tabletten zum Frühstück verabreicht wurden, in der keine Psychiaterin vom Südwestkorso Lebensregeln aufstellte,

in der es keine Dritte, keine Alexandra auf dem Sofa im Wohnzimmer gab.

Oh my, but you have a pretty face, you favor a girl that I knew, I imagine that she's still in Tennessee, and, by God, I should be there, too, I've a sadness too sad to be true …

Dies habe ich von anderen Reisenden gehört: Paris ist meine Stadt, Venedig ist meine Stadt, New York …, Tokyo …, Sidney … ist meine Stadt. Obwohl ich nicht weiß, was »meine Stadt« eigentlich bedeuten soll, weiß ich doch, dass Peking nicht meine Stadt ist. Keine Romantik, keine schöne Lage, keine Metropole, kein Ich-weiß-nicht-wie-ich-es-erklären-soll … Peking ist eine gezeichnete Stadt. Wie in Berlin hat die Geschichte sich in diesen Ort festgebissen. Die großen Boulevards sind keine Vistas. Lediglich kommunistische Schneisen. Der riesige Platz des Himmlischen Friedens ist abgesperrt, von Soldaten bewacht, als ginge von dem Ort selbst eine Gefahr aus. Vereinzelt wird hier noch geputzt, wird die Kulisse für zukünftige Paraden wiederhergestellt. Sonst ist von den Ereignissen der letzten Wochen nichts mehr zu sehen.

Für den Fremden gehört es sich nicht, über dieses Thema zu reden. In einem kleinen Park in der Nähe tritt ein junger Mann an meine Bank und fragt, woher ich komme. Aus Deutschland, sage ich. Er nickt. Euch geht es besser. Der Park liegt in einem der wenigen verbliebenen alten Viertel Pekings. Doch hier, im Zentrum direkt neben der Verbotenen Stadt, handelt es sich um erstklassiges Bauland für die Spekulanten. Bald wird auch dieses Viertel abgerissen werden. Gehört es sich für den Frem-

den, *darüber* ein Wort zu verlieren? Uns geht es besser. Diese Stadt stößt mich ab, schwemmt den roten Teufel aus ihrem Blutkreislauf. Die erstbeste Fahrkarte, die ich ergattern kann, geht zurück nach Xian 西安. Von dort aus ein Bus bis nach Pingli 平利縣. Ich habe keine Ahnung, wo das ist. Ich bin planlos ausgestiegen.

Nina war krank. Sie hatte sich bei Monika Schneeweiß, der es längst wieder besser ging, angesteckt und lag mit Gliederschmerzen, Husten, Ohrenschmerzen im Bett. Um sie herum aufgestellt wie immer die Schuhe. Monika Schneeweiß maß Fieber, das Thermometer stieg auf 39,8 Grad, und wir fanden, dass Nina zum Doktor müsse. Aber von Ärzten wollte Nina nichts hören. Ruf doch die Feltschuh an, sagte sie, die wird mir schon was Schönes verschreiben. Nachdem Monika langatmig die Symptome am Telefon beschrieben hatte, diagnostizierte die Psychiaterin Bronchitis und verschrieb Aspirin und Bettruhe. Ihre Freundin ist nur erschöpft und bestimmt im Nullkommanichts wieder auf den Beinen, sagte sie. Mit Erschöpfung hat das nichts zu tun, sagte Nina enttäuscht, dass es kein Penizillin gab. Wahrscheinlich habe ich mir irgendeinen Scheiß eingefangen in dem verdammten Haus Erika.

Als zwei Wochen später Tina Tina in der Galerie Voost ihre Ausstellung *Einheimische Singvögel* eröffnete, war Nina immer noch krank. Ihr Fieber war bis auf 40 Grad gestiegen, und schließlich hatte Monika Schneeweiß doch einen Arzt gerufen, der Antibiotika und strikte Bettruhe verordnete. Am Abend der Eröffnung war das Fieber endlich gesunken, Ninas Kopf hämmerte nicht mehr blutrot,

der Husten ließ nach, das Schlimmste schien überstanden. Trotzdem weigerte Alexandra sich, sie allein zu lassen. Wir sagen ab, sagte sie und warf die Einladung in den Müll. Aber davon wollte Nina nichts hören. Ihr geht auf alle Fälle und erstattet mir genau Bericht. Ich will wissen, wer eingeladen war, wer gekommen ist, und vor allem will ich wissen, was die sich da monatelang in ihrem Atelier in der Potse zusammengemalt hat. Überhaupt hast du hier jetzt lange genug Krankenschwester gespielt. Ich komme einen Abend lang gut allein zurecht. Das klang vernünftig und echt. So hatte Nina seit Monaten nicht geredet. Die Worte schmeichelten uns, als seien wir zur Abwechslung einmal ihrer Sorge wert. Trotzdem wollte Alexandra nicht gehen. Es war ja das erste Mal seit Beginn der Krankheit, dass wir Nina allein ließen. Die aber duldete keine weiteren Ausreden, und so schleppten wir Alexandra mit in die Galerie. Zu Fuß liefen wir vom Nollendorfplatz in die Fasanenstraße, fröstelnd durch den spiegelblanken Winterabend, und ignorierten Alexandras alle paar Meter wiederholtes »ich glaube, wir sollten doch lieber umkehren«.

Was war da also zu sehen an den gekalkten Wänden der Galerie Voost? Nicht die üblichen leuchtenden Tina-Tina-Werke, keine tibetanischen Farben, keine massiven Pinselstriche. Stattdessen großformatige Fotografien von Beinen in Wollstrumpfhosen, von Tina Tinas Beinen – graugrün, graublau, grüngrau, blaugrün, blaublau. Beine vom Oberschenkel bis unters Knie, vom Knie zum Knöchel, ganze Beine, mal mit, mal ohne Fuß. Und jedes Bild trug einen ornithologischen Titel: Gimpel, Singdrossel, Zaungrasmücke, Stieglitz, Buchfink, Bachstelze, Wiesenpieper ...

Wir waren alle da – Alexandra, Monika Schneeweiß, Daisy, Yukio, Sandy Lopez, Anatol Wetter. Jack allerdings fehlte, und niemand wusste, warum. Die Galerie war so voll, dass die Scheiben beschlagen waren und wir uns kaum in den kleinen Raum drängen konnten. Die Bilder waren mit einem scharfen, silbernen Licht angestrahlt. Alexandra stand im Gedränge und blickte auf ihre Füße. Sie kümmerte sich weder um die Bilder, noch um die anderen Gäste, noch um den gereichten Sekt. Haben wir überhaupt noch einmal Fieber gemessen, bevor wir gegangen sind? fragte sie und hörte kaum hin, als Daisy sie unterhakte und versuchte, die Vogelfotografien zu deuten. Auch Monika Schneeweiß schüttelte den Kopf. Mach dir keine Sorgen, sagte sie, es ist alles in Ordnung. Außerdem hat sie gesagt, wir sollen gehen. Gerade darum müssen wir uns Sorgen machen, sagte Alexandra etwas zu laut und grob. Sie wandte sich ab von den Bildern und blickte mich blass an. Was glaubst du, macht sie jetzt? Keine Ahnung, komm, wir trinken noch ein Glas. Was macht sie da jetzt allein zu Hause? Wahrscheinlich schläft sie. Aber was, wenn sie nicht schläft? Was, wenn sie aufwacht, ein Glas Wasser will, wenn sie wieder Fieber hat, was, wenn sie fantasiert und sich in ihrem Kopf alles Mögliche zusammenreimt, was, wenn sie nach mir ruft, und ich stehe hier vor diesen bekloppten Bildern? Was dann? Sie soll plötzlich vernünftig geworden sein? Will allein zu Hause bleiben? Alexandra schüttelte den Kopf. Nein, das glaube ich nicht. Keine Sekunde nehme ich ihr das ab. Da ist doch irgendetwas faul, sonst hätte sie uns nicht so einfach gehen lassen. Die heckt doch irgendetwas aus. Sie versteckt doch was. Da ist doch bestimmt irgendetwas faul.

Eine fürchterliche Angst packte Alexandra bei diesen Gedanken mitten in der Galerie Voost, zwischen den Vogelbildern, in der Menge der kunstbegeisterten Gäste. Sie stieß einen der Kellner an, der hier auf einem silbernen Tablett Kanapees herumtrug. Die Brote fielen zu Boden. Keine Minute länger hielt sie es hier aus, musste auf dem schnellsten Weg zurück in die Winterfeldtstraße, ich sagte, ich würde mitkommen, und wir nahmen ein Taxi, »geht's nicht ein bisschen schneller?«, schnauzte sie den Fahrer an, »icke fahr nich bei Rot, hier ist nich China«, schnauzte der zurück, und in der Winterfeldtstraße liefen wir die Treppe hoch, schlossen die Wohnungstür auf, dann durch den Flur, ins Schlafzimmer, wo Nina friedlich im Bett lag und nur kurz unruhig stöhnte, als wir hereingepoltert kamen. Alexandra lächelte über dieses Stöhnen und wischte sich den Angstschweiß von der Stirn. Ich bin wohl völlig durchgedreht, sagte sie und schüttelte über sich selbst den Kopf. Sie schickte mich nach Hause und stieg zu Nina ins große Bett, die sich noch einmal kurz bewegte, auf die Seite, dem Fenster zu drehte, und mit dem obenliegenden, rechten Arm nach Alexandra tastete, nach der Zugestiegenen, die jetzt flüsternd fragte, ob Nina auch ihre Tabletten genommen habe, das Aripiprazol, und Nina nickte im Schlaf, und Alexandra war beruhigt, zum ersten Mal an diesem Abend, ja seit Wochen, seit Monaten beruhigt, endlich beruhigt, fragte sich aber trotzdem noch mit einem letzten, ausklingenden Gedanken, ob sie Nina auch wirklich trauen könne, was das Aripiprazol anging, bevor sie selbst einschlief, bevor also diese kleine, nagende Stimme der Sorge auf dem Grund ihres Schlafs unbarmherzig weiter murmelte, und so verhinderte, dass

sie ganz in die Tiefen der Nacht fiel, sondern stattdessen immer auf halber Höhe zwischen dunklen Träumen und hellem Wachen trieb, und dann kamen andere, störende Stimmen hinzu, trugen sie höher und höher, und für einen Moment konnte sie nicht mehr unterscheiden, ob sie eigentlich noch schlief oder schon wachte, und dann schlief sie wohl nicht mehr und hörte das Rufen, eher ein Schreien als ein Rufen, mitten in der Nacht, wer macht hier solchen Lärm? ist das Monika Schneeweiß? besoffen von der Party? stieg aus dem Bett, um das Fenster zu schließen, wer hatte bei dieser Kälte überhaupt das Fenster geöffnet? ging durchs leere Schlafzimmer, vorbei an hundert Schuhen, Charakterschuhen, vorbei an den Kuhfellstiefeletten, ging zum Fenster, hörte das Schreien, das jetzt noch mehr anschwoll und das zum Fenster, direkt zu ihrem Fenster hochzukommen schien, und jetzt schlief sie ganz gewiss nicht mehr, denn es war ein Hilfeschrei, jemand schrie nach der Polizei und nach einem Krankenwagen, ein Schreien, das sie schon einmal gehört hatte, und sie bewegte sich wie eingesponnen in dieses Wissen, in dieses alte Wissen, darüber, was jetzt geschehen würde, jetzt und im nächsten und im übernächsten Augenblick, auf das Fenster zu, das weit offen stand, viel zu weit für die kalte Winternacht, und mit diesem unbarmherzigen Offenstehen den Blick freigab auf Nina, die drei Stockwerke weiter unten auf dem Fußweg der Winterfeldtstraße lag und die dieses Mal den langen Sturz in die Tiefe nicht überlebt hatte.

Ich bin der Schriftführer, der alles aufschreibt. Ich sitze in einem leeren Hotel in Pingli. Seit sechs Wochen bin

ich hier, in diesem Kaff zweihundert Kilometer von Xian. Jeden Morgen klopft der Koch bei mir an, um meine Wünsche für das Mittag- und Abendessen aufzuschreiben. Die Belegschaft des Hotels zählt zehn Angestellte, vier in der Küche, zwei an der Rezeption, vier in der Putzkolonne. Ich bin der einzige Gast hier. Ich bin ihr Sorgenkind, sie finden mich zu dünn und bestehen darauf, dass ich jeden Tag zweimal warm esse. Die Portionen sind üppig, und wenn ich im Speisesaal an einem der runden Tische, groß genug für zehn Personen, meine Mahlzeiten einnehme, stehen der Koch und die drei Küchenhilfen sowie die Mitglieder der Putzkolonne, die hier ebenfalls als Kellner fungieren, ein paar Meter weit weg, in respektvollem Abstand, aber nah genug, um meine Miene ganz genau beobachten zu können, während ich aus den verschiedenen Schüsseln koste. Alle Speisen, die sie mir vorsetzen, sind ausgezeichnet und meine Miene daher stets voller Anerkennung für die Künste des Küchenchefs. Zunächst muss ich mich an diese Observation gewöhnen, ja, beim ersten Mal bleibt mir jeder Bissen im Hals stecken, so sehr fühle ich mich unter Druck gesetzt, andauernd diese unvergleichliche Gastfreundschaft zu loben. Aber nach ein paar Tagen gewöhne ich mich an das Ritual, esse entspannt und ohne Umstände und lange ordentlich zu. Zur Freude aller Angestellten. Außer über das Essen sprechen wir nur wenig, erwähnen die Ereignisse in Peking mit keinem Wort, doch will es mir vorkommen, als hätten wir etwas gutzumachen aneinander. Sie bekochen mich und ich singe abends deutsche Lieder an einem verstimmten Klavier im Speisesaal. Ich singe *Komm lieber Mai und mache, Ein Vogel wollte Hochzeit halten, Am Brunnen vor dem Tore.*

Je mehr ich singe, desto mehr Lieder fallen mir wieder ein, die früher in Brandhagen mein Vater und Onkel Olaf am Kanal schmetterten, wenn wir im Sommer baden gingen. Damals war das peinlich gewesen, nun aber kommen mir die Melodien gelegen. Das Hotelpersonal klatscht und lacht und summt noch tagelang beim Putzen und Kochen *Geh aus mein Herz und suche Freud.*

In Pingli fange ich auch an, meine Kleidung wegzugeben, egal ob sie dem Hotelpersonal passt oder nicht. Pullover, T-Shirts, Sweatshirts, Hosen, sogar Socken. Ich behalte nur einen kleinen Rucksack mit dem Allernötigsten. Dies ist mein Notgepäck, mein Abreisegepäck, denn ich denke jetzt an die Abreise aus China und beginne gleichzeitig mit meinem Reisejournal. Jeden Morgen schreibe ich in mein Notizbuch aus Wuzhou, erst auf meinem Zimmer, dann weiter nach dem Essen im Speisesaal, dann in einem der hochgepolsterten graublauen Sessel in der Halle gegenüber der Rezeption. Ich zähle die Orte auf, an denen ich während des letzten Jahres gewesen bin, zähle die Menschen auf, die mir begegnet sind. Ich reihe diese Orte und Personen aneinander, aber mit dem Aneinanderreihen ist es jetzt nicht mehr getan, denn beim Schreiben merke ich, dass meine Reise zerfallen ist in Bruchstücke, in Suchstücke, und ich weiß: Dies war keine Flucht.

Ninas Leiche wurde nach der polizeilichen Untersuchung nach Frankfurt überführt, wo kurz vor Weihnachten auf dem Waldfriedhof Goldstein die Beerdigung stattfand *(grabt mir ein Grab im Wasen)*. Außer Alexandra, Monika Schneeweiß, Daisy und mir waren nur Herr Gewandt und Ninas Bruder anwesend *(deckt mich mit grünem Rasen)*. Die

Polizei hatte mitfühlend versucht, die Möglichkeit eines Unfalls einzuräumen, aber Herr Gewandt hatte ihnen diese Lüge übelgenommen. Auch die Beileidskarte von Indira Feltschuh hatte er ungelesen weggeworfen. Vater und Bruder verschwanden ohne ein weiteres Wort, sobald der Sarg im Grab versenkt war *(kein Kreuzlein schwarz, kein ...)*. Er hat uns gebeten, die Wohnung auszuräumen, sagte Monika Schneeweiß, ich finde, das schulden wir ihm noch. Eine Woche später erhielt sie eine Rechnung über 8000 Mark aus Frankfurt: vermisstes Haushaltsgeld lautete die Beschreibung des Betrags.

In was für ein Berlin kehrten wir zurück?

In eine Stadt ohne Nina.

In eine Stadt, wo das psychiatrische Krankenhaus Spandau überall durch die zerschossenen Fassaden schien.

In eine Stadt, wo der Fußweg vor der Winterfeldtstraße gesäubert worden war.

Ich hatte genug von dieser Stadt, von ihren Farben, ihrem Licht, den Hinterhöfen, den Glotzenden in der U-Bahn, den Schwimmern am Sachsendamm. Vor allem von der Winterfeldtstraße. Ich will nach China, sagte ich zu Alexandra. Und wie zur Rechtfertigung: Schließlich studiere ich Sinologie. Und dann, wie zur Entschuldigung: Oder jedenfalls tue ich so.

Monika Schneeweiß drängte darauf, dass wir die Wohnung so schnell wie möglich ausräumten. Als wollte sie dieses Kapitel, ihr erstes Kapitel im Westen, zügig abschließen. Wir packten Ninas Sachen in Kartons und

blaue Müllsäcke: Geschirr, Besteck, Töpfe, Pfannen, die paar Bücher, die sie besessen hatte, den kleinen Altar mit dem Jadekaiser, Sommerkleidung, Winterkleidung. Auch die Sachen im Badezimmer: Zahnbürste, Haarbürste, Nagelschere, Nagelfeile, Make-up, ein ganzes Bataillon von Lippenstiften, Parfums. Am schwersten war es, die Schuhe einzutüten. Das geht wohl alles an die Pioniere, sagte Monika Schneeweiß. Du meinst an die Heilsarmee, sagte Alexandra.

Hinterher saßen wir im Altar. Auch Yukio und Tina Tina waren gekommen. Wir tranken Sekt und aßen Kardinalstorte. Yukio verkündete, dass er das Orgelstudium bei Professor Dublai aufgegeben habe. Was nun? Ich könnte Bibliothekar werden, sagte er, oder Grundschullehrer. Ich sagte, ich würde in zwei Wochen nach China abreisen. Daisy sah mich erstaunt an. Nach China? Woher denn dieser Plan auf einmal komme? Du hast China nie erwähnt, oder dass du überhaupt eine Reise planst. Ich habe nichts geplant, ich habe nur ein Ticket nach Hongkong. Bei dem Namen Hongkong sah Monika Schneeweiß in ihren Sekt und sagte nichts. Was ist mit den 8000 Mark? fragte Daisy. Monika zuckte mit den Schultern. Meint ihr, ich könnte ihre Schuhe verkaufen?

Der Kellner Ludwig servierte die Kardinalstorte und wollte wissen, wo unsere Freundin sei. Die Mulattin. Die Hübsche. Alexandra sah Ludwig an und hielt ihr Sektglas auf halbem Weg zum Mund an. Ich erwartete nun einen Sturm, Tränen, einen Wutausbruch, vielleicht sogar Geschrei. Stattdessen aber brach Alexandra in ein so ungehemmtes Lachen aus, dass der Sekt aus dem Glas über ihre Hand schwappte, ein Lachen, über das sie jede Kont-

rolle verlor, das ihr die Tränen über die Wangen trieb und das auch uns ansteckte, fassungslos und hemmungslos aus uns herausplatzte, ohne dass wir wussten, worüber wir eigentlich genau lachten, ob über Ludwig, über die Mulattin, über Nina oder über uns selbst.

In meinem weißen Zimmer in Pingli klopft es gegen zwei Uhr nachmittags an die Tür. Ich liege auf dem Bett und schlafe. Bei den üppigen Mahlzeiten hier ist das nötig. Als ich öffne, steht draußen das Mädchen von der Rezeption mit einem alten Mann. Sie sagt, dies der Masseur. Welcher Masseur? frage ich. Geschenk des Hauses, sagt sie und führt den Mann ins Zimmer, führt ihn, weil er blind ist, in mein helles weißes Zimmer. Das Mädchen lässt uns allein und der blinde Masseur dirigiert mich auf einen Stuhl, als sei er schon oft hier gewesen und wisse genau, wo welches Möbelstück steht. Über einer blauen Mao-Hose und seinem Unterhemd trägt er einen fleckigen weißen Kittel, eine, wie ich finde, etwas beunruhigende medizinische Aufmachung. Er steht hinter mir und murmelt Unverständliches. Dann legt er die Hände auf meine Schultern und beginnt mit der Massage. Seine Finger kriechen über meinen Nacken, die Schultern, den Kopf, manchmal schlägt er ohne Vorwarnung wuchtig zu. Ich gewöhne mich an sein fortwährendes Murmeln, kann erst nur ein paar Worte verstehen, dann aber nach und nach ganz gut. Der Masseur redet über die Demonstrationen, nimmt kein Blatt vor den Mund, während er knetet und trommelt, sagt mir, dass dieses Land, sein Land, kein ordentliches Land mehr sei, kein gutes Land, auf das er stolz sein könne, wie er stolz

darauf sei, wegen seines ausgezeichneten Gehörs in der Roten Armee, der Volksbefreiungsarmee, als Späher gedient, den Langen Marsch mitgemacht und schließlich Chiang Kai Check nach Taiwan vertrieben zu haben. Darauf sei er stolz, das sei die Befreiung seines Volkes gewesen damals, aber was jetzt in Peking ... eine Schande für sein Land ..., ein Land, in dem auch ich mich nicht mehr aufhalten, sondern stattdessen lieber nach Deutschland zurückkehren sollte, wo die Leute, so höre er, auch auf die Barrikaden gingen, sich die Schweinereien der Bonzen nicht mehr länger gefallen ließen. Indem ich nicht dort, in Deutschland, sei, sondern hier, in China, nun der Schandfleck Asiens, beginge ich, so der blinde Masseur, einen großen Fehler.

Kein Abschied in China fällt mir so schwer wie dieser von Pingli. Der Koch, das Putz- und Kellnerpersonal, das Mädchen von der Rezeption, sogar der blinde Masseur, sie alle stehen am nächsten Tag, dem Tag meiner Abreise, wie eine Delegation vor dem Hotel. Ich schüttle jedem Einzelnen die Hand, schultere meinen kleinen, vom Großteil meiner Kleidung befreiten Rucksack und klettere in den gleichen Bus, der mich vor zwei Monaten so ungeplant hier abgesetzt hat.

Ein Anruf: Am Sonntagmorgen nach der Beerdigung klingelte in der Winterfeldtstraße das Telefon. Für dich, sagte Monika Schneeweiß und reichte Alexandra den Hörer, aus Brandhagen. Alexandra erwartete ihre Eltern, aber es war nicht Alma oder Olaf, sondern mein Vater. Mit dem hatte sie kein einziges Mal telefoniert, seit sie weg war aus Brandhagen. Und jetzt? Was wollte der? Sagte, er

habe von Alma gehört, was passiert sei, wollte wissen, wie es ihr gehe. Da brach Alexandra in Tränen aus, flennte, heulte Schnodder und Rotz, konnte sich gar nicht wieder beruhigen, alles schwemmte heraus aus ihr. Mein Vater sagte, es tue ihm leid, »aber bei manchen Menschen … na, da sitzt der Wurm drin, da ist nichts zu machen, egal wie man sich kümmert«. Alexandra nickte in den Hörer. Vielleicht kommst du für ein paar Tage nach Hause, sagte mein Vater. Erholst dich ein bisschen. Und wir könnten Hilfe im Laden brauchen. Ein bisschen Ablenkung täte sicher gut. Alexandra nickte. Ja, ein bisschen Ablenkung. Sie fühlte sich erleichtert. Auch geschlagen. Auch besiegt. Hatten die da zu Hause bei uns in der Stube gesessen und beratschlagt, wie man sie wieder zurück nach Brandhagen und ins Geschäft bringen konnte? Hatten sie Sachen gesagt wie »jetzt hat sie sich ausgetobt« oder »jetzt wird sie sicher vernünftig«? Hatten sie gesagt »die ist zum Geschäftemachen geboren, wir haben es doch immer gewusst«? Hatten sie die ganze Zeit lang nur auf den rechten Moment gewartet?

Ich habe mich verirrt. Nach Monaten mit Landkarte, Bus- und Zugfahrplänen irre ich jetzt ziellos durch die südchinesischen Provinzen Henan 河南省, Hubei 湖北省 und Anhui 安徽省. Ich steige in irgendwelche Busse, steige irgendwo aus, steige irgendwo ab. In meinem Reisejournal schreibe ich alles auf. An der Reise selbst habe ich jedes Interesse verloren. Ich haste durch Städte und Landschaften, als sei ich gerade erst hier angekommen, als müsste ich noch etwas schaffen. So haste ich weiter, bis ich nach Shanghai 上海市 komme.

Wir standen am Zug im Bahnhof Zoo und reichten Alexandra Butterbrote und Schokolade und Cola durchs Fenster. Brauchst du sonst noch etwas? Am Nachmittag würde ihr Vater sie in C. abholen. Und die Wohnung? fragte sie. Ich bringe heute die letzten Sachen zum Container, sagte Monika Schneeweiß. Dann schließen wir ab und werfen den Schlüssel in den Briefkasten.

In der Dunhuang Lu 敦煌路 in Shanghai, inmitten eines Meeres von Kleinläden, in einer der wenigen alten Häuserzeilen, wo alle erdenklichen Waren des kommunistischen Marktes feilgeboten werden, befindet sich das Antiquariat Kronos, in dem Werner Fall seit vierzig Jahren, seit der Gründung der Volksrepublik, unbehelligt von Volk und Massen und allem historischen Wahnsinn, deutsche, englische, französische und italienische Bücher verkauft und was ihm sonst noch an Gedrucktem so in die Hände fällt. Der Laden, voller überfüllter Regale und Bücherstapel, ist ein bedruckter Mikrokosmos, in dem sich allein Fall zurechtfindet, da nichts nach Sprachen, Autoren, Epochen oder irgendeinem anderen System folgend geordnet ist. Fragt man aber Fall nach einem bestimmten Buch, kann er sofort den genauen Platz angeben und mit zahlreichen Anweisungen wie »zweiter Gang rechts, mittlere Reihe, erste Abteilung« oder »jetzt noch eine Reihe höher und dann ein bisschen nach links an den Nachschlagewerken vorbei« dirigiert er seine Kunden durch die Bücherhöhle. Er selbst sitzt hinter dem Tresen in einem zerfledderten Sessel, aus dem er sich nur erhebt, um zu kassieren oder ein Buch einzupacken. Die reinste Fundgrube ist das hier, sage ich, und Fall nickt, als sagte ich ihm nichts Neues.

Er ist 1924 als Sechsjähriger mit seinen missionierenden Eltern nach China gekommen, später der kommunistischen Partei beigetreten, hat am Langen Marsch teilgenommen und aufgrund dieser Pionierarbeit seinen Laden erst eröffnen und dann halten können, selbst während der Großen Kulturrevolution, wenn damals auch ein paar saftige Schmiergelder an die Roten Garden nachhelfen mussten. Die waren ja wie alle dem Geld nicht abgeneigt, sagt Fall. Er nimmt mir die Bücher, die ich ausgesucht habe – Übersetzungen neuer chinesischer Romane – aus der Hand, sagt, das sei alles propagandistischer Mist, den er nur zur Verzierung aufstelle. Stattdessen gibt er mir ein ganz anderes Buch in die Hand, *Die Landstraße* von Regina Ullmann, Originalausgabe von 1921, Erzählungen, die ich unbedingt lesen müsse, die heute wie damals viel zu geringe Beachtung fänden und die genau die richtige Lektüre seien für meine Schiffsreise von Shanghai nach Hongkong, weg aus diesem Land, in dem es dieser Tage so schlimm zugehe, dass er sogar darüber nachdenke, seinen Laden in der Dunhuang Lu zu schließen und in die Allgäuer Heimat nach Kurflies zurückzukehren, die er vor über sechzig Jahren verlassen habe, aber was sei das noch für eine Heimat für jemanden in seinem Alter, das sei ja nur noch die Heimat der Toten. Da müsse er eben hier in Shanghai aushalten, selbst wenn ihm die täglichen historischen Scheußlichkeiten in seinem Alter noch quälender erschienen. Nur mittels des fortwährenden und rettenden Lesens, so Fall, könne er sich einigermaßen über Wasser halten, und genau darum lege er mir auch das schmale Bändchen der Ullmann ans Herz, das ich dann auch tatsächlich auf meiner Schiffsreise von

Shanghai nach Hongkong und dann noch einmal im Flugzeug lese und dann zum dritten Mal im Zug von Frankfurt nach Berlin, das ich bei meiner Ankunft am Bahnhof Zoo noch in den Händen halte und auch nicht weglege, als ich für ein paar Wochen bei Daisy unterkomme, das ich überall mit mir herumtrage, als sei es meine letzte Verbindung zu China und meiner Reise, in diesem November 1989, in diesem Berlin, das ich kaum wiedererkenne, das zuckt wie ein elektrischer Aal, in dem sich auf seltsame Weise vaterländischer Pathos mit bequemlicher Nörgelei, Geschichte mit Alltag vermischen und in dem ich fünf Wochen nach meiner Rückkehr mein Buch auf Daisys Küchentisch liegen lasse, um mit ihr und Monika Schneeweiß und Sandy Lopez am Brandenburger Tor Sylvester zu feiern, mit den jubelnden und nörgelnden Massen, inmitten derer irgendwo ganz hinten auch Hildi Wurm direkt aus der Flasche Rotkäppchen-Sekt trinkt, und wo wir Arm in Arm in der Menge laufen, die dem wieder begehbaren Tor entgegenströmt, die uns vorwärts treibt und dann auseinanderreißt, sodass ich plötzlich mit Daisy vom Tor weg in den dunklen Tiergarten gespült werde, wo wir unter den uns entgegenströmenden Feiernden zunächst noch nach Monika und Sandy suchen, es dann aber aufgeben, das Fest und die Stadt hinter uns lassen und allein durch die Nacht wandern, ohne ein Wort nebeneinanderher, bis Daisy plötzlich, mitten in dieses schweigende Gehen hinein, fragt, was denn die mir am lebendigsten im Gedächtnis bleibende Erinnerung sein würde von meiner Reise, wobei sie, sagte Daisy, nicht die spektakulären frischen Erinnerungen meine, sondern jene, die in fünf oder zehn oder zwanzig Jahren plötzlich

und mit der allergrößten Schärfe wieder vor mein inneres Auge treten würden.

Die letzte Fahrt, sage ich, ohne weiter nachzudenken, auf dem Deck des Kutters, der mich von Shanghai nach Hongkong bringt, die letzte Fahrt, auf der meine Gedanken immer hin und her pendelten zwischen dem einst von der Puppe Mimi gesungenen und jetzt plötzlich wieder in meinem Kopf kreisenden Lied *At The Brand New Tennessee Waltz* und dem Antiquariatsbesitzer Werner Fall, der mir den schwarz, wie in ein Trauerflor, gebundenen Band der Ullmann empfohlen und gesagt hatte, die Freunde, ja selbst die Familie, könne man in der Fremde hinter sich lassen, vielleicht sogar gänzlich vergessen – die Natur habe es wohl so eingerichtet, dass wir über das Leben hinwegkommen –, die Verstorbenen und Vermissten, diese Toten und so gut wie Toten, diese Unwiederbringlichen dagegen reisten immer mit, und gegen diese Wahrheit, sagt Fall, während er mir mein Buch in eine alte Ausgabe der Ren Min Ri Bao 人民日報, der Volkszeitung, einschlägt, könne sich niemand zur Wehr setzen, nicht einmal in der Erinnerung.